# 북베트남
# 트레킹 에세이

*North Vietnam Trekking Essay*

북베트남
트레킹 에세이

*North Vietnam Trekking Essay*

채임수 지음

북베트남 사파, 하장, 랑손 등의 소수민족마을에서 느낀 감동

좋은땅

가장 훌륭한 시는 아직 쓰이지 않았다.

가장 아름다운 노래는 아직 불리지 않았다.

최고의 날들은 아직 살지 않은 날들

가장 넓은 바다는 아직 항해되지 않았고

가장 먼 여행은 아직 끝나지 않았다.

불멸의 춤은 아직 추워지지 않았으며

가장 빛나는 별은 아직 발견되지 않은 별

무엇을 해야 할지 더 이상 알 수 없을 때

그때 비로서 진정한 무엇인가를 할 수 있다.

어느 길로 가야 할지 더 이상 알 수 없을 때

그때가 비로소 진정한 여행의 시작이다.


나짐 히크메트(Nazim Hikmet, 1902~1963, 터키), 〈진정한 여행〉

북베트남 타수아(Ta Xua)

떠나라

낯선 곳으로


아메리카가 아니라

인도네시아가 아니라

그대 하루하루의 반복으로부터

단 한 번도 용서할 수 없는 습관으로부터

그대 떠나라


아기가 만들어 낸 말의 새로움으로

할머니를 알루빠라고 하는 새로움으로

그리하여

할머니조차

새로움이 되는 곳

그 낯선 곳으로


떠나라

그대 온갖 추억과 사전을 버리고

빈 주먹조차 버리고


006

떠나라
떠나는 것이야말로
그대의 재생을 뛰어넘어
최초의 탄생이다 떠나라

고은, 〈낯선 곳〉

Sapa-Ha Giang Trekking에 영감(靈感)을 주신 분들.

Trekking Essay Book이 출간되기까지 North Vietnam 박닌, 박장, 타이
응엔, 하노이, 사파, 타수아, 까오방, 하장성 등지에서 Trekking 길의
영감(靈感)을 주시고 우정 어린 SNS로 서로의 안부를 묻고, 교류해
주신 한명섭, 서정국, 정규진, 지현영, 문주성, 김백철, 오해근, 문상현,
이찬섭, 방석희, 이점형, 김경수, 최원석, BaoAnh, Diep, Dyuen, Bing,
Minh 등 관심을 기울여 주신 분들께 머리 숙여 감사드린다.
Sapa-Ha Giang의 오지(奧地) 산길을 Trekking할 수 있었던 동력(動
力)은 매일 아침저녁으로 베트남, 박닌성, 박닌(Bacninh) 호숫가의 평
범한 걷기(8~12㎞)였으며, 골프장의 필드에서, 혹은 범상치 않은 거
리의 회사를 출근하면서 언제, 어디서, 무엇을 하든 마음속 깊은 곳에
는 항상 Trekking을 떠나기 위한 준비과정이었으며 일상생활의 연속
이었다.

# 봄은 영원히 계속되지 않는다

만약 당신이 작가라면

주어진 시간이 얼마 남지 않았다는 각오로 글을 써야 한다.

이제 남아 있는 시간은 얼마 되지 않는다.

당신 영혼(靈魂)에 맡겨진 순간순간을 잘 활용하라.

영감(靈感)의 잔을

마지막 한 방울까지 마셔 비우도록 하라.

영감의 잔을 비우는

일에서 너무 지나치지 않을까 하고 두려워할 필요는 없다.

그렇게 하지 않으면 세월이 흐른 뒤 후회하게 될 것이다.

봄은 영원히 계속되지 않는다.


헨리 데이비드 소로《소로의 속삭임》(사이언스 북스 출판사) 중에서

# 목차

# 1.

# 이력 및 포트폴리오

Trekking 여행전문 채임수(James woo)

- 베트남: 사파-하장-마피랭-까오방-판시판산(3,170m 등정) Trekking
- 중국: 만리장성 Trekking
- 스페인: 산티아고, 포르투갈(1,400$km$) Trekking
- 일본: 아키요시다이, 규슈올레길, 후지 산(3,776m 등정) Trekking
- 네팔: 히말라야(4,000m) Trekking
- 인도: 델리-자이플-아그라-뭄바이-캘커타-푸리 Trekking
- 방글라데시: 다카
- 파키스탄: 카라치 Trekking
- 에콰도르: 과약길-키토-오타발로
- 페루: 리마 Trekking

- 러시아: 모스크바-블라디보스톡(100$km$)Trekking
- 인도네시아: 발리-자카르타
- 태국: 치앙마이-치앙라이
- 미얀마, 필리핀

저서

《산티아고 잠류(潛流)의 시간》(좋은땅 출판사, 2020. 2.)

《이 세상에 단 한 권뿐인 책-유희에게》(2002. 8. 23.)

《韓国の民俗歳時風俗に関する研究》(西南学院大学校　図書館寄贈 1990.2.)

논문

〈국세 전자신고 및 납부제도의 현황과 활성화 방안〉(한국국제회계학회 2007. 12.)

Aep Vina Co., ltd 대표

서울SUV대학원대학교, 경영학 박사과정 수학(修學)

E-mail: woosd2@hanmail.net

(010-8598-2970)

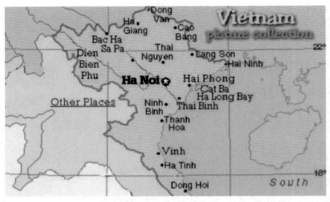

북베트남 Trekking 지도

"여행을 떠나 이틀만 지나면, 인간은(아직 생활에 그 뿌리를 굳게 박지 못한 젊은 사람에게는 특히 그러하지만), 자기가 여느 때의 의무, 이해관계, 근심, 희망이라고 부르던 모든 것으로부터, 즉 일상생활로부터 멀어지고 만다. 그것도 역으로 가는 마차 안에서 꿈꾸던 그 이상으로 멀어지고 만다.

인간과 고향과의 사이를 돌고 날면서 퍼져 가는 공간은 보통, 시간만이 갖고 있다고 믿어지는 힘을 나타낸다. 즉 공간도 시간과 마찬가지로 시시각각 내적 변화를 일으킨다. 그리고 그 변화는 시간에 의해 일어나는 변화와 매우 비슷하지만, 어떤 의미로는 그 이상의 것이다. 공간도 시간과 마찬가지로 인간을 갖가지 관계에서 해방시키고 자유로운 자연 그대로의 상태로 옮겨 놓는 힘을 가지고 있다.

사실 공간은 고루(固陋)한 속인(俗人)까지도 순식간에 방랑자와 같은 인간으로 만들어 버린다. 시간은 망각의 물이라고 하지만, 여행 중의 공기도 그러한 종류의 음료수인 것이다. 그리고 그 효력은 시간의 흐름만큼 철저하지는 못하더라도 그만큼 효력은 빠르다."

토마스 만,《마의 산》(을유문화사) 도입부 중에서

## 여행자를 위한 서시

날이 밝았으니 이제 여행을 떠나야 하리

시간은 과거의 상념 속으로 사라지고 영원의 틈새를 바라본 새처럼

그대 길 떠나야 하리

다시는 돌아오지 않으리라

그냥 저 세상 밖으로 걸어가리라

한때는 불꽃 같은 삶과 바람 같은 죽음을 원했으니

새벽의 문 열고 여행길 나서는 자는 행복하여라 아직 잠들지 않은

별 하나 그대의 창백한 얼굴을 비추고 그대는 잠이 덜 깬 나무들 밑

을 지나 지금 막 눈을 뜬 어린 뱀처럼 홀로 미명 속을 헤쳐가야 하리

이제 삶의 몽상을 끝낼 시간 순간 속에 자신을 유폐 시키던 일도 이

제 그만

종이 꽃처럼 부서지는 환영에 자신을 묶는 일도 이제는 그만 날이

밝았으니, 불면의 베개를

머리맡에서 빼내야 하리

오, 아침이여 거짓에 잠든 세상 등 뒤로 하고 깃발 펄럭이는 영원의

땅으로

홀로 길 떠나는 아침이여 아무것도 소유하지 않은 자

혹은 충분히 사랑하기 위해 길 떠나는 자는 행복하여라 그대의 영

혼은 아직 투명하고

사랑함으로써 그것 때문에 상처 입기를 두려워하지 않으리 그대가

살아온 삶은

그대가 살지 않은 삶이니 이제 자기의 문에 이르기 위해 그대는

수많은 열리지 않는 문들을 두드려야 하리 자기 자신과 만나기 위

해 모든 이정표에게

길을 물어야 하리 길은 또 다른 길을 가리키고

세상의 나무 밑이 그대의 여인숙이 되리라

별들이 구멍 뚫린 담요 속으로 그대를 들여다보리라

그대는 잠들고 낯선 나라에서

모국어로 꿈을 꾸리라.


류시화 시집,《외눈박이 물고기의 사랑》중에서

"좋은 타이밍이란 없다."

모든 운이 따라 주며,

인생의 신호등이 동시에 파란 불이 되는 때란 없다.

모든 것이 완벽하게 맞아떨어지는 상황은 없다.

'언젠가' 타령만 하다가는

당신의 꿈은 당신과 함께 무덤에 묻히고 말 것이다.

만약 그 일이 당신에게 중요하고

'결국' 그 일을 할 것이라면 그냥 하라.

하면서 진로를 수정해서 가면 된다.


티모시 페리스, 《4시간》(부키 출판사) 중에서

박닌 시계탑정류장에서 사파(Sapa)로 떠나는 2층 침대 버스를 기다리며

# 2.

## 프롤로그

노란 숲속에 길이 둘로 갈라져 있었다.

안타깝게도 두 길을 한꺼번에 갈 수 없는

한 사람의 여행자이기에, 오랫동안 서 있었다.

한 길이 덤불 속으로 구부러지는 데까지

눈 닿는 데까지 멀리 굽어보면서

어디에선가 먼먼 훗날

나는 한숨 쉬며 이 이야기를 하고 있겠지

숲속에 두 갈래 길이 있었다고, 그리고 나는…

나는 사람들이 덜 걸은 길을 택했다고,

그로 인해 모든 것이 달라졌다고.

로버트 프로스트(Robert Frost), 〈가지 않은 길(The Road Not Taken)〉

* * *

하늘을 본다.

온통 회색빛이다.

바람이 세차게 불어와 온몸을 뚫고 지나간다.

정처 없이 걸어온 시간을 뒤로한 채 길 위에 서서 두 갈래 길 중 어
느 길로 걸어갈까 주춤거린다.

목적지가 딱히 있는 것도, 세상 풍파에 시달려 치유해야 할 그 무엇
이 있는 것도 아닌데……

어디로 간들 어떠한가, 매번 두 갈래 길에서 망설인다.

살아가면서 미련이 남은 것은 무엇인가?

가족, 친인척, 친구, 지인…… 그 어떤 것에도 미련이 없다.

길 위에서 떠남을 반복하면서

매번 스스로에게 자문한다.

어디로 가고 있느냐고…….

떠나라……….

배낭 하나 달랑 메고……

가능하면 혼자, 집에서, 직장에서 한참 떨어진 먼 곳으로…….

돌아올 생각일랑 말고

그대만의 보물(寶物)을 찾아서…

낯설음과 마주하고, 날것 그대로를 즐겨라…

비…

바람…

폭풍…

뜨거운 태양과 마주하고…

정처 없이 걸어가라.

북베트남 사파에서. 2021. 1. 2.

＊ ＊ ＊

보물(寶物, 다이아몬드)을 찾아서……. Trekking은 보물(寶物)을 찾고자 먼 길을 떠나는 모험의 여정과 같다. 인생을 살아가면서 누구나 마음속 깊숙한 곳에 보물(寶物) 하나는 품고 살아갈 것이다. 그 보물은 누군가에게는 소중한 물건일 수도 있고, 그저 마음속에 담아 둔 열망과 꿈일 수도 있다.

Trekking은 어느 장소에서나 소중한 보물을 얻는 것과 같은 다양한 체험의 기회를 가져다준다. 북베트남 수많은 곳의 Trekking, 그리고 글로 남겨진 체험은 다양한 행선지를 찾아 떠난 결과물이었으며, 낯선 곳에서 마주하는 환경과 홀로 여행을 함으로 얻어지는 체험은 스스로를 단련하고 지난 삶을 통찰할 수 있는 기회를 자연스럽게 만들어 주었다.

산악동호회를 통하여 정기적으로 떠나든, 아니면 지인들과 혹은 홀로 떠남을 통하여 마주하게 되는 산과들판, 바위, 나무, 바다, 계곡, 강의 풍광과 그곳의 비, 바람, 태양으로부터 무한의 위로(慰勞)와 도전적(挑戰的)인 탐구심(探究心)을 자극한다. 그저 가벼운 배낭 하나 달랑 메고 천천히 걸어가 보면 알 수 있다.

가능하다면 조금이라도 젊을 때 집과 회사로부터 떠날 수 있기를 바란다. 이런저런 핑계와 이유로 망설일 것 없다. 보통의 성인이라면 버스정류장 옆 매점과 지하철 입구 복권가게에서 복권 한 장 사 보았던 경험이 있을 것이다. 일확천금의 기회는 아닐지라도 그저 장난 삼아 헛꿈을 꾸던 어느 날, 아니면 친구와 어쩌다 찾아오는 천운(天運)을 시험한답시고 복권 몇 장을 사서 긁어 봤을 것이다.

그 막연하고도 헛된 설렘을 갖고……. 숨은 보물(寶物)찾기는 초등학교 소풍에서부터 시작되어 사회에 나가 회사의 각종 연수회에 가서도 계속되는 게임이다. 그것은 최근 광풍처럼 번지는 오징어게임의 일부일 수도 있다. 이 게임은 혹시나 하는 설렘과 보물찾기에서 찾기를 통한 선물과 당첨(當籤)의 카타르시스를 준다.

\* \* \*

Trekking의 시간은 누구에게나 공평하게 주어진다.

'시간'은 인생을 살아가는 '찰나'의 매 순간이며, '공간은 신의 영역'으로 인간은 시간을 통하여 어떤 공간에서든 잠시 머물다 공평하게 떠나갈 것이기에 미련도 후회도 없는 시간과 각각 원하는 Trekking 여행의 공간을 찾아 자유를 누리고 즐겁게 살아야 한다.

거울 속에 비친 당신의 얼굴을 천천히 들여다보라⋯⋯. "자유롭고 즐겁게 살아가고 있는 얼굴인가?" 시간은 속절없이 흘러간다.

죽을 것같이 힘들게 걸어 보라⋯⋯. 그렇다고 죽음은 쉽게 찾아오지 않는다. 지금 당장 배낭을 메고 정처 없이 떠나는 자유를 통하여 보는 만큼, 걸어가 본 만큼 인식의 '세계관'이 넓어지게 되고 통찰하게 되며 자존감이 높아지게 된다.

### 인지언어학자 조지레이코프(George Lakeoff)의 세계관

세계관(World View)이란, 세계관은 하나의 지름길이자 우리가 저마다 세상을 볼 때 활용하는 렌즈다. 세계관은 세상에 대한 자기 나름의 가정이자 편향이며 고정관념이다. (세스 고딘 지음, 《이것이 마케팅이다》, 김태훈 옮김, (주)샘엔파커스, 56장 인용)

025

*  *  *

"내게 중요한 것은 사막이 아니다.

사막을 꼭 횡단해야 하는 절대적인 이유는 없다.

사막 앞에 서면 나 역시 어찌할 바를 모른다.

출발에 대한 불안과 의심으로 감정이 복잡해진다.

전작 내게 중요한 것은 인간이 자연에 대해 묻는 것이고 묻는 것이

고 생각하는 것이다."


라인홀트 메스너,《내 안의 사막, 고비를 건너다》중에서

## Trekking은 자유다

디지털 노마드(Digital Nomad)의 실현, Trekking은 자유로운 영혼과 방랑, 무한한 자유의 실현이다. 친구, 가족, 지인들은 이야기한다. "어디 한곳에 딱 발붙여 살지 못하고 사방팔방 돌아다니며, 어쩌면 그렇게 역마살(驛馬煞)을 타고났냐고? 그렇게 낯선 외국에서 방랑하다가 아무도 모르는 곳에서 객사(客死)할 수도 있다고……."

'죽음은 두렵지 않다.'

'그저 무의미하게 흘려보내는 시간이 두렵다고 문자 날린다.' 살아가면서 항상 새로운 곳으로 떠나게 한 동력(動力)은 무엇이었을까?

그것은 아마도 새로운 환경을 마주하고 견디어 내며 떠나는 것에 "인이 박여서" 외부로부터 마주하게 되는 방랑, 유랑으로 인한 "기시감(旣視感) 때문이 아니었을까?" 새로운 곳이지만 전혀 낯설지 않으며, 처음 만나는 여행지이지만 언젠가 가 본 것 같은 친숙함과 익숙한 곳을 보는 듯한 데자뷰와 같은 현상은 역마살의 잔상(驛馬煞 殘傷)과 '타투'처럼 발걸음과 시야에 묵직하게 각인되어 있기 때문이다.

많은 나라와 도시, 산과 들판을 Trekking했으며 남프랑스, 스페인, 포르투갈의 산티아고(Santiago) 순례길(1,400km), 일본 후지산 (3,776m)과 규슈 둘레길(800km), 아키요시다이(20km), 지리산 둘레길

(200*km*), 인도 자이푸르, 러시아 블라디보스톡, 네팔 히말라야, 에콰도르 키토, 중국의 만리장성 Trekking이 인상 깊게 남아 있다.

이 책은 북베트남의 사파, 하장, 랑선 등의 소수민족 마을에서 느낀 감동과 산과들판을 걸어가며 기록한 Trekking 에세이 북이다. 인적이 드문 북베트남 소수민족의 산간오지 마을에 며칠간 머물며 이른 아침부터 산등성이를 걷다가 기쁠 때나 슬플 때, 혹은 몸이 못 견디게 지쳐 있을 때, 가던 길 어딘가에서 지친 발걸음을 멈추고 아무렇게나 걸터앉아 휴대폰에 저장해 둔 시기 적절한 음악을 들었다.

또는 햇살 좋고 시원한 바람이 불어오는 편안한 바위에 앉아서 책을 읽기도 했으며 술병을 꺼내 낮술 한잔 마시며 취하기도 했다. 밤이 되면 소수민족의 집에서 홈스테이하며 독서와 글쓰기로 소일하며 유유자적(悠悠自適) 자연의 품에 안기어 산, 바람, 구름을 벗삼아 떠나는 방랑과 유랑의 시간에 자연스럽게 익숙해져 갔다.

Trekking은 기존 인간관계와 익숙한 장소로부터 잠시 동안 안녕이다. 오랜 시간 걷는 동안 기력의 소진(消盡)은 육신의 노폐물을 제거하고, 새로운 활력에너지를 가져다주며 몸을 가볍게 하여 알 수 없는 곳으로 더 멀리 떠날 수 있는 동력(動力)을 만들어 준다. Trekking은 삶의 동력(動力)이며, 운명이고 숙명이다. 남자로서의 '욕망의 배설'

을 땀으로 분출하여 에너지를 고갈(枯渴)시켜 '본능적인 기능(器能) 을 축소'하려 한다고 하면 적절한 표현 중 하나가 될 것인가?

북베트남 하장성 동반, 소수민족 여인

## 왜 혼자 Trekking하는가?

특별한 이유는 없다. 약속을 정하고 단체로 이동하는 것에 대한 불편함 때문일 수도 있다. 그냥 배낭 하나 달랑 메고 발길 닿는 대로 느긋하고 정처 없이 걷는 동안 고독(孤獨)과 사색(思索), 성찰(省察)이 자연스럽게 찾아온다. 소수민족이 운영하는 홈스테이에서 이른 새벽 잠에서 깨어나 노트북을 켜고 서툴게 키보드를 치며 어제 쓴 글을 천천히 읽어 본다.

문득, 딸아이의 어린 시절 암기습관이 생각난다. "딸아이의 이름은 유희"다. 유치원 다니던 시절에 딸아이는 아이돌 가수의 긴 노래 가사를 척척 외워서 부르곤 했다. "어떻게 하면 잘 외울 수 있는 거야?" "첫 번째는 눈으로 읽고, 두 번째는 입으로 소리 내서 읽고, 세 번째는 마음으로 읽으면, 마음에 남아 외워져요." "그런 말은 어디서 배운 거야?" 하고 물었더니 "TV에서 가르쳐 주었죠."라고 한다. 당시 유행하던 어느 TV 드라마에서 보고 따라한 대사일 것이다.

글을 쓴다는 것은 암기하는 것과 비슷하다. 길을 걷다가 혹은 일을 하는 도중에 갑자기 생각나는 내용을 기억창고에 넣어 둔 뒤 손이 노트북 키보드 위에 올라가는 순간, 주르륵하고 암기 내용을 쏟아 내 컴퓨터에 입력하고는 더 이상 기억해 둔 것이 없어 어영부영 유튜브나 검색하다 글쓰기가 끝나 버리곤 한다. 마치 방전된 베터리처럼 Off 상태가 되어 진도가 더 이상 나가지 못하게 된다.

글 쓴 것이 매번 마음에 들지 않는다. 응봉역에서 한의원 하는 친구의 지적처럼 가볍게 읽기 쉽게 쓰고 싶다. 너무 힘이 들어가 있다는 지적이다. 문맥이 엉성하다. 어떻게 힘을 빼야 할까? 매끄럽지 못하고 간결하지 못하다. 그렇게 몇 번씩 수정해 가며 매번 습관처럼 핸드폰으로 찍어 둔 사진을 간추려서 쓴 글에 곁가지로 첨부해 본다. 읽어 보면 내용이 알량하기 이를 데 없다. 사나흘에 겨우 1~2장 습작으로 미완성의 완성이다.

쓰고 난 글은 지인 몇 분에게 이른 새벽녘에 보낸다(너무 이른 새벽녘 실례를 무릅쓰고). '이렇게 글을 보내니 교정(敎正)과 격려 부탁해요'가 아니다. 복잡한 이해관계를 떠나서 '아직 제가 무사히 살아 있습니다'를 알리는 새벽녘, 알람시계와 같은 고지(告知)인 셈이다. 베트남 박린성 월드호텔 뒤편, 베트남식 5층 가정집, 근처 공원과 박닌 호수를 적당히 걷고 시간 보내고 있다는 '건재함을 알리는 일종의 메시지'이다. (이른 새벽문자 메시지 알람에 놀라서 불평하는 지인분들께 미안한 마음을 전한다.)

아침 운동하러 호숫가를 걸으면서 늘 생각하며 스스로에게 자문한다. '어느 곳으로 Trekking 떠나기 위하여 지금 걷고 있냐고?' 어느덧 마음과 정신이 건강해져 수일 Trekking할 체력이 쌓여 마음속 깊은 곳에서 낯선 곳으로 떠나가 보자는 신호가 오는 그 어느 날이, 다시 길 떠나는 날이다.


## Trekking, 여행의 의미는?

"일상의 평범함을 잠시 뒤로한 채, 시간과 공간을 확장하고 시야(視野)의 스펙트럼을 높여, 전혀 다른 낯선 곳에서 만끽하는 자유와 방랑이 만든 '연금술'이다." Trekking은 야외 활동(Outdoor Recreation,

Outdoor Activity) 중 하나로 Trekking을 가는 사람들(이하: 트레커, trekker)이라고 부르며 코스는 도시를 벗어난 산, 들, 계곡을 대부분은 거칠고 울퉁불퉁한 지형이다.

많은 트레커(trekker)가 하루 이상이 걸리는 긴 여행길에 참여하고 전 세계 수많은 지역들을 건넌다. 지도를 펼쳐 놓고 한 번도 가 본 적 없는 낯선 도시를 표기하고 그곳으로 떠나기 위하여 인터넷을 검색하며 마트에 가서 먹을 것과 준비물을 구매하고 짐을 챙기며 교통편과 목적지의 게스트하우스를 예약하는 일련의 준비과정은 낯선 도시, 산, 들판, 계곡에 대한 호기심을 자극한다.

낯선 장소가 주는 유혹(誘惑)은 가을바람에 하늘거리며 흔들리는 코스모스같다. 여행을 떠나는 방랑객은 한결같이 이름 모를 도시에서 우연히 만나게 되는 인연과 로맨스를 꿈꾼다. 낯선 도시가 유혹하는 목적지의 여정(旅程)은 멋지고 근사할 것 같으나 실제로는 야간버스를 타고 장시간 이동해야 하는 피로감으로 인하여 기진맥진하게 되고, 그러한 고단함을 견디어 내야 하는 과정의 연속이다.

누군가에게는 기다려 주거나 돈이 생기는 일도 아닌 아무런 의미 없는 객기로 보일 수도 있다. 여행에서 자주 겪을 수 있는 상황이지만, 장거리버스를 타고 마침내 도착한 목적지 시골 버스정류장에는 아무도 마중 나와 있지 않으며, 빨리 내리라는 버스 조수의 재촉에 등 떠밀리듯 엉거주춤 배낭을 챙기고 하차하게 된다.

북베트남 버스정류장 도착지의 새벽은 대부분 어둠이 물러가기 직전으로 시골 버스터미널 백열구의 희미한 불빛 사이로 어두운 시야가 흐릿하게 다가온다. 인도, 방글라데시, 네팔의 버스터미널에서 익히 경험한 돈을 뜯으려는 그 흔한 호객꾼과 추파를 던지며 숙소를 제공하는 삐끼 소년, 소녀들도 전혀 보이지 않는다(북베트남의 도시는 의외로 안전하다).

## 목적지가 주는 선물이란?

'힘겹게 도착했다'라는 기나긴 여정의 안위(安慰)이며 필연적으로 쓸쓸함과 고독을 동반하여 새벽녘 어둠을 뚫고 어딘가로 떠나는 힘없는 발걸음의 시작이다. 멋있고 폼 날 것 같지만, 혼자 덩그러니 남겨진 시골 버스터미널에서 지도를 펼쳐 놓고 어디로 가야 하나 망설여지고 그 망설임과 어설픔이 허기짐과 맞물려서 주변을 두리번거리며 새벽식당을 찾아 도시의 이곳저곳을 기웃거리는 모양새가 Trekking 떠나온 방랑객의 실제 상황이다.

공중화장실을 찾아서 양치와 세수에 만족하고 거울 속에 비친 피곤한 모습과 차림에 스스로 실소하고 측은해하며 자조하는 모습이 현실이다. '집 떠나면 개고생이라 했던가?' 하지만, "왜? 무엇을 위하여 여기에 왔는가?" 스스로에게 반문하며 터벅터벅 길을 걸어간다.

Trekking이 주는 정답은 길 위에서 마주하게 되는 평범한 일상의 농촌풍경과 흙먼지 나는 시골길 어느 곳에 있을 것이다.

하노이에서 하장 버스터미널까지 6시간, 그리고 시골 버스를 갈아타고 4시간, 도합 10시간 여에 걸친 버스 여행 끝에 하장성 동반에 도착한다. 북베트남 오지, 차마 고도의 신비한 자연환경에 접근할 수 있으리라고 믿고 먼 길을 찾아온 나그네에게 오랜 수고와 노력을 기울인 보람으로 '마피랭 대협곡'은 자신의 진정한 면모인 차마 고도와 천혜의 절경을 보여 주며 Trekking 여행이란 무엇인가?에 대한 답을 한다.

"Trekking의 목적은 어떤 성과를 얻기 위한 것이 아니라 Trekking 자체가 목적이다. 그러므로 Trekking의 가치를 다른 것과 비교하거나 비용을 계산할 필요가 없다. 그것의 소중한 의미는 'trekking한다는 그 자체'이기 때문이다."

"홀로 있고자 하는 욕구는 자신의 능력을 최고로 발휘하는 건강한

사람의 능력이다." - 심리학자 메 슬로

"여행이란 설렘과 두려움으로 매일 마주하는 오늘 그리고 내일 그
것을 헤쳐 나가는 일상이 여행이죠." - 송영범

"여행이란 여기저기 시공을 넘나들며 또 다른 행복과 삶의 세계를
찾아가는 것." - 신낭현

"여행이란 강원도 선자령 산길로 떠나는 것." - 류계준

"여행이란 그냥 그렇게 떠나는 것이다." - 최병남

"여행이란 인생은 마음이 알려 주는 대로 낯선 곳을 찾아 홀로 떠나
는 여행과 같다." - 강희경

## Trekking으로 시작하는 일상

새벽, 5시 어둠이 조금 걷히면 걷기 편한 차림으로 집 근처 박닌호
수로 간다. 호수 산책로와 광장에는 국민댄스를 배우는 동네 여인들
과 산보 나온 마을 사람들이 제법 많다. 베트남 박닌호수는 크고 넓

북베트남 동반 차마 고도

다. 비가 오나 바람이 부나 8~10$km$를 걷는다. 출근길, 박린 월드호텔 앞에서 쾌보공단으로 가는 길은 30분 동안 항상 교통체증이다.

오토바이와 차량이 뒤엉켜 클랙슨을 눌러 대며 소란스럽고 오도가도 못하는 경우가 많다. 퇴근시간인 6시 러시아워에도 마찬가지다. 주말 아침, 아무런 약속이 없는 날에는 버스나 택시를 타고 하노이 호안끼엠호수 혹은 서호(西湖)로 간다. 호안끼엠호수 둘레길을 10회 걸으면 약 20$km$다. 서호를 한 바퀴 돌면 약 18$km$다. 이른 아침 호숫가에는 사람이 없어 한가하며 걷기에 안성맞춤이다.

호안끼엠호수는 일요일 오전 10~12시경부터는 차 없는 공원을 즐기려는 사람들로 복잡하며 구경거리도 많아 시간 보내기 좋다. 어린 학생들의 댄스공연과 각종 전시회, 각종 단체들의 행사가 열린다. 서울 잠실의 석촌호수와 매우 닮아 있다. 늦은 점심, 박닌 무엉탄 호텔 앞으로 돌아와서 분자(베트남 국수)를 먹는다. '분자 한 그릇, 맥주 한 잔' 2,500원의 가성비 최고다.

분자집 맞은편 Cafe에 앉아 차 한 잔 마시며 잠시 쉰다. 편안하고 한가한 시간이다. 저녁, 누군가로부터 술 한잔하자고 불러 주기를 은근히 기대하나, 한 주간의 피로가 쌓여 있으므로 서로 부르지 않고 쉬는 경우가 대부분이다. 밤, 책 읽기와 글쓰기 유튜브를 보며 시간을 보낸

다. TV는 한국에서 들려오는 '정치 쇼' 뉴스에 신물이 나서 플러그를
뽑아 놓았다.


## 무엇을 읽을 것인가?

《장자(莊子)》 혹은 《주역(周易)》을 읽다가 이런저런 뜬금없는 생
각에 잠겨 잠에 든다. 꿈속에서는 북베트남 사파와 하장성, 까오방성,
타수오, 랑선, 라오스의 풍 살리 어딘가를 걷고 있는 중이거나 《장자
(莊子)》, 《주역(周易)》을 펼쳐 놓고 읽고 있으며 절대적 시간(絶對的
時間)을 거슬러 올라가 제멋대로 시간을 지체(遲滯)하고, 앞서가며
자유로운 상상 속에서 Trekking 중이다.

또한 제한된 시간의 한계 속에서 살아가야만 하는 숙명적인 삶을
초월하여 영적(靈的)인 공간의 이동 속에서 자유롭게 살아가려는 영
혼을 꿈꾸는 중이다. 장자가 말한 '소요유(逍遙遊)'를 실현하는 중이
기도 하다. '소(逍)' 자는 소풍 간다는 뜻이고, '요(遙)' 자는 멀리 간다
는 뜻이고, '유(遊)' 자는 노닌다는 뜻이다. 즉, '소요유'는 '멀리 소풍
가서 노는 이야기'이다.

'소요유(逍遙遊)'는 묘하게도 한자 세 개가 모두 책받침 변(辶)으로

되어 있다. 책받침 변(辶)은 원래 '착(辵)'에서 온 글자인데, '착'의 뜻
은 '쉬엄쉬엄 갈 착(辵)'이다. 그러니 '소요유'를 제대로 하려면 세 번
을 쉬어야 한다. 갈 때 쉬고, 올 때 쉬고, 또 중간에 틈나는 대로 쉬고!
폼생폼사의 인생이다.

중국 광저우, 일본 동경, 인도 뉴델리, 태국 방콕을 자유롭게 주유하
던 시간은 2020년 2월 26일 베트남 하노이 노이바이공항으로 입국한
후에 '해외여행'이라는 시간이 멈추었다. 베트남 하노이 근교 박닌성
이라는 도시 한 공간에 코로나전염병으로 갇혀 버린 상황이 된 후, 타
국으로 쉽게 떠날 수 있는 무한의 자유와 공간 이동의 시간을 베트남
정부가 간단하게 허락하지 않는 초유의 사태를 맞이하게 되었다.

인생을 살아가면서 단 한 번도 겪어 보지 못한, 마치 중세 페스트와
같은 질병인 COVID-19라는 대사건을 겪게 되어 고립되어 버린 순간
이 찾아왔다. 해외로 마음대로 떠날 자유를 잃은 고통(苦痛)은 크고
상실(喪失)은 깊다. 타국으로 떠날 자유를 자의 반, 타의 반, 유보하거
나 보류하게 되어 버린 상황은 그러하기에 떠나야 할 자유에 대한 갈
망이 더욱 크다.

타국으로 떠날 자유에 대한 갈망은 북베트남의 산과 들 어딘가로
발길을 돌리게 되었으며, 찾아 떠나는 여행지 중에는 방랑자의 외로

움과 위안을 줄 유명가수의 최신 버전 유행가 동영상과 알량한 지식을 잃어버리지 않으려고 애쓰며 몇 권의 서적과 주류(酒類)는 필수적으로 배낭에 챙겨 간다.

언택트(Un-Contact) 시대의 우울한 날이 지속되던 지난 가을, 세간에 회자된 나훈아가 부른 〈테스형〉(2020년 9월)은 시대적, 공간적으로 젊은 층과 소위 꼰대를 아울러 충분한 공감을 주었다. 그렇게 간단하게 던져진 "너 자신을 알고 주제 파악 좀 하고 살라."는 메시지는 서울에 사는 나의 지인 당신들에게도, 북베트남 촌구석을 헤매고 다니는 나에게도 적잖은 '울림'이 있었고, 방랑과 방황의 길을 떠나며 길 위에서 위안(慰安)을 주었다.

꿈속의 방랑(放浪)은 현실과 같으며 현실은 또한 꿈을 꾸는 것과 같으며 꿈과 현실의 경계 속에서 인생이 절대적 시간과 상대적 시간의 공간 속에 있는 것과 같다.

《역(易)》이라는 책의 제목처럼 모든 것은 변한다.
산천도 우주도 변하고 사람의 마음도 변한다.
하지만 변치 않는 한 가지가 있으니, 바로 시간(時間)이다.
이에 비해 공간(空間)은 상대적이다.
바라보는 시선에 따라 왜곡될 수 있고, 실제로 변하기도 한다.

이러한 절대적 시간(絶對的 時間)과 상대적 시간(相對的 空間)의 만남, 그 사이에 우리의 인생(人生)이 끼어 있다. 아무리 조건이 좋아도 때가 맞지 않으면 일이 성사될 수 없고, 아무리 좋은 때가 되었어도 잘못된 곳에서 잘못된 선택을 하면 일은 역시 어그러지게 마련이다.

> 건(乾)을 통해 주역은 인간의 삶에 있어서 가장 중요한 두 가지 요소인 시간과 공간의 관계, 그리고 그 조화의 중요성을 강조함으로써, 세상 사는 이치의 근본을 밝게 보여 주고 있다.

서대원, 《주역강의》중에서

## COVID-19로 인한 변화

2020년 2월 27일 전세계적으로 'COVID-19' 전염병이 창궐함으로 인하여 베트남 정부는 출, 입국을 통제하기 시작하여 국제항공편이 공중에서 회항하는 사태가 발생했다. 출국은 가능하나 입국이 자유롭지 않은 상태가 지속되고 입국하여도 14일간 베트남 정부가 지정한 곳에서 격리해야 하는 불편함과 타 지역으로 이동은 한동안 정부통제를 받아야 했다.

· (시계방향으로) 호떠이(Ho Tay, 서호)는 하노이시의 가장 큰 호수로 수도 하노이 천년 역사의 상징물이며 역사 유적지이며 관광명소이다. 호수를 끼고 하노이에서 가장 오래된 불교사원인 쩐꾸억사(Chua Tran Quoc)와 북방수호신을 모신 쩐보꽌(Tran Vo Quan) 도교사원이 있다.

· (호안끼엠(Ho Hoan Kiem)호수에는 응옥썬사당이라는 사원이 있다. 사원에 들어가는 것은 입장료는 30,000동(한화 1500원). 응옥썬사당에 입장하려면 사진에 보이는 것과 같이 빨간색 나무다리를 건넌다. 호안끼엠호수는 베트남 주민들과 외국인 관광객 모두가 좋아하는 관광명소다. 밤이 되면 호안끼엠호수의 야경을 관람할 수 있도록 조명이 갖추어져 있어 야간 호수 산책은 낭만적이다.

· (텅 빈 호수 근처에서 하염없이 고객을 기다리는 인력거, Cafe에 앉아 한가한 오후를 즐기는 이방인, 호안끼엠호수의 COVID-19 경고문. 일요일 호안끼엠호수의 모습이다.

영화관, 골프장, 당구장, 카페, 레스토랑 등 완벽하게 통제된 베트남은 지역 상황에 따라 마치 개미 새끼 한 마리 지나다니지 못하는, 한국에서는 전혀 경험해 보지 못한, 기형적인(공산주의 사회) 통제 상황을 연출했다. 의료 시스템의 취약함을 단적으로 보여 주며 무지막지한 도시, 마을, 도로의 통제와 봉쇄는 베트남 정부의 COVID-19 확산에 대한 두려움과 방역 한계 그 자체였다.

그들의 강력한 통제가 지속되자 평일에는 회사와 숙소를 다람쥐 쳇바퀴 돌 듯 왔다리 갔다리 하는 게 일상화되었으며, COVID-19가 박장, 박닌시에 심각한 수준이 되었을 때는 회사 안에서 1달 이상을 먹고 자는 불편을 감수해야 했다. 식당 음식이 배달이 안 될 때는 간단한 인스턴트 음식으로 회사 기숙사에서 스스로 해결해야 했으며 전기, 물이 부족하여 이따금씩 정전되고 수도에서 물이 안 나왔다. 이러한 베트남 한여름의 고충은 경험을 해 본 사람만이 이해할 것이다.

일상의 전기와 물이 얼마나 소중한 것인지 새삼 깨닫게 되었다. 업무가 끝난 저녁에는 '어떻게 시간을 보내야 할까?' 고민이 깊어지는 나날이 지속되고, 시간 보내기가 더욱 애매해진 주말에는 박닌 월드호텔 앞에서 출발하여 쾌보공단, 다바코 마트를 좌측으로 돌아서 논, 밭 길로 엔중골프장까지 걸어갔다(30km). 또한, 박닌 월드호텔, 쾌보공단 뒤편 마을, 논길 지나 이어진 강을 모래운반선을 타고 건너가서 벽돌공장, 강 마을, 엔중골프장을 지나 박장공단 근처까지 걸어갔다(32.5km).

어떤 날 저녁에는 박닌 월드호텔 앞에서 출발하여 쾌보공단 끝에 위치한 부전전자 맞은편 마을로 걸어가서 광활하게 펼쳐진 논길을 따라 걸었다. 그 논두렁 깊숙한 곳에서 강으로 가는 길을 찾지 못하고 길을 잃고 헤매기도 했다(22km 지점).

밤은 으슥하게 깊어져 가고 물뱀과 모기는 얼마나 극성을 부리던지, 논두렁에 미끄러지고 넘어져서 운동화와 옷은 진흙이 잔뜩 묻고 얼굴에 쏟아져 흐르는 땀을 연신 닦아 냈다. 그렇게 한동안 왔던 길을 몇 번이나 되돌아가는 어이없는 상황에서 문득 인기척을 느껴 뒤돌아보니 마을 노인이었다.

"여보세요, 밤은 깊어 가는데 남의 논에서 뭐하고 있는 거요?"라고 하는 듯 동그란 눈으로 나를 빤히 쳐다보았다. 엉거주춤한 상태로, 박닌 월드호텔 방향을 가리키며, '박닌 월드호텔, 박닌 월드호텔'이라고 외쳤다. 애절한 기분이 되었다. 마치 이역만리(異域萬里) 타국에서 친누님이라도 만난 듯 반가웠다.

노인은 논길을 말없이 앞장서서 걸으며 익숙하게 요리조리 논두렁을 가로질러 한참을 걸어서 마침내 불길이 환한 마을에 데려다주었

· 공안(公安): 통행하는 모든 차량의 운전자와 동승자의 온도를 체크하고 있다. (베트남 보통 사람은 공안을 무서워한다.)

· 박닌 월드호텔 뒤: 거리가 한산하다.

· 모래운반선이며 박닌과 박장을 이어 준다.

· 퇴적된 모래와 진흙을 퍼 올려 벽돌을 만들어 배를 이용하여 각 도시에 공급한다.

· 노천 화장실

다. 그렇게 한동안 길을 잃고 논길에서 빠져나와 마을회관 거울에 비친 모습은 물에 빠진 생쥐처럼 헝클어진 머리와 진흙과 땀에 흠뻑 젖어 있는 매우 한심한 모습이었다.

마을 사람 몇몇이 '안타까운 표정 반, 어처구니없는 표정 반'으로 '칠칠 맞은 외국인 친구 같으니라고' 혀를 끌끌 차는 듯한 묘한 표정이었다. "한밤중에 시골 마을 논두렁 한가운데서 길을 잃고 헤매는 한심한 사람일세." 하고 뒤통수에 이야기하는 듯 따가운 시선을 의식해야 했다.

박닌성 쾌보공단에서 박장성 방향의 논두렁길

## 아포칼립소(새로운 출발)

지난 수많은 날의 인생을 돌이켜 보면, 살아가면서 늘 방향(方向)과

길을 잃어버리고 살아왔는지도 모른다. 낯선 곳에서, 잘 알지 못하는 곳에서는 쉽게 길을 잃는다. 하지만, 가까운 곳에서도 길을 잃고 헤매는 것은 정신없이 살아가며 무의미한 일상을 지속하기 때문일 수도 있다.

"나는 어디쯤 가고 있나?
당신들은 어디쯤 가고 있나요?
생각한 대로 계획한 대로 잘 가고 있나요?"

길을 잃어버림을 통해서 자각(自覺)하고, 뒤돌아보는 과정에서 새로운 길을 찾는 것은 아닐까? 망망대해에서 안갯속에 갇혀 있다가 문득 바람이 불어와 안개를 걷어 내는 찰나에 육지와 섬을 발견하는 것처럼, 정말이지 답답하고 무료한 걷기 시간을 보내던 어느 날 무작정 야간버스를 타고 북베트남 사파로 떠났다.

그렇게 시작된 야간버스여행은 기분이 꿀꿀해진 날이면 충동적으로 박닌에서 사파 혹은 하장까지 약 8~10시간 걸리는 버스를 타고 밤새 달려갔다. 그러한 trekking여행은 습관화되었으며 디지털 시대에도 매달 우편함으로 날아오는 전기, 수도요금 고지서처럼 금요일 밤이 되면 야간버스 티켓을 끊고 낯선 장소로의 여행의 기대감으로 근질근질해진 몸을 달래고자 가벼운 배낭 하나 달랑 메고 어디로인가 떠나게 되었다.

베트남 보드카 술을 홀짝홀짝 마시며 덜컹거리는 버스에 몸을 맡기고 비몽사몽 뒤척이다 깨어나면, 사파에 도착이고, 하장에 도착이다. 이른 새벽녘, 버스에서 내려 고단한 몸을 추스르고 Trekking 목적지로 터벅터벅 발걸음을 재촉하면, Sapa-하장성(Ha Giang)에서 모험의 시작이며 Trekking의 시작이다.

아포칼립소(새로운 출발)다.

버스는 라오카이에서 사파 구간에 특히 요동이 심하다.
새벽 4시경에서 5시에 여명이 밝아 오는 사파호수에 도착한다.

# 3.
# 북베트남의 유명 관광지 사파-하장성

## 사파(Sapa)

사파는 인도차이나반도에서도 가장 높은 산. 해발 고도 3,143m로 구름이 산 정상에 걸쳐 있는 신비로운 판시판산을 중심으로 형성된 도시이다. 다랭이논, 소수민족 마을, 판시판 케이블카는 관광코스로 명성을 얻고 있으며 세계에서 가장 큰 고도 차로 기네스북에 등재된 명물이다. '프랑스 식민지' 시절 개발 후 전쟁으로 잊힌 도시가 되었으나 1990년 초 베트남 정부의 본격적인 관광지개발로 베트남인들에게는 '버킷 리스트' 중 한곳이며 외국인들에게는 소수민족 마을 Trekking의 성지로 유명하다.

## 사파의 오차우여행사 겸 게스트하우스

흐몽소수민족에 의하여 조직되어 Trekking 코스 가이드, 에스닉 수예품 판매 등의 수익금으로 현지의 가난한 아이들을 교육시켜서 스스로 자립할 수 있게 도와주는 프로그램을 운영 중이다. 자원봉사를 할 수 있으며, 1, 2, 3 Days H Mong Homestay Trekking 프로그램을 신청할 수 있다.

## Shu Tan

설립자 겸 이사. 소수민족 공동체가 직면한 문제를 해결하기 위해 자신과 같은 젊은이들이 학교에 가서 자신의 사업을 설립할 수 있도록 돕는 프로그램을 2007년에 4명의 호주 친구들과 함께 사파 오차우의 콘셉트를 개발했다. 그녀의 열정과 헌신은 그녀의 사명을 돕기 위해 베트남과 전 세계의 사람들에게 영감을 주었으며 그녀는 사파 오차우(Sapa O'Chau)를 이끌고 2017년 세계 책임 관광 어워드(최우수 지역사회 이니셔티브)와 2016년(SILVER) 및 2016년 내일의 세계 관광 어워드(최종 후보)에서 국제 인증을 받았다. 2019 미래여성대상 후보이다. (동남아시아 사회적 기업가 2019 세계 여성 리더십 회의 및 시상식에서 아시아 여성 리더상 수상.)

사파, 하장에서 흔히 마주하는 소수민족 어린이, 하장성에 도착과 모임장소로 인증샷을 남기는 곳이며 베트남 최북단 마을로 떠나기 위한 첫 출발점의 상징적인 장소.

## 소수민족 어린 소년, 소녀들의 삶

삶에도 극심한 차이가 있다. 어디에서 누구로부터 태어나는가에 따라 삶의 방식이 확연히 구분된다. 학교에 갈 생각은 엄두도 못 내고 어린 동생들과 산야초를 캐야 하거나 관광객을 상대로 귀걸이 팔찌를 팔며 한 푼이라도 벌어야 하는 척박한 환경과 도시에 살며 영어를 배우고 도시문화 속에서 학교에 다니는 어린이의 삶은 커다란 불평등이다.

사파-하장성의 대다수 부모들은 이러한 불평등을 해소하기 위하여 치열하게 살아가지만, 쉽게 해결되지 않는다고 한다. 다행스러운 것은 베트남 정부가 문맹률을 낮추기 위해 많은 노력을 기울이고 있는 실정이다.

## 하장성(Ha Giang)

하장성은 베트남 최북단에 위치하여 중국과 접경한 성 단위 행정구역이며 높은 산악 지대로 산악형 농업을 주로 하며 숲으로 덮여 있다. 하장성의 중심 고원은 수출용 자두나 복숭아, 감 등을 생산하며, 차도 재배하고 있다. 이곳은 해발 1,000~1,600m에 위치하며 길이가 무려 2,350$km$에 달하고 동반의 카르스트 지대는 석회암으로써 지각의 발달과정을 잘 보여 주고 있다. 특히, 그곳의 80%는 환경적 조건과 자연의 여러 변화 단계에 의해 형성된 석회암 지대이다.

· 하장성 동반 카르스트공원: 관광객과 사진을 찍은 후 새침한 표정으로 지갑을 열어 주길 바라는 표
 정을 지으면 단돈 몇 푼이라도 푼돈을 꺼내 준다.
· 사파: 부모님은 농사일로 바쁘고, 큰형이 동생들 데리고 놀아 주며 환한 웃음이다. 개울에서 수영하
 거나 온종일 산길을 걸어 다니고 뒹굴며 노는 게 전부다.
· 하노이 근처 박린성 연꽃공원: 친구들로부터 뚱뚱하다고 놀림받는 것이 싫다며 공원에서 달리기하
 며 다이어트 중이다.
· 호안끼엠호수: 영어학원에서 자연학습 나온 꼬마들, 한국과 마찬가지로 중산층 이상은 교육열이
 높으며 학원비도 비싸다. 사파, 하장성의 소수민족 아이들과는 비교할 수 없을 정도의 생활이며 사
 교육을 받고 있다.

하장에는 베트남의 소수민족이 많이 살고 있으며, 킨족을 제외하고, 가장 많은 소수민족은 떠이족과 다오족, 몽족이다. 하장은 베트남의 최북단을 통하는 모든 여행의 출발지라 할 수 있고, 하장성 수도로 세계지질학회 보호 지역이며, 2011년 세계 문화유산으로 지정된 동반 카르스트지형이 있다.

동반, 메오박으로 들어가기 위한 거점 도시이며, 외국인은 여행 허가서를 받고 들어갈 수 있는 베트남의 마지막 장소 중 한 곳이다. 베트남 젊은이들과 관광객들에게 오지체험코스로 각광받고 있다.


## 북베트남 사파, 하장성, 소수민족

전통과 원시 그대로 살아가는 고산 지대의 소수민족과 현대문명을 받아들여 보통의 베트남인처럼 살아가는 소수민족을 만날 수 있다. 소수민족 중에는 베트남인도 아니고 소수민족도 아닌 마치 중간 지대의 소수민족도 있었는데 이들의 삶을 이방인(異邦人)의 눈으로 직접 체험할 수 있다.

이들의 삶의 방식이 우리와 다를 뿐이지, 우리의 삶의 잣대로 삶이 옳고 그르다고 판단하는 것은 잘못된 이해와 판단이다. 단지 이들에게는 살아가는 방법과 문화가 다르며, 거기에는 선진문화와 원시문화가 아닌, 서로 다른 이질적(異質的)인 문화가 존재할 뿐이다. 이방인의 눈에 비친 산악 지대의 이들의 모습은 애처로움과 연민의 감정이 생기기 마련이다.

뜨거운 태양 아래, 혹은 억수같이 쏟아지는 비를 온몸으로 맞으며, 다랭이논과 높은 산등성이를 타고 넘으며 한 뼘의 땅이라도 더 개간하여 곡식을 심고, 자식을 키우며, 그곳에서 살아남으려고 고군분투(孤軍奮鬪)하며 살아가는 모습에 경탄이 절로 나오게 된다. 또한 척박한 환경에서 하루하루를 살아가고, 거대한 자연환경에 순응하며 살아가는 대다수 소수민족에게 경외감을 표한다.

고산 지대에서 치열하게 살아가야만 하는 운명을 숙명처럼 받아들이고 봄, 여름, 가을, 겨울의 변화무쌍한 자연환경을 견디어 내는 소수민족의 삶을 존중한다.

소수민족으로 산을 의지하며 살아간다?
유목생활과 화전민(火田民)으로 살아가야 하기에 땅의 '지력(地力)'을 소진(消盡)할 때까지, 곡식(옥수수, 고구마, 바나나, 산야초 등)의 성장이 둔화(鈍化)되면, 10여 년간 애써 일궈 온 터전(화전)을 버리고 새로운 곳을 찾아 이동해야 한다. 생존의 방편으로 첩첩산중의 황량한 산속에서 이름 모를 들짐승으로부터 피해(被害)를 막기 위해 이웃 간 공생해야 하나, 한 뼘이라도 작은 땅을 얻기 위해서는 경쟁도 피할 수 없다.

적당한 거리가 유지되어야만, 척박한 차마 고도와 호앙리엔 산속에서 생존할 수 있고 지속적인 관계와 삶을 영위할 수 있다. 그러하므로 모든 음식에도 '유통기한'이 있듯이 땅과 인간관계에도 적당한 시간의 효용기간과 손절매의 시간이 있다. 사네 못사네 하며 오랜 기간 지내 왔던 친구, 연인, 부부관계도 헤어지고 나면 얼마 동안 가슴에 얹혀서 내려가질 않는다. 하지만 시간이 흘러가면 상처들은 아물게 마련이다.

한곳에 애써 오래 머물려고 하지 말고, 서로 복잡하게 여기어 권태롭게 관계되지도 말고, 서로 적당한 시간과 거리를 유지하는 기간을 가져야 '화전(火田)으로 인하여 地力(지력)의 소진(消盡)을 회복'하는 것이다. 현대를 살아가는 인간관계 역시도 좋은 관계유지를 위해서는 고산 지대 소수민족 화전민의 삶과 같이 자연스레 균형 잡힌 시간과 거리를 유지하며 살아가야 화전으로 일군 땅의 기운이 원래 상태로 돌아가는 것처럼 인간관계도 회복되지 않을까?

10년이면 강산도 변한다고 한다.

10년이면 무엇이 어떻게 변할 것인가?

권불십년(權不十年).

화무십일홍(花無十日紅)이라고 하던가?

사회에서 만나게 되는 인간관계도 10년을 계기로 관계의 힘이 소진되는가? 문득, 그럴 수도 있다는 생각이 든다. 이미 맺어진 수많은 인간관계에서 피로감을 느껴 잠시 절연하려 한다면, 과연 적당한 시간과 간격, 적당한 거리감은 어느정도일까?

'화전(火田)' 후 산비탈을 개간하여 옥수수를 심는 선라(Sunla) 지역의 '푸라(Pura)족'.
해발 2,000m의 경사진 바위산을 개간하여 옥수수를 심고 있다.

# 4.

# 사파(Sapa) Trekking의 시작

인생에서는 "하던 일을 멈추고 잠시 쉬는 시간, 재충전의 시간"이
필요할 때가 있다. 2021년 1월 20일 현재, 최저임금(182만 2,480원,
209시간 기준, 8,720원/시간)으로 먹고사는 것이 보장된 대한민국에
서 지금 당장 떠나기 위해 다니던 회사에 휴가를 신청하면, 회사 규정
과 상황에 따라서는 곱게 보내 주거나 쉽게 허락해 주지 않을 수도 있
다.

어떤 경우에는 잘 다니던 직장을 잃을 수도 있고, 지금까지 작게 나
마 이룩해 놓은 회사 내에서의 기득권을 포기해야 할 상황에 처할 수
도 있다. 어쩌란 말인가? 이런 거, 저런 거 다 마음에 걸리면 안 떠나
면 된다. 하지만, 길고도 긴 인생에서 단지, 1주, 열흘, 2~3주 비워 둔
다 해도 뭐가 그렇게 커다란 불이익을 초래할 것인가? 회사를 다니는

한, "영원한 직장은 없다."라는 것은 누구나 알고 있으며, 적당히 퇴직해야 하는 불가피한 상황은 누구에게나 찾아온다.

　경영환경 변화, 부서 이동, 승진누락, 업무평가 등의 압박으로부터 퇴사해야 하는 상황에 처했을 때, 새로운 업무를 시작하며 헤매고 있을 때, 회사와 직장상사로부터 심한 갑질을 당할 때, 혹은 무언가로 인하여 찾아오는 상실감과 마음이 먹먹해져 있을 때, 반드시 쉬어야 하고 재충전이 필요한 시기에는, 그저 하던 일을 잠시 내려놓고, 쉬는 시간을 가져야 한다.

　분명한 것은 내가 없어도 회사조직은 잘 굴러간다는 것이며, 내가 가졌던 쥐꼬리만 한 권한 또한 누군가에게 위임되어 그럭저럭 조직이 움직인다는 것이다. 인생에서 오직 자기 자신만을 위하여 오롯하게 쉬는 재충전의 시간 중 하나가 '북베트남 사파-하장' 소수민족이 사는 고산 지대에서 Trekking이다.

　다만, 사파-하장 관광지, 유명 호텔, 자동차에 의한 도시체험이나 맛집 탐방도 아니며, 혹독한 환경 속에서 자신을 극한의 경지로 몰아넣는 무모한 극기훈련여행도 아닌, 오직 느리게 걷고, 천천히 다랭이논과 산, 들판, 계곡을 Trekking하며, 소수민족의 일상을 살펴보면서, 가볍게 왔다 갔다 하는, 지극히 단순함과 생생한 날것만을 추구하는

새벽 Trekking을 시작하려고 길을 나서면 산 깊숙한 어딘 가에서 늑대인지 들개인지 알 수 없는 짐
승 울음 소리와 장닭 훼치는 소리는 새벽을 알리는 사자 후의 울음소리인 낭 사파의 정적을 깨는듯
들려온다.

방랑여행이다. 지금까지 수많은 지역을 여행하였으나 "사파와 하장
의 투박함과 원시성"은 천마산, 축령산, 예봉산, 치악산, 지리산, 태백
산의 향수를 자극한다.

  그저 소수민족이 살아가고 있는 마을을 Trekking하며, Trekking을
즐기는 외국인들과 조우(遭遇)하게 되고 소수민족이 사는 고산 지대
에서 이방인(異邦人)으로서의 삶을 잠시 살아 보는 것이다. 지금까지
살아왔던 환경과 전혀 다른 환경에서 숙식을 해결하고 바람과 구름,

공기를 마시며, 심신을 부드럽게 다독여 주는 목가적(牧歌的)인 시간과의 만남이다.

　그렇다면, 생계는 누가 책임져 줄 것인가?

　이렇게 묻고 회의하고 갈등하는 것은 당연한 일이다. 또는 가족과 갈등하거나, 부모님으로부터 호된 꾸지람도 들어야 할지 모른다. 하지만 현대의학에서 물리적으로 100세를 살 수 있다고 가정해 보면, 1~2주간 유목민처럼 고산 지대를 Trekking하며 살다가, 제자리로 돌아온다 해도 한강에 돛단배가 지나간 것이 표시 나지 않듯이 사파-하장에서 오롯하게 지내다 돌아간다 한들, 인생이 뒤바뀔 만한 큰 변화와 영향은 주지 않을 것이다.

　형편상, 1~2주가 어렵다면 일주일, 며칠간, 이렇게 해서라도 북베트남 사파, 하장의 오지(奧地) 마을 촌구석에 처박혀서, 인도차이나의 알프스로 불리우는 판시판산(3,170m)을 바라보며, 변화무쌍한 자연환경을 벗 삼아 느림의 미학(美學)을 탐구하는 여유를 가져 보자. 거기에 순식간에 변심하기 쉬운 사람의 마음처럼, 산과 들판에 가득했던 '고운 햇살과 부드러운 산들바람, 푸른 하늘의 실구름'이 고산 지대의 자연환경에 의해 돌연 뒤바뀌어 묵직하게 쏟아져 내리는 소나기를 흠뻑 맞게 된다.

눈물인지 콧물인지 알 수 없는 타액이 뺨 위를 타고 흘러내리는 액체로 인하여 묘한 카타르시스를 느낄 수 있다. 또한, 슬그머니 나타났다 사라지는 짙은 구름과 안개를 따라서 깊은 산속으로 홀연히 사라지는 광경을 바라보면, 그렇게 그 깊숙한 산길을 따라 걸어가며, 그대로 산의 일부가 되는 자기 자신을 발견할 수 있다.

마치 오랫동안 익숙한 관계처럼 산, 길, 구름, 안개, 사람이 순서 없이 자연스럽게 하나가 되는 순간을 맞이하게 된다.

사파-호앙리엔산맥, 타수아(Ta Xua) 돌고래바위, 켄(피리) 부는 소수민족

## Trekking 사파의 5월

박닌, 하노이에서 8~9시간 야간침대버스를 타고 도착한 새벽 사파의 첫인상은 강렬했다. "옅은 안개 속에 뒤덮여 있는 사파는 에메랄드

빛 호수를 중심으로 레드 톤의 건축물이 함종산과 호앙리엔산맥 아래 조화롭게 자리잡은 이국적인 신선함"이 있는 그 자체였다. '사파'는 버스 창가를 통하여 비치는 자그마한 불빛 사이로 엷은 안개와 구름이 반갑게 맞이해 주었으며, 잠시 뒤 구름과 안개 사이로 맑은 하늘이 스르르 열리고, 푸른빛 호수와 프랑스풍 건축물이 두둥 하고 나타나 환상적이고 강렬한 인상과 풍광을 보여 주었다.

전날부터 내리던 비가 서서히 그쳐 가고 있었다. 버스정류장으로부터 물안개 피어오르는 사파호수를 천천히 가로질러 도시 이곳저곳을 걸었다. 배고픔을 해결할 만한 새벽식당을 찾았다. 지난 밤, 긴 시간을 버스를 타고 달려온 터라 몸이 피곤하고 지쳐서 얼큰한 해장국 한 그릇 뚝딱 먹고 요기를 해결하고 싶은 생각이 간절했지만, 사파에 해장국집이 있을 리 만무했다. 이른 새벽녘 이어선지 호수 건너편 식당가는 한가했다.

그래도 몇몇 식당은 분주하게 여행객을 맞을 준비를 서두른 흔적이 아마도 지난 수년 동안 이방인들을 맞을 준비를 익숙하게 해 온 듯 손가락으로 메뉴를 가리키면 고개를 끄덕이며 ok 사인을 보내고 몇 분 지나지 않아 음식을 가져왔다. 사이공 맥주와 쌀국수 분자 국물을 후루룩 마시고 반미(베트남식 바케트빵)를 식칼로 천천히 베어 먹으며 사파 시내와 분주하게 오가는 소수민족과 배낭여행자들을 바라보았다.

사파 전체를 감싸는 듯한 붉은 색채의 벽돌과 황토빛 건축물은 오랜 세월을 견디어 왔음을 느끼게 했다. 소수민족 여인들은 대부분 광주리 등짐과 보따리 차림으로 광장시장으로 향하고 있으며 배낭여행객들은 밤새 장거리를 덜컹거리는 버스에 시달리며 달려온지라 피곤한 기색이 확연했으며 모두들 어디론가 떠날 채비를 하느라 분주해 보였다.

밤새 시달린 야간버스여행으로 인하여 목이 메이고 몸 상태가 부스스했다. 결국 반미 1개를 다 먹지도 못한 채 주섬주섬 배낭을 정리했다. 며칠간 사파에 머물며 소수민족이 살고 있는 산간마을로 Trekking 떠나는 나그네의 짐은 단순했다. 배낭 속에는 '드빌파트리크'의 저서 '알렉산드르 예르셍(1863~1943)'의 파란만장한 일대기를 다룬《페스트와 콜레라》와《주역》,《장자》등 몇 권의 책과 빵, 1.5리터의 물 2개, 세면도구, 슬리퍼, 반바지, 티셔츠가 전부다.

페이스북(Facebook) 설립자인 '마크 주크버거'가 머물다 갔다고 해서 유명해졌다고 하는 "토파스 에콜로지 리조트"에서 머물기로 작정하고 사파에서 반호마을을 향하여 터벅터벅 걸어갔다.

## 사파-반호마을-토파스 에콜로지(Topas Ecologe)

사파-타반-장타차이-따차이자우-댐-반호-토파스 에콜로지(약 25km)까지 아침 6시에 출발하여 산, 개울, 논길을 돌아 오후 1시에 도착했다. 길지도 짧지도 않은 거리였지만 많이 지치고 힘이 들었다. 5월 한낮의 태양은 나그네에게 손톱 끝만큼의 자비도 없이 무지막지한 태양의 열기를 발사하였다. 원망스러운 눈빛으로 몇 번이나 하늘을 쳐다보며 걸었다.

바람 한점 없는 하늘에 태양은 뜨거웠으며 몸은 천근만근에 발바닥은 물집이 생겨 통증에 시큰거리고 얼굴은 시뻘겋게 달아올랐다. 챙넓은 모자를 쓰고 두건, 토시로 중무장을 하였으나 태양은 그러한 방어 기제를 비웃는 듯 날카롭게 옷 틈으로 뜨거운 열기를 전달해 왔다. 그나마 다행스러웠던 것은 목적지에 도착할 무렵, 때마침 쏟아져 내리는 소낙비는 7시간을 개고생하며 걸어온 나그네에게 내리는 신의 선물과 같았다.

소낙비를 맞으며 반호 마을에서 토파스 에콜로지까지 이어지는 마지막 약 2.5km를 천천히 걸어가며 바라보는 호앙리엔산맥의 비경은 놀라웠다. 사파에서 토파스 에콜로지까지는 약 25km여서 너무 힘든 나머지 도착하자마자 토파스 에콜로지 야외 인피니티 수영장에 있는 의자에 기댄 채로 한동안 잠이 들었으며 그곳에 근무하는 Mr. Huck이라는 친구가 깨워서 겨우 몸을 추스르고 일어날 수 있었다.

Mr. Huck은 그 땡볕에 사파 시내에서 이곳까지 걸어서 온 사람은 여기 근무하는 수년 동안 당신이 처음이라며 어이없이 웃는 모습에 나도 따라서 '피식' 하고 웃고 말았다. '토파스 에콜로지'의 인피니티 수영장 관리직원인 Mr. Huck은 소수민족 출신이며 부모님의 도움으로 '라오카이' 시내에서 고등학교를 졸업하고 영어학원 수료 후 네덜란드 자본으로 건설된 '토파스 에콜로지'에 취직했다고 은근히 자랑하였다.

낮에는 호텔수영장 관리인이며 밤에는 사는 집을 개조하여 여행객에게 홈스테이를 제공하며, 토끼를 키워 훈제요리를 판매하는 25살의 젊은 사장이고 두 아이의 아빠다. 부모님과 산속생활을 오랜 기간 함께한 터여서 투잡하며 생활력도 강하고, 검소하다. 저녁, 토파스 에콜로지 레스토랑 앞 야외의자에 걸터앉아 실버산을 바라본다.

실버산 산자락에서 청량한 바람이 불어와 숨을 깊게 들이마시며 심호흡하니 여독이 제법 가시는 듯 상쾌했다. 자유와 노마드(Nomad)란 이런 것인가? 지칠 대로 지쳐 가며 걷고, 발이 물집이 생겨 아파 오고, 피부가 벌겋게 달아올라 쓰라리고 아파도, 걷고 난 후에 깊은 산속에서 불어오는 시원한 바람에 자유롭게 몸을 맡기며 편안하게 쉬는 순간을 즐기는 것인가? (2020. 5. 1.)

## 호앙리엔산맥(타중호 마을 비 온 후 구름과 안개)

호앙리엔산맥은 몽족을 비롯한 고산족들의 성지(聖地)다. 약 300년 전에 이주해서 정착 후 산에 의지하며, 산과 함께 살아온 이들에게 산은 정신적인 버팀목이고 생사 고락을 함께한 터전이며 경외(敬畏)의

반호 마을에서 '토파스에 콜로지'까지 거리는 약 2.5㎞이며 맞은편 타장호마을과 웅장한 호앙리엔산맥의 풍광이 구름 아래 펼쳐져 있다.

대상이다. 구름이 낮게 내려와 '타중호 마을'을 온통 구름 속에 숨겨 놓고, 이방인(異邦人)에게 산기슭의 신비한 길을 열어 주며 어서 오라고 손짓하는 듯하다.

구름 속으로……. 산속 깊은 곳으로
홀연히 사라져 버릴 수 있다면…….
그대로 떠나리라.
소멸(消滅)하며 산화(散花)할 것이기에


## 타중호 마을 구름이 물러간 오후

반호 마을에서 15*km*를 걸어서 고갯길을 힘겹게 올라가면 이내 낮은 내리막길과 구릉지를 만난다. 계곡에 놓인 다리를 건너가면 고산족들의 고단한 삶의 현장이 펼쳐진다. 사진의 아름다운 풍광과는 사뭇 다른, 오직 살기 위한 구황작물 재배와 약초 채집의 수확결과만이 호앙리엔산 속에서 추운 겨울을 무사히 보내기 위한 안전을 담보할 수 있을 것이다.

산은 원시성이 넘치고 깊고 푸르다. 그저 잠시 스쳐 지나가는 보잘것없는 이방인이 무엇을 말하리. 이마에 흐르는 땀만 연신 닦아 낼 뿐이다.

타중호 마을 구름이 물러간 오후, 구름 가득한 호앙리엔산맥

## 토파스 에콜로지(Topas Ecolodge)

내셔널 지오그래픽이 발표한 'Unique Lodge of the world'에 선정된 토파스 에콜로지(2005년 개장)에 Facebook의 마크 주크버거가 사업 구상차 머물다 가서 더욱 유명해졌다고 한다. 실버산을 등지고 있는 수영장이 멋지다. 고산 지대라 수영장 물은 차갑게 느껴질 수 있지만 야외인데도 '온수' 수영장이라 걱정 없이 즐길 수 있다.

수영장에서 내려다보이는 마을이 반호이며, 건너편 깊은 산이 호랑리엔산맥이다. 인생 인증샷을 남기기 위해서 찾아오는 젊은이들이 많다. 가격이 비교적 높으며(1박 약 $200) 사전예약이 필수다. 객실이 많지 않으므로, 예약대기상태로 기다리는 경우가 많다. 살아가면서, 지치고, 힘들고, 위안을 얻고자 이곳에 며칠간 머물며 쉬어 간다면, 지혜로운 삶의 방향을 찾을 수도 있다.

실버산 자락의 중간 능선을 자연 그대로를 최대한 활용한 토파스 에콜로지는 '에콜로지의 기본(Basic)'이라는 단어로 정의할 수 있을 만큼 자연 친화적이다. 호텔 입구에 들어서면 "Welcome House"에서 Staff가 접수와 안내를 맡고 짐은 전기 카트를 이용하여 객실까지 운반해 준다. Spa와 Infinity Pool을 지나면 Reception Restaurant Lounge 인데 이곳만 유일하게 2층 구조로 되어 있다.

로비에 들어서는 순간 타임머신을 타고 1970년대 어느 시대로 이동하게 되는 경험을 할 수 있다. 무채색천으로 된 소파, 화려하지 않지만 자연스러운 에스닉풍의 접수대, 도시의 화려한 복장이 아닌 소수민족의 의상에서 차용한 쑥색물감으로 만든 staffs의 의상은 스타일리쉬한 모습을 보여 준다.

야자수 잎사귀로 엮은 객실지붕, 탁 트인 발코니의 조망, 나무의 결을 살린 가구, 자연석을 깎아서 만든 객실바닥, 침대와 욕실의 천연재료의 수수함은 친환경적이고 매력적이다. 리조트 내에서는 전동기기의 사용이 금지되어 있다. 영화 세트장 같은 infinity pool 수영장, 33개의 싱글 트리트먼트 룸과 8개의 스페셜 룸, 자쿠지를 보유한 스파는 특별하다.

리조트 내 1개의 레스토랑과 1개의 바가 있다. 바비큐는 4시간 전에 예약되어야만 이용 가능하며 생선, 버섯, 고기가 있고 와인, 한국인 취향에 맞는 치킨김치가 있어 특별하다. 객실 안내북에 적힌 글이 감동적이다. "Let The silence inspire you." 소수민족의 역사와 스토리, 호앙리엔산맥의 웅장함은 성찰과 쉬어 가기를 존중하는 여행자에겐 이보다 더 흥미로운 호텔은 없다.

별, 하늘, 바람, 산, 정적, 고요함……. 이 모든 것을 이곳에 머무는 동안 약 $200에 충분하게 감동하며 소유할 수 있다.

Http://Topas Ecolodge.com/Vi/

## '토파스 에콜로지'에서 탐킨 마을 실버산으로 Trekking의 시작 (20㎞)

Trekking을 시작한 이른 아침부터 내린 이슬비가 산길을 완전히 적
셔서 질퍽질퍽했다. 궂은 날씨 탓에 탐킨 마을은 고요했다. 비를 맞으
며 Trekking하는 이방인들은 전혀 보이지 않고 소수민족 마을 사람
몇 명이 우비를 뒤집어쓰고 밭일을 하고 있는 게 보였다. 탐킨 마을을
지나 실버산이라고 이름 지어진 깊은 산속에서 반나절 걸어가자 인
적이 드물었다.

풀이 우거진 숲길은 잡초가 사람의 키만큼 무성하게 자라 길을 구
분할 수 없을 만큼 울창했다. 풀숲을 헤치고 앞으로 조금씩 걸어갈 때
마다 홀로 바깥세상으로부터 완전히 분리되었으며, 깊은 산속으로 들
어와 내가 속한 이 세상에서 완벽하게 단절되었다고 느껴졌다. 박닌
(Bacninh)에 사는 '방 사장'은 카톡으로 묻는다[3일간 연락이 없으면,
생사(生死)를 확인해 주기로 함].

"사파에서 밤에는 뭐하시며 보내요?

심심하지 않아요?

친구는 같이 갔어요?

사파에 가라오케는 있어요?"

이 질문을 받고 서야 깨달았다. 사파에서 Trekking하는 동안 단 한 순간도 무료하지 않았던 적이 없었다는 것을.

그랬다.

"무료하고 지루했다."

시내 주변을 걸을 때는 제법 소수민족과 함께 걷는 이방인들이 있어서, 가벼운 대화를 나누며 걸을 수 있었다. 하지만, 소수민족 가이드를 동반하고 있지 않고 산세가 험하고 깊숙한 시골 산길로들어서면 곧 혼자 Trekking하는 외톨이 신세가 된다.

"맞아, 정말 심심 하고 무료하네!"

사실이었다.

"무료함을 벗 삼아 걷고 있는 중이었으므로 무료함을 잊었다."

마크 엘리엇 주커버그, 그가 쉬어 간 숙소와
영화 세트장 같은 에콜로지 싱글트리트먼트 객실과 인피니트 수영장(infinity pool).

마크 주커버그가 "Done is better than perfect(일단 저지르는 것이 완벽을 추구하는 것보다 낫다)."란 말을 남겼다. 물론 실행 후의 결과에 대해서도 인정하고 실패했을 때 재기할 수 있는 사람에게 해당되는 이야기다. 만일 실행 후, 그 결과에 묶여 아무것도 하지 못한다면 실행이 의미가 없다.


## 사파에서의 Trekking은 무료하고 지루하다

사파에 와서 시작된 건 무료하고 지루함뿐만이 아니었다. 시간 감각도 무디어졌다. 사파 소수민족 마을로의 Trekking 여행에서는 시간을 확인할 필요도, 휴대폰을 켜고 누구의 메시지도 확인할 필요가 없었다. 지금이 몇 시인지 알려고 하지 않았고, 배도 고프지 않았으며 지금 걷고 있는 길이 어디인지 알려고 하지도 않았다.

보통 여행 중에 막연히 꿈꾸는 낯선 여행지에서 만나게 되는 호기로운 여행객과 호텔 바에서 은근한 밤문화의 즐거움 따위는 기대하기 힘든, 적막하고 고독한 산골 촌구석의 Trekking이며 기나긴 밤을 할 일 없이 보내야 하는 단순하고 건조함뿐이었다. (사파의 시골 마을은 6시가 되면 해가 지며 금세 어두워진다. 1,600m 이상의 고산 지대에 위치해 있는지라, 랜턴이 없으면 길을 잃기 십상이다.)

그렇게, 마치 호앙리엔산속의 늑대 무리로부터 미움받아 산속 깊은 곳에 버려져 홀로된 늑대처럼, 홀로 산과 들판, 계곡 길을 터벅터벅 걸었다. 소수민족 마을로부터 벗어난 산길을 찾아 올라가면 고산족들의 약초채취로 인하여 자연스럽게 만들어진 좁다란 산길이 나타나서 이정표가 되어 주었다. 이정표는 이제 더 이상 깊은 산속으로 들어가면 위험하다는 것과 마을로 돌아가야 한다는 경고의 표식일 것이다.

길을 걷다 지쳐서 구릉지 위에 홀로 앉아 있으면 끝없이 펼쳐지는 울창하고 푸른 원시림에 태양이 가리워져 을씨년스럽고, 무언가 숲속에서 툭 하고 튀어나올 것같은 오싹함에 모연(毛燕)이 송골해지기도

했다. 그러나 아무것도 나타나지 않았으며, 오히려 숲의 나무, 작은 짐
승과 새들이 "저 인간은 왜? 여기 우리 영역에 들어온 것이여?"라며
비상신호를 발령하는 듯 바람에 나뭇잎 부딪히는 소리와 나무 잔가
지 떨어지는 소리가 우수수하며 "어서 숲속에서 나가요!" 경고의 신
호를 보내는 듯했다.

 해가 진 시골 깊은 산길은 고독하고 어두웠으며 쓸쓸했다. 하지만,
홀로 있으면서 자연과 호흡하며, 자연속으로 빠져 들어가는 몰입감이
충족되는 듯했으나, 실제로는 따듯한 마을의 불빛이 그립고 안전한
도로가 나타나서 서둘러 귀가하여 편안한 잠자리의 안식처가 제공되
길 바라는 불안함과 조급함은, 시골 산길에 쉽사리 적응하지 못하는
영락없는 도시 이방인(異邦人)일 뿐이었다.

탐킨 마을 다랭이논

# 5.

# 사파의 현재

사파는 소수민족에게 '모래도시'라는 의미도 있다. 하노이에서 북쪽으로 380km 떨어져 있으며, 라오카이역에서는 북서쪽으로 38km 거리다. 해발 1,680m의 고지대 구릉에 위치한 관광도시로 중국의 국경과 가까운 곳이다. 2018년 기준, 약 80,000명의 인구밀도가 높으며, 베트남인을 제외한 크게 4개의 소수민족 그룹(H'mong: 52%, Dzao: 15%, Tay: 5%, Giay: 5%)으로 구성되어 있다.

사파의 세 가지 특징, 즉 소수민족과 계단식 논 그리고 판시판산(해발 3,140m)으로 유명한 관광지이다. 테라스식(계단식논)으로 1모작 쌀농사, 독특한 나무, 꽃이 많은 이곳은 프랑스 식민지 때 베트남의 알프스라 불리는 곳으로 맑고 서늘하고 청명한 날씨가 유명한 휴양지로 시작되었다. 프랑스풍의 성당 건축물과 콜로니얼풍(Colonial style, 17~18세기 성당과 프랑스 식민지 시대의 베트남 건축물)의 호텔, 카페가 들어선 식민지 시대의 프랑스인들의 휴양지 사파는 이국적인 건축양식과 동양적인 건축물의 조화를 이루어 독특한 분위기를 품고 있는 도시다.

## 사파광장의 주말풍경

노틀담 성당 앞 광장, 주말에는 시장이 열린다. 소수민족들이 산에서 내려와 물물교환하거나 생필품을 구매한다. 소수민족 마을 사람들이 만나서 소통하는 축제의 장이며 매주 일요일의 연례행사다. 택시,

렌터카, 오토바이 렌터가게의 호객꾼, Trekking 가이드, 액세서리를 팔려는 소수민족 꼬마들, 좌판을 펼쳐 놓고 호객하는 소수민족 아낙네들, 웃통을 벗은 사람, 배낭을 짊어진 여행객, 반바지에 러닝 그리고 슬리퍼 차림으로 Trekking을 떠나려는 여행자들로 붐빈다.

세계각국에서 저마다의 목적을 갖고 사파를 찾은 여행자들로 인하여 주말 사파는 혼잡하다. 여행자의 광장이며 소수민족의 삶의 터전

사파 중심가 새벽 5시, 고요하다. 꽁 카페, 지코카페,
이른 새벽 Trekking 가이드하러 산에서 내려온 소수민족 여인들.

이다. 사파 광장은 인도 델리 파하르간지, 태국 카오잔, 베트남 하노이 팜응 우라우 거리, 중국 윈난성 쿤밍 등과 다를 바 없다. 배낭 하나 둘러메고 세계 곳곳에서 찾아온 여행자들은 여기서 잠을 자고, 밥을 먹고, 정보를 얻고, 다음 여행지로 떠난다.

말 그대로 '배낭여행자의 광장'이다. 하지만 2020년 5월 1일 COVID-19 전염병으로 평소와는 달리 관광객이 거의 없다. 소수민족 소녀와 소년이 하염없이 광장에 앉아서 관광객을 기다리고 있다. 2021년 5월 2일 사파 광장은 COVID-19로 인하여 텅 비어 쓸쓸하다. 2년 이상 지속된 질병은 사파를 더욱 고요한 도시로 만들었다.

## 사파에도 일본제국주의의 흔적이……

노틀담 성당은 일본이 태평양전쟁을 하는 동안 베트남을 침략해서 대량의 쌀을 수탈한 후 이곳 성당을 창고 삼아 보관했다고 한다.

1941년 7월 23일 일본군은 일명 일-불 동양공동방위조약을 맺었는데 그 내용은 다음과 같다.

1. 프랑스와 일본은 베트남을 공동으로 방위한다.
2. 프랑스가 베트남에 기투자한 모든 재산을 인정한다.

3. 프랑스는 베트남에 일본군 주둔을 협조한다.

4. 대신 베트남에서 생산되는 쌀은 전량 일본이 수매한다.

당시 일본은 사파 여러 장소에서 잔인한 방법으로 학살과 쌀을 수탈했으며 이로 인하여 많은 아사자(餓死者)를 발생시키는 만행을 저질렀다. 그럼에도 불구하고 베트남 정부는 한국보다 일본에 훨씬 우호적인 분위기이다. K-Pop과 박항서 축구감독의 영향, 삼성전자가 베트남 전체 수출의 약 20%를 견인하고 있어도 한국에는 우호적이지 않은 징후를 여러 곳에서 발견할 수 있다.

베트남교육훈련부는 2006년 제1외국어로 영어를, 러시아, 프랑스어, 중국어를 제2외국어로 채택하고 2011년 일본어를, 2021년에 한국어와 독일어를 제2외국어로 선택하여 3학년부터 12학년까지 가르칠 수 있다는 근거를 마련했다는 소식이다. 한국어는 취업에 인기가 높지만 제2외국어로의 선택은 요원했었다.

아이러니하게도 번역과 통역료는 한국어가 일본어보다 비싸다. 한국어 통, 번역의 수요가 일본어보다 많기 때문이다. 소수민족 6~7살 꼬마들이 다가와서 당연히 일본 사람이라고 생각하는 듯 민예품을 내밀며 "싸요, 사 주세요(安い, 買って下さい)." "I Don't Know……." 하고 답하니 제법 유창한 영어로 "일본 사람인 줄 알았어요." 한다. 약

간 어처구니 없는 얼굴표정의 꼬마들은 성당광장을 지나는 나그네를
끈질기게 따라오며 민예품을 사 달라고 조른다.

2020. 5. 1과 2021. 5. 2의 사파광장은 COVID-19로 인하여 텅 비어 있다.

아침, 성당으로 향하는 수녀와 학생들. 콜로니얼풍(Colonial Style, 17~18세기) 사파성당

# 6.

# 사파를 찾는 이유

사파를 찾는 이유는 Trekking과 휴양, 소수민족의 삶을 체험하는 문화탐방적인 성격의 여행 목적이 많다. 프랑스 식민지 시대의 고풍스러운 건축물과 판시판산, 케이블카, 소수민족 마을, 다랭이논을 보려면 하노이에서 300km 이상 먼 거리를 8~9시간 동안 버스를 타고 이동해야 한다. 현대 도시와 다른 원시성이 남아 있는 호앙리엔산맥의 자연환경과 까마득하게 경사지고 가파른 다랭이논과 밭을 수십 년 동안 대를 이어 가며 산을 화전(火田)으로 만들고 가꾸어 놓은 소수민족의 삶의 모습을 볼 수 있다.

소수민족의 힘겨운 노동의 대가로 얻어진 경이로운 다랭이논에 대하여 무한한 경외심을 느끼며 인간의 힘으로 개간하고 경작할 수 있는 다랭이논을 만든 "노동의 한계에 대한 치열함"에 자연스럽게 고개를 숙이며, 겸허함을 잠시나마 깨달을 수 있을 것이다. 또한 사파 시내에서 일부 상업적으로 변한 사파의 소수민족들의 모습에서 다소 실망할 수 있다.

하지만 사파 시내를 벗어나 약 5~10㎞ 동떨어진 소수민족 마을에는 아직도 때묻지 않은 순수함과 원시성을 보존하며 살아가는 소수민족들이 대부분임을 체험할 수 있다. 소수민족 또한 인간인 이상 살아가기 위한 방편으로 관광객들로부터 얻어지는 수익이 다랭이논에서 얻어지는 1모작의 수익보다 높으므로 액세서리와 가방 등을 판매하는 소수민족과도 만나게 된다.

사파 시내 근처에 사는 몇몇 부류의 소수민족들은 사파의 자연스러운 관광지로서의 변화와 개발에 따른 Trekking 가이드로의 변신은, 먹고살기 위하여 피해 갈 수 없는 어쩔 수 없는 선택이다.

사파 오지(奧地) Trekking 간다고?
디지털 유목민의 시대에 오지 개념이 무색하다. 산속 깊은 곳에도 휴대폰이 터지며, 소수민족들도 휴대폰으로 필요한 물건을 주문하는 시대이다. 사파에서 미지의 영역이 남아 있다면, 판시판산과 타중호 마을에서 호앙리엔산맥 깊은 곳으로 가는 곳 정도이며, 그보다 더 깊숙한 곳으로의 여행은 지리에 밝은 소수민족 가이드나 전문 탐험가

웅장한 호앙리엔산맥, 판시판산과 사파(Sapa) 시내

를 대동해야 한다.

호앙리엔산맥의 깊은 산속은 아직도 원시성이 존재하는 오지이며 미지의 영역이다. 호앙리엔산맥에서 가장 높은 판시판산이 멀리 안개 사이로 희미하게 보인다.


## 프랑스 식민 역사의 흔적

사파는 프랑스 식민지 이전에는 로쑤이뚱(Lo Suoi Tung)으로 불렸으며 작은 고원이었다. 1887년 프랑스 식민지 정부에서 고산 지대에 사는 소수민족을 조사하게 되었는데 1889년 프랑스의 첫 조사팀이 라오카이에 도착한 후 1903에 로쑤이똥 고원을 발견하여 당시 인도차이나의 한주로서 '토파', 프랑스어 등 '차 파은'으로 지도에 표기되어 마을이 탄생하였다고 한다.

1903~1905년 겨울부터 프랑스 식민 정부는 북베트남 식민지 지도 측정을 위해 지리, 기후, 식물, 생태 등을 기록하기 시작하였고, 이때 사파의 선선한 날씨, 맑은 공기와 좋은 경치가 알려지게 되었으며, 1909년에는 사파에 요양원을 건설, 1917년에 관광사무실을 설립하였다. 유럽에 본격적으로 알려진 것은 1918년 당시 예수회 선교사들이 다녀간 후부터라고 전해진다.

라오카이와 사파의 계곡을 잇는 길은 1909~1912년에 개척했고, 1920년 하노이-라오카이 철도가 완성, 1924년엔 차가 다닐 만큼 도로를 확장했다. 1927년 사파 타운 전역에 전기가 공급되고, 1930년엔 라오카이와 사파를 잇는 통신망이 개설됐다. '인프라' 확충과 함께 사파는 프랑스인들의 휴양지로 변모를 거듭했다.

1909년 첫 민영 호텔이 들어선 이래 1914년엔 하노이 북부를 관할한 통킹 총독의 여름 별장이 지어졌다. 사파 타운 중심에 있는 유서 깊은 호텔인 메트로 폴(그랜드 호텔 드 사파)이 45실 규모로 완공된 게 1932년이다.

## 사파, 북부지방의 피서지로 본격적으로 알려지기 시작

사파의 기후와 풍경에 매력을 느낀 프랑스인들은 1932년경부터 본격적인 개발을 시작했다. 사파의 연평균 기온은 섭씨 15도로 베트남의 아열대 더위를 피해 휴식을 취하기에는 더없이 좋은 곳이다. 사파는 프랑스 식민지 당시 3백여 개의 호화로운 빌라와 호텔을 짓고 테니스장까지 갖추어 '통킹의 알프스'라는 별칭을 얻기도 했다.

그러나 제국주의 국가 프랑스가 1954년 베트남 북서부 라오스 국경 근처의 요새 디엔 비엔 푸(Dien Bien Phu)에서 보 응우엔 지압(Võ Nguyen Giap) 장군이 이끄는 베트남군과 벌인 마지막 전투에서 대패하고 본국으로 퇴각한 뒤 한때 일본군의 식량보급지로 점령되기도 하였으나 사파는 쓸쓸한 식민지의 유산으로 남게 된다.

프랑스 식민지배에서 벗어나자마자 일제에 의한 쌀 수탈 전쟁으로 힘든 시기를 겪었으며, 베트남전 때에도 마찬가지로 미군에게 지원받은 몽족 게릴라들이 베트민을 상대로 이곳에서 전투를 벌여왔다. (전

쟁 후 몽족이 미군의 앞잡이 노릇으로 베트남 정부로부터 탄압받게
된 빌미를 제공하게 됨.)

그리고 1979년 중국과 베트남 사이에 국경분쟁이 발생했을 무렵에
도 이 주변은 한때 민간인 통제구역으로 대규모 군사시설이 들어서
기도 했다. 1979년 중국과의 국경전쟁 때는 중국군의 폭격으로 큰 피
해를 입게 되었는데 이 충돌은 2주 동안 지속되어 수천 헥타르의 소
나무숲이 불타 버렸고, 프랑스인들이 건축한 대부분의 오래된 빌라는
10여 개의 건물만 남고 거의 폐허로 변해 버렸다.

그렇게 사파는 식민 프랑스의 영광과 함께 한동안 세상의 관심에서
사라졌고, 오직 소수민족의 땅으로서 그들의 관리하에 철저한 자급자
족을 지키며 문명의 이기로부터 자연스럽게 보호받고, 전통을 고수하
는 생활방식에 의하여 자연환경을 보호할 수 있었다.

## 사파에서의 하루일상

사파산골 마을에서 맞이하는 게스트하우스의 아침, 새벽 녘 "꼬끼
오 꼬꼬꼬"하며 닭이 홰 치는 소리에 깨어나 잠자리에서 일어난다.
지난밤 깊이 잠들지 못한 탓에 온몸이 뻐근하고 눈이 침침하지만, 한

껏 기지개를 켜고 창문을 연다. 2019년 1월 30일의 새벽은 한기로 인하여 춥다.

판시판산으로부터 흐릿한 안개가 미동도 없이 가파른 다랭이논의 좁다란 길을 따라 하늘로 솟아오르려고 준비하고 있는 듯한 모습을 볼 수 있다. 이른 새벽인데도 불구하고 산등성이에 보이는 안개는 온통 시야를 가리어 판시판산의 웅장한 모습은 뾰족하게 솟아오른 봉우리만 흐리게 보일 뿐 깊고 깊은 계곡의 아름다운 형상은 뚜렷하게 보이지 않는다.

한겨울의 사파는 춥고 하루 종일 안개가 끼는 날이 많다. 어느 순간, 잠시나마 아침 햇살을 가져와 산과 대지를 내리 쪼일 때는 한순간에 시야에서 사라졌던 겨울 안개는 마을 전체를 휘감고 돌아와서 산 아래 계곡으로부터 고지가 높은 사파호수까지 아주 희미하게 사물을 가려 놓아 차량의 라이트와 고층 집 지붕과 나무들 사이로 위로 차분하게 가라앉아 있는 것을 볼 수 있다.

그 모습이 마치 안개의 움직임이 커다란 잉어가 푸른 연못에서 천천히 유영(遊泳)하는 듯하며, 그렇게 안개는 오랜 시간 판시판산과 계곡을 사파의 터줏대감인 양, 에헴 하고 헛기침하며 "나 안개 왔어요"를 알리는 모양새다. 그 모양새가 이제 막 수채화를 그리던 손에서

붓을 놓고 뒤돌아선 노련한 화가의 수묵화처럼 물감이 뚝뚝 떨어지듯 생경하게 전달되는 풍경이다.

 사파호수는 1998년 공사를 시작하여 2000년에 완성하였다. 전체 1.3헥타이고 공식명칭은 "The Sapa Pear eyes Lake"이다.

## 사파 정오 무렵의 풍경

 햇살이 약간 빛나는 정오 무렵에도 안개는 쉽사리 물러갈 생각이

없어 보이는듯, 판시판산 꼭대기와 계곡 아래로 쉬지도 않고 구름폭
포를 만들어 겨울 계곡 칼바람에 싣고 다닌다. 안개는 스스로를 판
시판산과 사파를 지배하는 정령(精靈)이며 수호신(守護神)의 위세
를 펼치는 듯했다. 그러한 안개와 더불어 이곳에 머무는 동안은 하루
도 빠짐없이 수호신의 의도치 않은 보호를 받으며 마을 길과 산길을
Trekking 한다.

산속의 Trekking Road란 게 늘 그렇듯이 계획적으로 만들어진 길이
아니고 인간과 동물이 마을과 산을 오가며 자연스럽게 만들어진 길
인지라 좁고, 가파르며, 억센 풀, 모난 돌과 바위를 넘어가야 하고, 좁
은 계곡에 놓인 허술한 대나무다리로 이어지는 가파른 길이 많으며,
인간과 동물의 노동에 힘입어 곡물 등의 이동수단을 위하여 만들어
진 자연 친화적인 길이다.

또한 버팔로와 돼지, 양, 닭, 오리들의 배설 물과 겨울사파의 얼었다
녹았다를 반복하고 질퍽이는 진흙탕 길이다. 사파 기후의 변화무쌍한
특성상 젖은 안개, 가랑비 내린 후에 축축하게 젖은 땅은, 오랜 시간
척박한 산악의 대자연 속에서, 최소한의 생계를 유지하기 위해 고산
족에 맞게 단련시켜 천수답으로 개간한 다랭이논과 밭은 소수민족과
그들의 친구인 동물들에겐 더없이 편안한 삶의 터전이며 잘 가꾼 익
숙한 토양이다.

## 한가한 오후에 Trekking

한가한 오후에는 버스가 다니지 못하는 약간 먼 산골 촌구석의 오지 마을로 가고자 전동 스쿠터를 빌려 타고 진흙탕 길을 달린다. 다랭이논의 특성상 좁은 길과 젖은 풀이 얼키설키 매듭 지어지고 그 속에 뽀족하게 숨어 있는 돌뿌리에 미끄러져 스쿠터와 함께 넘어지고 나뒹굴러, 팔꿈치와 무릎이 까져 크고 작은 상처가 나기도 했다.

다행스럽게도 헬멧과 보호대를 착용하긴 했으나 경미한 사고와 상처를 피해 갈 수는 없다. 소수민족들은 어른아이 할 것 없이 짐을 머리에 이고, 어깨에 지고, 혹은 둘이 타고 가는데도 마치 곡예라도 부리는 듯, 좁디좁은 다랭이논 길 위를 쏜살같이 달려 나간다. 때로는 버팔로와 마주치거나 돼지 무리에게 길을 점령당해 크랙슨을 눌러도 도무지 비켜서거나 달아날 생각은 않고 느릿느릿 스쿠터로 다가와 혓바닥으로 연신 스쿠터의 거울과 헤드라이트를 핥아 댄다.

소는 "비켜 달라고? 뭔 소리요? 여긴 내 땅이요."라고 하며 동그란 눈으로 슬그머니 쳐다보는 듯하다. "나그네님 어서 오세요."라고 하는 듯이, 아니면, "어이 도시 양반, 조심해서 다녀, 한눈 팔다간 몇 미터 아래로 처박혀요."라고 비웃는 듯 여유 있는 듯한 눈을 껌벅거리며 미끈거리는 침을 입으로 넘겨 되새김질한다.

버팔로가 지나간 길에서 마주치는 천연색의 자수를 놓은 소수민족 옷을 걸친 아낙네와 꼬마들과도 마주친다. "어디서 왔냐?(where are you come from?) 길 조심해라(be careful). 홈스테이 가능하다. 모자 좀 사 줘." 하며 끊임없이 질문을 퍼붓는다.

### 1월 사파의 밤

1월 31일 사파에는 아주 드문 경우지만, 안개가 걷히고 날씨가 좋은 화창한 날에는 사파 시내 호숫가를 거닐기도 하고, 아무런 할 일 없이 번화하고 화려한 사파 시내와 광장을 가로질러 노틀담 성당 뒷길로 함롱산(함종산, 1,880m, 입장료 70,000VND)에 오르면, 옅은 안개가 낀 사파 시내를 한눈에 볼 수 있다. 또한 이름 모를 꽃과 나무, 바위와 잘 어울리는 초록정원을 거닐며 편안한 저녁 시간의 여유를 느낄 수 있다.

그리고 몰려오는 어둠…… 이윽고 빛나는 사파 시내의 호텔, 식당, 상점들의 네온사인 불빛, 사파 대성당에서 아련히 울려오는 종소리는 밤의 시작을 알린다. 그런 밤이 시작되면, 고단한 인생의 긴 여정이 안개에 휩싸여서 한치 앞을 분간할 수 없을 때, 그렇게 알 수 없는 미래와 보이지 않는 현실 속에서 불안하게 서성이고 있을 때, 자연스럽게 안개가 물러가고 밝고 따스한 태양을 맞이할 때, 비로소 안개는 나그네를 위안해 주는 벗이며 정령(精靈)으로서, 곁에서 지켜 주고 지친 나그네의 어깨를 살며시 보듬어 준다.

진흙탕길과 바위, 구릉지, 다랭이논으로 고단한 Trekking의 하루였지만 넉넉하고 맑은 사파호수를 보여 주며, 긴 호흡으로 심신을 추스리는 무한(無限)의 여백(餘白)을 주었다는 것을 깨닫게 된다. 하여, 이방인(異邦人)은 사파호숫가 보이는 근처 카페 바에 앉아 오늘 하루 Trekking한다며 진흙길을 걸으며 사서 고생을 자초한 친구들과 베트남 보드카 한잔 마시며 심신을 달래는 밤이다.

말해 두지만, 겨울 1월 마지막 밤의 저녁 6시 이후엔 오고 가는 사람이 드문 '적막한 도시'가 '밤안개 낀 사파의 특징'이다. 사파 여행지의 가라오케에 가서 '멋진 밤(?)'을 보내기를 원한다면, 사파를 권하지 않는다. 그런 상상은 하지 마시기를⋯⋯. 아무런 유흥을 보낼 곳이 없으므로 분명 실망할 것이기에.

* AnhDoc Homestay-Tavangiay 2, Sapa, Laocai, Vietnam(T 0977419350). 1박(60,000VND, 3,000원)

사파의 겨울 1월은 매우 춥다. 1월, 2층 난방이 안 되므로 밤새 덜덜 떨며 잠을 청해야 한다. 추위로 인하여 잠을 이룰 수 없다면, 1층으로 내려가서 화로 옆에 앉아서 꾸벅꾸벅 졸며 날이 밝기를 기다려야 한다.

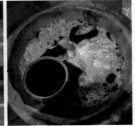

## Le Gecko Cafe에서 커피 한잔

저녁을 먹으며 마신 베트남 보드카에 취해서 달달한 기분이 되어 사파 호숫가와 시내를 배회하다 보면, 커피향이 진하게 풍겨 오는 Le Gecko Cafe를 발견할 수 있다. 도마뱀이 그려져 있는 카페? 궁금해져 문을 열고들어서면 천장과 사방에 도마뱀 그림이다. 커피 마시러 왔지만 문득 호기심에 메뉴판을 살펴보니 '도마뱀 요리'는 없다.

전통적인 방법으로 만든 사과술, 양귀비술 바나나술, 보드카, 진 토닉 등과 스파게티, 스테이크, 분자 등 못하는 음식이 없는 핸드 메이드 전문점인 듯하다. "도마뱀 요리는 없어요?" 장난스레 물었더니 Cafe 사장인 Mr. Dung 사장(37세)이 환하게 웃으며 "Gecko는 도마뱀의 종류"로 베트남에서는 '부와 행운'을 가져다주는 상징적인 동물이라고 설명한다.

Mr. Dung 사장은 지난 16년간(2021년) 카페를 운영 중이고 하노이에서 사파로 여행 왔다가 사파, 라오카이 출신인 현재의 아내를 만나 정착해서 카페를 개업했다고 한다. 그는 사람 좋은 얼굴로 지난 Sapa에서의 경험담과 묵묵히 살아온 여정을 이야기한다. 사파의 밤은 깊어 간다. 행운의 숫자 9와 도마뱀, Le Gecko Cafe에 앉아 차 한잔 마시며 카페의 실내장식을 살펴보다가 도마뱀의 수를 세어 보았다.

6마리 도마뱀 그림이 벽면과 천장, 카운터에 붙어 있고 카페 입구에 3마리가 장식되어 있다. 궁금해서 Cafe 사장인 Mr. Dung에게 물으니 일종의 부적(애뮬릿, Amulet)과 같은 것이며 "베트남 북부에서 행운의 숫자로 9를 선호하기 때문이다."라는 의외의 답을 들을 수 있었다. 6마리로 보지 말고 숫자를 거꾸로도 읽어야 한단다.

"6을 거꾸로 읽으면 9다"라고, 이러한 동물에 관한 부적 문화는 베트남 사파, 태국 치앙마이, 라오스, 캄보디아 등 산악 지역에서 House Gecko를 이용해 만든 각종 그림이나 조각품, 기념품을 쉽게 발견할수 있다. 사파 광장과 태국의 외국인 거리인 카오산, 라오스의 풍길리 좌판에서 불교의 작은 불상 형태의 조각품과 뿔, 이빨, 발톱 등의 동물의 신체 일부를 이용한 부적품은 대부분 소수민족들의 생계유지를 위한 기념품으로 판매되며 실제로 행운과 종교적인 의미로 부적품을 소지하고 다니는 여행자를 흔히 목격할 수 있다.

그렇다면 숫자 9는 어떤 의미를 가졌을까? 여기에는 동양의 전통적인 음양론이 내재되어 있어 짝수는 음의 수, 홀수는 양의 수로, 홀수를 좋은 수, 길한 수로 여겨, 숫자 3은 완전하고 안정적인 숫자, 즉 완전수이기 때문에 3을 가장 좋은 숫자로 여긴다. 삼족오, 삼세판, 삼월 동지 등 숫자 3의 상징성이 확연하다.

숫자 9는 최고의 숫자인 3이 모여 양의 기운 가운데 가장 높은 수를 의미한다. 아주 많고, 길다는 의미로 경상도 고택(古宅)의 경우 99칸

집, 바둑과 무술의 최고수인 9단은 '입신의 경지'를 가리킨다. 여행고수, 등산고수, 글쓰기고수 등등⋯⋯ 도교에서 숫자 9는 왕족만이 사용할 수 있는 신성한 숫자로, 중국 베이징 자금성(Forbidden City)의 전체 방수가 9999개이고 정문에 9개의 구리 못이 9줄로 장식되어 있으며 건축물 계단 앞에 옥으로 된 9롤이 조각되어 있다.

　중국어 9는 지우(Jiu)로 오랜 산다는 '구(久: Jiu)'를 의미한다. 현재는 재물 8(發)을 선호하는 경향이 높다. 또한 미신에서는 '아홉 수'에 대한 완성되지 않은 부정적인 의미도 있으며 '정치 9단'의 숨겨진 '노련함'과 전과 9범의 '범죄 기질'의 의미도 함축되어 있다고 한다. 어찌되었든간에 베트남 '다낭 옆 후에 성'에 가 보았다면 알겠지만, 성 천장에도 9마리의 용 그림이 있으며 베트남에서는 4와 7을 안 좋은 숫자로 꼽고 있다.

· 이름은 도마뱀 카페지만 모든 메뉴 구비함.

· 젊은 하노이 출신 남편과 라오카이 출신 아내가 운영하고 있으며 16년의 역사와 전통을 자랑한다. 본점에서 50m 떨어진 곳에 2, 3호점을 운영 중이다. 산골 사파라서 재료 조달에 어려움이 있으나 대부분 사장 부부의 수제품이 특징이다. 피자, 스테이크, 쌀국수, 베이컨, 빵, 음료, 칵테일, 커피 등을 판다.

· 쿼드로 스타지오니 피자는 이탈리아어로 사계절피자를 의미하며 4등분하여 봄, 여름, 가을, 겨울의 사계절을 대표하는 재료들로 구성한다. 봄: 아트로초크, 여름: 토마토나 바질, 가을: 버섯, 겨울: 햄인 프로슈터(Prosciutto) 혹은 올리브로 만든다.

· 티라미수와 레몬크림타르트/스테이크

· 카페 3층 게스트하우스 운영 1박 200,000VND(10,000원부터이며 다양한 룸을 보유하고 있다.)

# 7.

# 판시판산(Phan Xi Pang, Fans pan)

베트남에서 제일 높은 산이 판시판산이다. 히말라야산맥의 동쪽 끝자락에 위치한 주요 봉우리 중 하나이며 사파(Sapa) 시내를 둘러싸고 있으며 라오카이성 사파현의 남서쪽에 있는 호앙리엔산맥에 위치해 있다. 인도차이나 반도의 지붕인 판시판산의 높이는 3,143m로 길이는 푸토로부터 화빙지역까지 280㎞이며 넓이는 크게는 75㎞ 작게는 45㎞다.

울창한 원시림이 자연 그대로 보존되어 있고 수백 종류의 꽃, 나무, 원숭이, 산양 등 각종 진귀한 동식물들이 서식하고 있는 자연박물관이다. 베트남 사람이 가장 신성시하는 판시판산은 달랏과 함께 신혼여행지로 손꼽히며, 정상에서 바라보는 주변 경관의 수려함에 감탄사가 절로 나온다. 호앙리엔산맥은 빠익 목 르엉뜨 지역과 판시판 지역 및 푸루옹 지역으로 나눌 수 있다.

이 거대한 지붕에는 신기한 동식물들이 많지만 그중에서도 가장 신비로운 것은 바로 판시판산의 정상이다. 1884년 베트남을 식민지화한 프랑스인들은 1905년에 판시판산에 정상석을 세웠다. 그 후 오랫동안 전쟁이 지속되면서 프랑스인들이 개척했던 등반로는 흔적도 없이 사라지고, 1991년 응우옌(Nguyen)이 군인의 신분으로 이 지역에 근무하며 판시판산 등반로 개척에 나섰다.

그는 강대국과의 전쟁을 모두 이겨 낸 베트남군인의 자존심으로 무장하고 소수민족인 흐몽족 소년을 가이드로 산양의 발자국을 따라 13번을 도전한 후 최고봉 등정에 성공했고 베트남 국기를 꽂았다고 한다. (국기에 그려진 빨간 바탕에 노란 별 하나. 빨강은 혁명의 피와 조국의 정신을, 노란 별 5개의 모서리는 노동자 · 농민 · 지식인 · 청년 · 군인의 단결을 상징함.) 판시판산은 원시림 그대로의 자연 속에서 Trekking을 즐길 수 있는 명산이다.

산행에 가장 좋은 시기는 우기가 지난 10월 중순에서 11월 중순과 2~3월이다. 물론 여름에도 가능하다.

## 판시판산 케이블카

2016년 4월 오스트리아의 도펄마이어(Doppel Mayr) 그룹이 설치하고 개장한 35인승 사방 통유리 케이블카는 판시판 정상까지 6.2km를 20분에 올라간다. 출발 지점과 도착 지점의 고도 차이는 1,410m에 달한다. 2016년 개통 당시 세계 최장거리였던 6,293m의 로프 웨이가 완성되어 최장 길이를 자랑했으나 현재 최장 길이는 베트남 후코쿠 섬의 로프웨이로 7,899m이다.

판시판산의 로프 웨이 입구는 이곳, 사파역에서 로프 웨이 승차장 역까지는 약 5분, 차와 오토바이는 약 10분 소요된다. 아찔한 높이에서 계단식 논을 위에서 내려다보니 지도의 등고선과 같다. 겨울 판시판산 골짜기는 안개로 덮여 있는데 이 안개는 바람을 타면서 숨바꼭질을 하듯이 사라졌다가 다시 나타나기를 반복한다. 케이블카 아래 뱀처럼 보이는 길이 신차이 마을이다.

판시판산 정상으로 향하는 케이블카아래로 사파 신차이 마을 길이 마치 뱀이 움직이는 것처럼 보인다.

## 산 케이블카광장에서 판시판산 정상

케이블카가 정상으로 올라갈수록 기온은 내려가며 잦은 안개가 끼며 바람은 불고 춥다. 케이블카는 약 20분 걸려서 정류장에 도착한다. 정류장 휴게소에는 매점과 사원, 푸니 쿨라 역, 600계단이 기다리고 있다. 걸어서 금산보승사를 보고 정상으로 갈 것인가? 아니면 정상까지 푸니쿨라를 타고가서 내려올 때 금산보승사를 걸어서 내려가면서 볼 것인가 선택해야 한다.

기차를 타고 가지 않고 걸어서 올라가면, 잘 건축된 금산보승사와 좌불상을 9층석탑을 볼 수 있다. 가파른 화강암 계단 길과 난간은 산소부족으로 숨이 차고 어지럽다.

## 인생여행(人生旅行)을 떠나온 친구들과의 조우(遭遇)

인천공항에서 하노이공항까지(4시간 30분), 하노이공항에서 렌트한 차를 타고 사파까지 7시간의 긴 여정이었다. 고향 삼거리 친구들과의 여행 중, 판시판산 정상의 청운득로(靑雲得路) 문을 지나며 문득 생각해 본다. '인생의 지난한 시간은 속절없이 흘러갔다.' 경기 남양주 구(舊)165번 종점에서 버스를 타고 삼거리를 지나 망우리고개

케이블카광장, 금산보승사 9층 석탑,
푸니쿨라기차, 600계단 좌 불상, 하사(夏寺) 약사여래불상과 종.

를 넘으면 서울로의 입성이다.

경기북부 촌구석에서 초, 중, 고를 나와 일명 SKY로 불리우는 대학에서 공부하며, 마치 세상 전부를 가질 것처럼 원대한 꿈을 꾸었다. '청량리, 이문동, 혜화동, 안암동, 신촌을 주름잡고 다녔던 젊은 시절' 금융감독원, 대우 암스테르담 법인, LG상사 등 당시 이름만 대면 알 수 있는 멋진 직장생활이었지만, 돌이켜 보면 모든 것이 한순간에 시간이 흘러간 듯하다. 나름 최선을 다한 듯했으나 무엇인가 한 가지 제대로 된 성공을 이루지 못한 것처럼 가슴속 한편에 늘 아쉬움이 남는다.

빳빳했던 등과 허리는, 어느새 엉거주춤한 모양이 되었다.
무엇을 이루었던가?
돌이킬 수 없는 시간이 야속하다.
안개 긴 판시판산에서 서로를 바라보며 웃는다.
시골 촌놈들이었지만, 서울내기들과 부대껴 가며 치열한 경쟁을
신통하게 견디어 냈고, 가족과 함께 여기까지 잘 버티고 살아왔다
고······.
산을 내려가면 따뜻한 곡주 한잔 마시며 "고생했고 수고했네." 하며
서로의 어깨를 두드려 주고 위로하려 한다.
'안개 긴 것같이 한 치 앞을 알 수 없는 인생길에서 서로에게

위안이 되고 안부를 물으며 살아가자고'. 살아 있는 한.

판시판여행 시즌 2를 기대하며.

청운득로(靑雲得路)라고 쓰여진 문을 통과하여 정상으로 향한다. 관직에 오르고 재물, 복이 온다는 의미로 베트남인들은 매년 1월 1일 이곳에서 한 해 무탈할 것을 기원하며 입구 돌기둥을 손으로 어루만지며 지나거나 인생샷을 남긴다. 이곳을 통과하면 하사(夏寺), 금산보승사(金山寶勝寺), 9층 석탑, 약사여래상, 판사판산 정상이다.

# 8.

## 판시판산 Trekking

'인도차이나의 지붕'으로 낭만적으로 알려진 판시판산 정상에 도달할 수 있는 여러 등산로가 있다. 사파에서 서쪽으로 $15km$ 떨어진 타크티엔 예우(사랑폭포)의 입구에서 시작되는 Trekking이 비교적 선호도가 높다. 트람톤패스 트레일로 알려져 있으며, 아침 일찍 출발하면 하루 만에 등반할 수 있다. 소수민족 가이드를 동반하는 것이 안전하다.

시간, 거리 및 기간: 안내표지판에 따르면, 트람톤패스 Trekking의 시작 지점에서(사랑폭포 입구)에서 판시판산 정상까지의 편도 Trekking은 $11.2km$이다. 몸 상태가 매우 좋고, 자주 멈추지 않고, 완벽한 Trekking 조건의 상태라면 6시간 이내에 정상에 도착할 수 있다.

소모품 및 장비: 판시판산을 오르기 위해 전문 장비가 필요하지는

않지만 Trekking을 위해 무엇을 입을지, 무엇을 가져가야 할지 신중하게 고려해야 한다. 예측할 수 없는 산악 날씨는 같은 날이라 하더라도 날씨가 매우 덥고 매우 추울 수 있음을 의미한다. 일반적으로 판시판산과 사파 주변의 기온은 저지대 베트남보다 훨씬 시원하다. 낮 기온은 여름철에 15~25℃ 정도다. 겨울에는 춥거나 5~10℃까지 낮 기온은 따뜻할 수 있다.

정상에서는 바람이 차갑게 불면 더 추울 수 있다. 등반의 물리적인 작용은 땀을 많이 흘리게 되어 속에 입은 옷들은 젖기 마련이다. 그러므로 옵션으로 가볍지만 따뜻하고 방풍되는 옷을 입는 것이 가장 좋다. 산을 오르내리며 보이는 돌무더기는 소수민족 가이드들이 자갈을 통해서 온도를 측정한다고 한다. 라오스, 캄보디아, 베트남 3국을 지배하는 3,143m 판시판산 정상에 도착, 인도차이나 반도를 내려다볼 수 있다. 높이 1m 정도의 유리상자 속에 호치민 흉상이 안치되어 있으며 호치민 혼이 베트남과 호앙리엔산맥을 지키고 있다.

안전 및 허가: 판시판산은 전문 장비나, 특별한 허가 없이 독립적으로 등반할 수 있지만 철저하게 준비하고 책임감 있게 Trekking하는 것이 중요하다. 최근 몇 년 동안 가이드 없이 등산을 시도하는 외국인 관광객을 포함하여 영국 등반대원이 실족사했다는 이야기를 소수민족 가이드는 전했다. 다른 높은 산과 마찬가지로 판시판산은 위험하

며 가이드 없이 혼자 등반해서는 안 된다.

Trekking은 대부분의 오르막길에 잘 표시되어 있으며 따라가기가 매우 쉽다. 그러나 안개와 구름이 산 아래로 걸쳐져 내려갈 때 가시성이 매우 나빠서 길을 찾기 어려울 수 있다. 습한 상태가 이어지며 바위는 매우 미끄러워 사소한 미끄럼조차도 부상으로 이어질 수 있기 때문에 조심스럽게 지면을 밟아야 하며, 발목이 삐거나 작은 상처도 젖은 산비탈에는 큰 문제를 일으킬 수 있다.

Trekking로에서 벗어나거나 적절한 장비 없이 바위와 절벽을 등반하는 것은 매우 위험하다. 수분을 유지하는 것이 필수적이며 물을 충분히 가져가야 한다. Trekking은 업다운을 반복하고 격렬하기 때문에 항상 땀을 흘리게 된다. 탈수는 경련으로 이어지며, 갑자기 비가 내리고 폭풍이 불고 일광이 사라지면, 2,500m급 산 높이에서 다리 근육 경련을 일으켜 상황이 갑자기 심각해질 수 있다.

산은 여름철에도 기후변화에 의하여 갑자기 추워질 수 있으므로 저체온증에 대비해야 한다. 가능하다면 소수민족 가이드와 동반자, 작은 그룹과 함께 이동하는 게 안전하다. 휴대 전화는 필수다. 정상으로 향하는 곳의 대부분에 전화 신호가 잡힌다. 산에서 가장 넓은 범위의 신호가 잡히는 비엔 텔 SIM을 준비하는 것이 가장 좋다.

배터리가 완전히 충전되었는지, 등반에 휴대 전화를 충전할 수 있도록 USB 배터리 팩을 가지고 있는지 확인이 필요하다. 어두워질 경우를 대비하여 작은 손전등을 준비해야 한다.

## 사파에서 판시판산, 트람톤패스(Tram Ton Pass, 18km)

판시판산에 Trekking 가고자 한다면 사파에서 버스나 택시를 이용하여야 한다. 가는 길에 탁박폭포를 볼 수 있다. 탁박폭포(Silver Water Fall) 100m 아래 트람톤패스 방향에서는 소수민족 노점상들이 각종 생활잡화와 약초를 판매한다. 산을 의지하며 살아가는 소수민족들의 벼룩시장이며 삶의 현장이기도 하다. 멀리 탁박폭포가 보인다. 건강을 챙기는 식습관은 한국과 비슷한 면이 있다.

트람톤패스(Tram Ton Pass)

뱀, 도마뱀, 버섯, 밤, 이름 모를 약초를 비닐봉투에 잔뜩 넣어서 여행객들에게 귀한 약과 건강식품이라고 판매한다. 비위가 약한 사람은 먹기는커녕 봉투를 펼치기도 전에 놀라서 식상할 수도 있다.

트람톤패스는 사파에서 라이쩌우 방향으로 사파에서 약 18$km$ 떨어진 판시판산의 북쪽에 위치하며 사파에서 라이쩌우로 넘어가는 고개 정상에 올라서면 해발 1,900m 높이의 푸른 산과 하늘 구름이 어우러진 멋진 풍광이 한눈에 들어온다.

# 9.
# 소수민족 마을 Trekking

\* 사파 주변의 마을과 주요 거주 소수민족 Trekking 코스

1. 사파-깟깟 Cat Cat(몽족 Hmong), 신짜이 Sin Chai(Hmong), 트람톤패스

2. 라오카이Lao Chai(Hmong), 타반 Ta Van(자이족 Zay), 장타짜이 Giang Tachai(자오족 Zao), 쎄오미띠 Seo Mi Ti(Hmong), 수판 Su Pan(Hmong)

3. 타중호 Ta Trung Ho(Zao), 쎄오쭝호 Seo Trung Ho(Zao)

4. 사파-마트라, 타핀 Ta Phin(Hmong, Dao), 반코앙 Ban Khoang(H-mong, Dao), 타장핀 Ta Giang Phin(Hmong, Dao), 쭝짜이 Trung Chai(Hmong), 하우타오 Hau Thao(Hmong)

5. 반호(Ban Ho) 쓰어이타우 Suoi Thau(Zao, Hmong), 탄킴 Thanh Kim(Zao), 탄푸 Thanh Phu(Tay), 타중호

6. 남캉 Nam Cang(Dao), 남싸이 Nam Sai(Xapho)

7. 판시판산(Panshipan Mt)

사파를 중심으로 7개 지역을 나누어서 소수민족이 각지 전통을 유
지하며 생활하는 마을이 곳곳에 흩어져 생활하고 있다. 이들이 생활
하는 산과 길은 Trekking 묘미를 느낄 수 있다.

소수민족 마을 Trekking 지도

## 장타차이 마을 Trekking

2020년 2월 1일 아침을 먹고 간단하게 배낭을 챙겨서 소수민족 마

을로 나선다. 현재 사파 초입부에는 도로를 보수하고 있으므로, 깊게 파인 도로와 진흙과 먼지, 자갈 더미로 포장도로의 파여 나간 부분을 만나게 된다. 장타차이 Trekking은 구름으로 둘러싸인 산의 경치와 전통적인 언덕과 비탈진 논, 부족 마을과 주변 논길을 걸을 수 있는 기회를 제공한다.

계곡으로 내려가는 트레일은 가파르고 진흙탕길 중 미끄러운 장소가 많으므로 현지 흐몽(Hmong) 족으로부터 2,000VND(100원)의 대나무로 만든 워킹 스틱을 구입한다. Trekking 루트는 처음에는 사파에서 이어지는 산악 도로를 따라 내려가고, 깊은 계곡으로 내려가 타반강을 가로지르며, 논과 라오카이와 타반 마을을 통과한다.

강을 건너 도로를 다시 지나면 그곳까지의 Trekking이 끝나는 지점이다. 대부분의 여행객들은 사파로 돌아가기 위해 지프나 오토바이를 대여하여 사파로 돌아간다. 계속 걸어가고자 한다면, 붉은 자오와 몽족 마을이 Trekking 루트를 따라 늘어서 있다. 강과 계곡을 가로지르는 산과 계곡 자체에 자리잡은 마을의 멋진 전망을 감상할 수 있다(약 13km).

소수민족 마을에는 어슬렁거리는 개가 많으므로 물리지 않도록 각별히 주의해야 한다. 마을 앞마당을 걷고 있는 걷고 있는 소수민족에게 사진을 찍기 전에 먼저 물어봐야 한다는 것을 잊지 말 것. 이 다리를 건너 우측으로 직진하면 반호 마을 방향(12km)으로 갈 수 있다(사파 호수에서 약 23km). 이곳 장타차이는 자오족(붉은 자오족)이 살고 있는 곳으로 사파 전체를 보면 약 47만 명으로 추산되며, 55만 명인 흐몽족과 함께 베트남에서 가장 큰 소수민족으로 분류된다.

자오족은 베트남, 중국, 라오스 국경일대에 분포하여 전통적인 중국의 술 발효기술을 보존해 왔으며 중국문자와 비슷한 모양의 넘다고(Nom Dao)문자를 독자적으로 계승하고 있다.

## 타반 마을에는 붉은 자오족과 몽족이 생활하고 있다

타반마을 Trekking을 위해서 길을 나서면 마을에 사는 아이들의 해맑은 모습과 마을 사람들의 사는 모습도 엿볼 수 있어 좋다. 가는 길에는 키우는 오리, 닭, 소들이 길에 나와 있는 모습들에 시골의 정취를 더 느낄 수 있다. 타반마을 가는 길에도 서양인들이 그룹을 지어 Trekking을 한다.

Trekking 시작점에 모여 있던 블랙 흐몽(Hmong)족의 30대 후반 여성 1명과 8~11살 꼬마 3명이 동행해 주겠다며 따라오기 시작한다. 꼬마는 파카점퍼에 검정색 고유 복장을 하고 30대 후반 여성은 색 바랜 고유한 복장을 하고 있다. 그들 특유의 까만색 복장을 덧입었고, 장화차림에. 기념품이 가득 든 에스닉 풍의 등짐을 지고, 천으로 만든 작은 손지갑들을 손에 쥔 채 "웨어 아 유 프롬?(where are you from)" 하면서 말을 걸어온다.

어제 묵은 숙소주인인 Trang은 '그들에게 대답을 하면 끈질기게 따라붙으니 단호히 거절하라고 했다. 소수민족 여성은 자신의 이야기를 들려준다. 나이는 35세이고 아이가 2명이어서 먹고살기 힘들다고 한다. 사파 시내에 가서 가이드로 일하고 싶으나, 나이 먹은 자기 같은 사람은 선호하지 않기에 가이드 없이 단독으로 Trekking하는 사람들을 안내하고, 기회가 되면 본인의 등짐 보따리의 액세서리와 가방류의 물건을 가이드 비용 대신 사 주면 된다는 하소연이다.

흐몽족은 베트남에서 가장 큰 소수민족 중 하나로 중국의 묘족(苗族)과 같은 뿌리라고 한다. 고산 지대에 살면서 과일이나 약초 등을 재배하고 돼지, 닭, 물소 같은 가축을 기르며 생계를 유지한다. 옷 색깔에 따라 블랙흐몽, 레드흐몽, 플라워흐몽으로 나뉘며 이들은 각기 다른 관습과 문화를 갖고 있다.

작은 다리를 건너고 폭포에 포토존에 이르자 여인은 드디어 민예품을 펼친다. 그리고 사진 찍으라고 모자와 머리밴드를 건네 준다. 멋지

게 포즈를 취하고 사진을 찍자, 대여료를 달라고 한다, 순간 급 당황
했으나, 이제까지 함께 걸어온 수고를 생각해서 몇몇 민예품을 사 주
어야 한다.

사파-Tavan-장타차이-Trekking

## Tekking과 어린 소녀

산악 Trekking을 하는 순간부터 마치는 순간까지 "이 개고생을 왜
사서 하는가?" 하는 질문을 스스로에게 묻게 된다. 혼자 걷든, 단체여
행객들과 20~30m 거리를 두고 가도 소수민족 꼬마들과 아낙네들이
달라붙어 가이드를 해 준다고 연신 말을 건다. '귀찮다, 필요 없다'고
해도 소용없다.

소수민족에게는 오늘 반드시 가이드를 해야만 하거나 가이드 보조라도 하면서 마실 물과 그들의 에스닉 민예품을 팔아야 생계를 유지할 수 있으므로, 아주 훌륭한 비즈니스 파트너를 만난 셈이 되므로, 절대로 놔 주려 하지 않는다.

꼬마들은 묻는다.

"어디서 왔어요?"

"한국에서 왔어."

"일본 사람 같아요."

"모자 하나 사 줄래요?"

"너 몇 살이냐?"

"나이는 왜 물어요?"

"학교에 안 가고 여기서 뭐해?"

"학교? 그런 데 안 가도 돼요."

"영어는 어디서 배웠어?"

"길에서 주운 거예요."


동문서답이다.

이날의 대화가 잊히지 않는다.

겨우 8살 꼬마가 그런 말을 하리라고 상상도 못 했다.


## 사파 Trekking-Tavan 홈스테이


인천공항을 출발하여 하노이 노이바이공항까지 5시간, 그리고 버스로 하노이에서 사파~타반 마을까지 이어지는 9시간의 여행은 각자의 집으로부터 북베트남 사파, 타반 도착까지 무려 24시간의 대이

동이었다. 사파는 하노이로부터 이어진 홍강의 원류를 따라서 북쪽의 고속도로를 달려가야 한다.

설악산구조대의 산악등반으로 단련된 병남과 고교산악회의 단골 멤버인 영범과 희자, 은미, 원옥을 피곤에 지치게 했다. 비 내리는 타반마을의 풍광은 1960~1970년대의 고향 사능의 모습과 비슷하다. 물소, 닭, 돼지, 개들이 논밭에서 한가롭게 놀고 있다. 서둘러 짐을 풀고 가볍게 마을을 산책한 후 모두들 피곤하고 배고픈지라 먹을 궁리부터 한다.

## 홈스테이 확인사항

집 떠나온 여행자에게 그 어떤 곳의 잠자리도 집이 주는 안락함보다 편할 리는 없다. 1월 사파에서 홈스테이의 모든 잠자리는 어지간한 불편함은 감수해야 한다. 여행자에 따라 선호도가 다르므로 홈스테이하기 어려운 상황에 처할 수도 있다. 그러므로, 웹사이트를 통해서 단번에 예약하지 말고, 사파 시내에서 하루 이틀 머물며, 스쿠터를 타고 홈스테이할 곳을 사전에 답사한 후에 결정해도 늦지 않다.

2월 고산 지대에는 홈스테이할 곳의 수요보다는 공급이 넘친다. 첫 번째는 청소상태를 봐야 한다. 방에 들어갔을 때, 창문이 완전히 밀폐되어 있고, 햇빛 사이로 자욱한 먼지가 보이며 방 천정에 흐릿하게 보이는 거미 집에 작은 곤충이 붙어 있는 것을 발견할 수도 있다.

두 번째는 사파 시내의 중심에서 조금 떨어져 있는 곳은 비용은 저렴하나 걸어서 시내까지 가기에는 애매하여 교통이 불편할 수 있다.

사파 광장에 도착하는 데 20~30분이 걸리는 거리인지 확인한다. 사파 광장에서 거리는 멀지 않으나 경사가 심하게 가파른 곳은 가능한 피해야 한다. 스쿠터가 진흙길에 미끄러져 낙상사고의 위험이 있다. 세 번째는 난방이 있는 곳과 없는 곳이 있다는 것을 알고 홈스테이를 계획해야 한다.

11월~3월에 사파의 아침과 밤에는 상당히 춥다. 난방이 없는 곳은 아침과 저녁에 샤워를 하는 것이 상당히 어렵다. 보통 북베트남의 숙소 서비스는 만족스럽지 않은 곳이 많다. 그러나, 소수민족 홈스테이 가족구성원들은 기본적으로 친절하다. 대부분의 소수민족 홈스테이는 '에어비엔비', '부킹 닷컴' 같은 숙박사이트에 연결되어 있다.

그러므로 '미래의 고객을 위한 리뷰가 향후 재사용 고객 수자에 직접 연결'되어 있음을 홈스테이 운영진은 생각하기 때문에 나름 최선을 다한 그들의 식사와 서비스를 제공한다.

Tavan Riverside Ecolodge, 홈스테이 Muong Hoa River

## 블랙몽족 집에서 홈스테이

그토록 설레며 기다려 왔던 과거로의 시간 여행이다. 고향인 남양주 사능, 율석리, 수동의 1960~1970년대의 모습이다. 개울, 돌담, 낮은 지붕, 모닥불, 옥수수, 고구마, 화로, 재래식화장실, 대나무숲, 돼지우리, 저녁 준비를 하는 동안 식당 한구석에는 모닥불을 피워 주면서 비에 젖은 눅눅한 옷과 몸을 데우라고 한다. 모닥불이 따스하다.

모닥불연기에 버팔로 고기를 훈제하여 긴 겨울을 대비하는 듯하다. 영범은 목욕을 한다며 나무로 된 욕조에 몸을 담그고 피곤한 몸을 잠시 쉬는 듯하다. 경직된 근육이 펴지는지 '아 함' 하며 편안한 하품을 한다. 저녁, 소박한 밥상이다. 손님이라고는 우리들 한 팀뿐이다. 마치 집 한 채를 전세 낸 듯 편안하게 식탁의자에 걸터앉았다.

감자는 썰어서 튀긴 후 소금을 뿌려 양념을 내고 공심 채를 데쳐서 묻히고 돼지고기를 삶아 무와 볶는다. 표고버섯도 삶아 양념을 살짝 넣고 이들이 먹는 그대로의 전통음식이지만 무언가 매우 익숙한 차림이다. 원옥은 홈스테이 주방에서 싸하게 코끝으로 번져 오는 간장 냄새에 주목하고, 소수민족 주방장에게 간장을 달라고 했다.

냄새의 주인공은 '느억맘'이다. 한국의 전통 소스인 간장과 된장, 고추장의 주재료를 땅에서 얻었다면 베트남 전통 소스인 '느억맘'은 바다에서 길어왔다. '느억(Nuoc, 물)맘(mam, 생선)은 까껌(ca com)이라는 작은 물고기'들을 숙성하여 만든 생선(Fish) 소스다. 느억맘은 망망대해를 자유로이 떠돌던 까껌의 기질 탓인지, 그 향이 자유롭고, 끝 맛도 경쾌하다.

원옥은 커다란 밥그릇에 느억맘을 듬뿍 뿌리고 맛있게 비벼서 밥과 안주 삼아 맛있게 먹는다. (1병 400원, 조선간장의 냄새와 비슷하다.)

영범은 베트남 보드카로 건배를 권한다. 피곤했던 지난 시간을 잊고 잠시 사파타반 촌구석에 머물며 느억맘 향기에 행복해했다. 희자는 율석리 큰언니답게 "몇 병 사서 동생들에게 나눠 줄까?" 은미는 "사 가서 친구들 좀 나눠 줄까?" 원옥은 "여기서나 잘 챙겨 먹자."라고 한다.

영범은 "우리 마님 좀 사다 줘야겠다."며 닭살 돋는소리를 한다. 병남은 "히말라야산에 등반할 때 가져가야겠다."고 전혀 다른 산악대장 포스다. 어린시절 입맛이 없던 아이들을 달래려는 어머니들이 고소한 참기름과 간장으로 밥을 비벼 주면 한 그릇 뚝딱 해치우던 추억이 아련하다.

한국적인 맛과 냄새는 된장, 고추장, 간장이 아니었을까? 쌀로 만든 증류주 한 잔은 피로를 달래라는 주인장의 따스한 배려이다. 술잔을 들고 건배한다. 사파에 무사히 도착했다는 안심과 내일의 Trekking을 위하여 자리에 눕는다.

매트리스가 차갑다.
나무판으로 된 벽에서 한기가 스민다.
겨울 사파는 춥다.
그래서인지 이불이 매우 두껍다.
한기를 못 이기고 잠시 의자에 앉는다.

잠자리는 다소 불편하지만 감수해야만 한다. 오히려 여행만이 줄 수 있는 색다른 체험이니 즐거운 일이다. 이러한 경험은 쉽게 할 수 있는 것이 아니다. 기회가 주어지면 최대한 느끼고 가슴으로 새기는 것이 여행이 주는 선물이고 매력이다. 원옥과 은미, 희자는 옆방에서 두런두런 이야기 중이다.

영범, 병남은 차가운 공기를 이기려고 베트남 보드카와 맥주를 섞어 마시며 아리따운 처자가 있으면 시내에 가서 한잔 더 했으면 좋겠고, 어디 먼 곳으로 또 여행 가자고 헛소리를 지껄여 대며 늦게까지 마셨다. 낭현, 계준이 함께 못 와서 아쉽고, 밤에 산골에서 딱히 할 일도 없어서이다. 내일은 날씨가 좋아지길 바라면서 잠을 청한다.

카우메이폭포(Cau May Waterfall), 흐몽 여인

  사파의 시골 마을 홈스테이는 여행자의 선호도에 따라 희비가 엇갈린다. 사파에서 근사한 가라오케와 멋진 호텔의 바(Bar)를 기대했다가는 절대 오산이다. 또한, 앞서 이야기했듯이 베트남 전통의상인 아오자이를 곱게 차려입은 아리따운 아가씨와의 여행지에서 만나게 되는 로맨스 따위도 없다.

행여, 다른 여행팀의 술 미팅 또한 우연하게 있지 않을까 하는 기대도 착각이다. 그저, 산과 논, 진흙탕길과 빨리 찾아오는 2월 초겨울의 어둠이 있을 뿐이다. 저녁 6시가 되면 주변이 온통 암흑으로 변하여 꼼짝 없이 홈스테이 안에 갇혀 있게 되는 상황, 추위로 인하여 잠을 이루지 못해 덜덜 떨다가, 새벽녘에 일어나 북베트남의 산간오지를 Trekking하는 것 이외에는 도무지 할 것이라곤 없는 시골 촌구석의 체험이다. (사파 타반마을 2020. 1. 30.)

## 사파-Cat Cat-신차이-트람톤 Trekking

사파 호수를 등지고 우측으로 내려가면 타반마을로 가는 방향과 반대방향의 길로 가면 깟깟 마을이며 신차이 마을을 지나 트람톤패스 초입까지 걸어갈 수 있다(약 25km). 토, 일요일에는 넘치는 차량으로 교통이 정체되는 걸 각오해야 한다. 마을 안 도로는 대부분 돌이나 시멘트로 포장돼 있다.

이곳은 사파 시내와 가까운 탓에 외국인 관광객이 너무 많고 오토바이 타고 오는 바이크족들과 버스를 대절하여 오는 관광객들로 인하여 사파의 원시성이라고는 찾아볼 수 없을 만큼 상업화되어 있다. 깟깟 마을은 한국의 민속촌처럼 관광지화되어 있어 관광 지역과 마을 주민들의 생활터전은 분리되어 있다.

   마을 입구에서 판매하는 삿갓 모자는 베트남어로 '농라'(non la)이
다. non은 모자, la는 나뭇잎, 간단히 '농'이라 부른다. 대나무, 야자수
잎, 바바나 줄기를 섬유화해서 만든다. (바나나섬유로 만든 모자, 가
방류는 일본, 싱가포르에 수출될 만큼 인기가 많다.) Trekking을 시작
하기 전에 호신용으로 대나무 지팡이와 농모자를 구매하길 권한다.

**야자수잎으로 만든 농라모자, 바바나 줄기를 섬유화해서 만든 모자**

   뜨거운 태양과 마음대로 풀어논 개들이 워낙 많아 불편할 수 있다.
입장료는 개인당 4만 동(2,000원). 울퉁불퉁한 돌계단 길을 내려가면
깟깟 마을의 므엉호아 계곡과 티엔사폭포가 보인다. 계곡을 가로지른
깟깟 다리를 건너 만나게 되는 티엔사폭포(Tien Sa Waterfall)다. 작은
규모의 공연장에서 몽족 공연도 감상할 수 있는 곳이라 관광객들이

가장 많이 모인다.

Trekking 코스로 돌아본 깟깟 마을은 사파 시내에서 3$km$ 거리로 사파 시내와 광장 그리고 소수민족들이 판매하는 민예품을 구경하면서 천천히 이동하면 된다. 깟깟 마을로 가는 길은 공사 중인 곳이 많고 외지인들에 의한 무계획적인 호텔, 펜션, 여관의 난개발로 인하여 신음하고 있다.


## '사파 고양이'

이 고양이는 어디서 나타났는지 카페 입구에서부터 졸졸 따라다닌다. 배낭을 집요하게 탐색하는 눈치다. 뭐가 그리 궁금할까? 배낭 주위를 빙글빙글 돌며 나를 빤히 쳐다본다. 배낭에는 1박 2일간 판시판 산행에 필요한 물과 초콜릿바, 사과, 사탕, 빵이 들어 있다. 고양이는 아마도 초콜릿 냄새 때문에 배낭 주위를 맴도는 듯하다.

"어이 사파 고양이 초콜릿 좀 나누어 줄까?" 배낭 지퍼를 열고 초콜릿바 하나를 먹기 좋게 봉투를 벗겨서 던져 주니 입에 물고는 냉큼 지붕 위로 튀어 오른다. 그리고는 혀를 날름거리며 초콜릿바를 먹으며 "야옹야옹" 한다. "맛있어 죽겠다"는 소리 같다. 초콜릿바를 순식간에

먹어 치운 고양이는 잠시 후 다시 지붕 위에서 내려와 배낭 주위를 맴 돈다.

탁자를 소리 나게 손바닥으로 치자, 힐끔 쳐다보며 "왜? 어쩌라고?" 정말 건방지기 짝이 없는 표정이다. 휴지를 돌돌 말아서 녀석에게 던 지자 가볍게 피하며 꼬리를 엉덩이 위로 치켜세우며 야성(野性)을 부 린다. 가만히 녀석을 살펴보니 제법 윤기 있는 털과 뾰족한 턱, 푸른 눈, 날카로운 발톱을 가지고 있다.

이 동네에서 한 주먹 한다는 얼굴이며 타지에서 온 만만한 여행객 을 상대로 "야옹야옹 하며 먹을 것을 뜯어낸 포스"다. 녀석의 눈을 뚫 어지게 쳐다보며 눈싸움을 벌였다. 녀석도 지지 않으려는 듯 앞자세를 낮추고는 마치 공격이라도 할 태세로 코를 혓바닥으로 날름거리며 상대방이 약한 상대인가 강한 상대인가를 가늠하려는 듯 묘한 표정으로 한동안 째려보더니 이내 꼬리를 살랑이며 내려놓고 잠이 올 것 같은 눈으로 자리에 눕는다.

건방진 고양이와 실랑이를 끝낸 나그네는 갑자기 할 일이 없어져 버려 지도를 펼쳐 놓고 콜라 한 캔을 마시며 오늘 걸어갈 호앙리엔산 트람톤패스를 가늠해 본다. 사파에서 트람톤패스는 약 18km다. "어~ 흠 떠나 볼까." 헛기침하고 일어서자 고양이는 한결 수그러든 표정으로 '형님, 안녕히 가세요.'라고 하는 듯 "야~~~옹" 한다.

나의 출발과 고양이의 땅에서 해꼬지 없이 떠나는 나그네에게 고맙다는 인사이려나……. 아니면? "시건방진 나그네 어서 떠나요." 하는 건가? 나그네는 실없는 웃음을 고양이에게 흘리며 길을 떠난다. (2020. 5. 2.)


## 사파 깟깟 마을의 몽족

몽족은 B.C. 3세기 중국 황하유역에서 시작했고 2천 년 동안 중국 남부 지역 일부에서 살았다고 한다. 그 시절에 자신들의 종족에게 부과되었던 불합리한 과세에 저항하며 정치적 보복을 피해서 점차 서쪽으로 이주하였다. 한족과의 전투 이후 동남아로 대거 이동하였고 1970년대 라오스 공산화와 함께 그곳에 살고 있었던 수천 명이 서구와 타이로 근거지를 옮겼다.

사파 깟깟 마을은 씨족 문화를 사회의 기반으로 하고 있으며 중국의 영향을 받은 전형적으로 부계 사회다. 몽족 고유의 언어와 달력을 사용하고 있고 다양한 전통의상과 음식, 음악, 춤의 문화를 보존하고 있다.

## '통행료'

외국인이 사파에서 마을 간 이동 시에는 마을 거주자들은 무료이나 외국인 여행객들은 통행료를 내야 한다. 마을을 관리하고 운영하는 데 따른 세금인 셈이다. 이 제도는 상당히 오래전에 도입되었으며, 이곳 소수민족 사람들은 외국인이 통행료(세금) 없이 통행하다 발각되면 탈세자로 간주하여 공개적인 면박을 주며, 몇 배로 추징하려고 인상 쓴다.

프랑스 식민지 시절에 만들어진 수력발전소, 소수민족 민예품거리, 소수민족 상징물 닭모형, 폭포

## 사파-신차이 마을로 Trekking

사파는 Trekking의 성지이지만, 길은 오토바이와 트럭으로 인하여 파여 나간 곳이 많다. 한낮에 뜨겁게 달구어진 논과 산길이 나그네를 기다리고 있다. 이 Trekking 길은 아이들의 놀이터이자, 어른들의 생계의 터전의 시작이다.

"왜 걷느냐?"고 묻는 나에게(Robert, 미국 애틀란타)

'그냥 걷는다'는 싱거운 답이다.

그렇다, 그냥 걷는다.

"일본 사람도 여기 자주 오냐"고 묻기에

잘 모르겠다고 답한다.

"내가 일본 사람처럼 보이는가?"

한국 사람이라고 설명한다.


'두 멍청이'는 땀을 억수로 흘리며 깟깟(Cat Cat) 마을 끝, 신차이 마을에서 트람톤패스까지 16km를 앞서거니 뒤서거니 걸어갔다. 한 낮의 사파의 시골길은 몹시 더웠고 황량했다. 이정표는 깟깟 마을의 끝이며 신차이 마을로 출발하는 경계선이다.

## 신차이 마을의 화전논

수백 개의 다랑논이 산등성이에 겹겹이 싸여 절로 감탄을 자아내게
하는 풍경이 펼쳐진다. 하지만 가까이 다가가면 그 아름다운 풍경은
저절로 만들어진 게 아님을 알게 된다. 산등성이를 깎아 내고 나무를
뽑고 돌을 고르는 여인들, 한 뼘의 땅을 얻기 위해 얼마나 많은 노력
이 필요한지 모른다. 비라도 내리는 날에는 겨우 개간한 땅이 비에 쓸
려 나가지 않도록 물길을 만들기 위하여 괭이를 메고 가파른 산길을
오른다.

## Sapa-타핀 마을

사파 시내에서 쭉 걸어와 암벽 밑을 지나가면 타핀 마을이다(약 12

*km*). 농번기 철이라 흐멍족이 운영하는 수예품센터는 개점휴업 중이다.

시골 마을의 잡화점 풍경은 어디든 같다. 군것질을 하기 위해 잡화점을 찾아온 꼬마들, 모내기를 돕다가 시장거리를 사기 위해 잡화점에 와서 오토바이 위에 앉아 물건을 기다리는 소녀, 각종 과일과 음료수를 사는 아낙네와 아이를 등에 업은 채로 일하다가 마실 것을 사러 온 소녀, 어깨동무하며 걷는 꼬마들, 맨발로 오토바이를 타고 와서 어딘가로 문자 보내는 청년의 모습이 보인다.

## 타핀 마을 모내기 풍경

옛날 시골에서 저런 식으로 모내기를 하였다. 타임머신을 타고 1960~1970년으로 시간의 강을 거슬러 돌아간 듯한 풍광이다. 모내기 철이 되면 모를 심고, 나르고 논두렁에 앉아서 땀냄새를 풍기며 진흙탕물에 꾀죄죄한 모양으로 진한 된장에 상추쌈과 하얀 쌀밥, 흰두부, 돼지 목살과 사능막걸리는 일품이었다. 까마득한 어린시절 기억들이 아직도 어제일처럼 생생하기만 하다.

모내기를 하면 마을 사람들은 윗마을 아래마을로 나뉘어져 약 10여명씩 패를 나누어서 이웃집 논에 모내기를 해 주고 차례가 되면 우리 논에 모를 심는 품앗이였다. 타핀 마을 역시 모를 심는 옛날 우리의 모습과 같다. 비포장도로는 트럭이 지나갈 때마다 흙먼지를 풀풀 날리고 물소 떼를 몰고가는 아이들을 쉽게 볼 수 있다.

농번기에는 일손이 부족하여 초등학교는 잠시 휴업하고 농사일을 돕는다고 한다. 그래서인지 어린아이들은 동생을 등에 업고 모를 나르거나 찬거리를 들고 논두렁을 걷는 모습을 쉽게 볼 수 있다. 농기구가 부족하여 사람의 노동으로 논바닥을 일구고 다지는 일은 이곳에선 평범한 일이었다.

마을 사람들은 흥겨운 노래를 부르며 노동의 고됨을 달래는 모습이다. 오랜 기간 이어져 왔을 그들 나름의 농가(農歌)를 일정한 가락에 맞추어 부르며 가끔씩 굽은 허리를 펴고 하늘을 본다. 일종의 노동가의 추임새와도 같다. 간혹 지나가는 나그네에게 손짓하며 미소를 보이기도 한다.

실제로는 힘들겠지만, 온 동네 사람들과 아이들이 마을 잔치하는 것처럼 음식과 양귀비, 옥수수로 만든 술잔을 주고받으며 모심는 것은 마을의 단결과 긴 겨울을 견딜 수 있는 수확물에 대한 일종의 신성한 의식을 치르는 것처럼 보였다. 한동안 멈추어 서서 그들의 노동을 지켜보았다.

사람 사는 냄새가 나는 모습이다.
행복해 보이기도 한다.
과거로의 시간 여행을 위하여 타핀 마을을 찾았지만 역설적이게도 진한 노동의 현실의 삶과 마주하였다.
논농사는 고되다.
물소도 힘든다.
일손은 부족하고 태양은 뜨겁다.
모내기를 기다리는 많은 논이 남아 있다.
아이들도 학교를 잠시 쉬게 하고 모내기에 총동원된다.

타핀 마을 깊숙하게 들어오면 반코앙 마을을 가로막고 있는 산이 보

인다. 직접 갈 수 있는 방법은 구름 낀 산을 지나가야 반코앙으로 갈 수 있다. 소수민족들은 목이 긴 장화를 신고 숲을 헤치며 다닌다고 한다. 일반인들은 길은 좁고 산은 험해서, 다시 사파로 되돌아가서 대중교통을 이용하거나 세옴(오토바이)을 타고 반코앙 마을에 갈 수 있다.


## 사파 양진한치(양방으로 진단하고 한방으로 치료한다)

오전에 논농사를 마친 노인은 몹시 피곤한 듯 나무로 만든 집의 벽을 등지고 잠이 들었다. 타핀 마을의 소수민족의 집은 나무로 만든 집이 상당히 많이 보인다. 한쪽 신발은 벗고, 지팡이로 무거운 머리를 의지한 채 먹다 남은 음료수가 옆에 가지런하다. 노인은 무슨 꿈을 꾸고 있는 것일까?

논에 모내기하러 들어갔다가 바로 나와 물에 발 닦을 시간도 없었던 듯 종아리와 무릎에는 진흙탕물 흔적이 고스란하게 남아 있다. 나무를 덧대어 만든 집은 이끼가 끼고 삭아서 금방이라도 주저앉을 듯하다. 소수민족에게도 COVID-19 전염병은 무시할 수 없는 두려움으로 존재한다. 베트남 정부의 강력한 통제로 국경, 도시간 이동을 폐쇄했으나 국경 지대를 넘어다니는 소수민족들을 통제하기는 역부족인 듯했다.

중국에서 넘어오는 소수민족을 통제하는 베트남 공안들은 전에 없는 출입국검사로 험악한 인상을 지으며 적정 거리를 유지하라며 곤봉으로 이들을 다그친다. 전염병이 평화로운 지역도 피해 가지 않았다. 소수민족들은 수백 년 동안 전해 내려오는 그들 특유의 전통한방치료방법으로 각종 질병을 치료해 왔다.

최근 수년 전부터 양방의 중요성을 인식해서 양방치료를 받아 오고 있으나 깊은 산속의 소수민족들은 여전히 한방치료를 할 수밖에 없는 상황이다. 이들 또한 바이러스감염을 포함하여 기저질환인 치매, 노화, 당뇨, 암을 대체하거나 예방할 수 있는 개념의 한방약을 선호하는데 결국 체내 염증과 면역력을 키우고 있는 각종 산야초로부터 자원을 얻을 수밖에 없다.

만성적인 단백질과 철분의 부족은 이들의 평균수명은 40대 후반 50대 초반으로 단축시키고 있으며 조로(早老)현상이 오기도 한다고 한다.

신발 한 짝을 벗은 채 판자벽에 기대어 잠든 노인, 산 약초 채취하러 가는 여인 뱀에게 물리지 않기 위해서 장화를 신고 칼을 준비해서 개와 함께 산에 약초캐러 갈 준비 중이다. 개는 더운데 왜 산에 오르냐며 여인에게 등을 돌린 채 주저앉아 투정 중인 듯하다.

## 시골 마을 공놀이-축구

시골 마을의 학교에서는 공놀이가 한창이다. 운동화도 안 신고 맨발에 운동장을 달린다. 축구는 사파 어린이들에게 있어서 매우 중요한 놀이다. 축구 놀이에 끼지 못한 아이들은 학교 담벼락에 모여 앉아 장기판을 만들어 장기를 둔다. 베트남의 축구 열기는 뜨겁다 못해 과열양상이다. 베트남 국가대표 박항서 감독은 영웅 수준으로 대접받기도 했으나, 최근 일본의 딴지 걸기와 베트남 축구협회의 심술(?)로 인하여 좋은 인연으로 끝날 수 없을 것 같다.

좋은 인연은 오래 지속될 수 없는 것인가? 베트남 속담 중에 "Ban be hieu nhau khi hoan nan(곤경은 불알친구를 시험한다)."는 말이 있다.

최근 수년간 아시아 국가들과의 경기에서 좋은 성적을 냈는데도 한두 번 패배한 것에 대하여 박항서 감독에게 딴지 걸고, COVID-19와 같은 곤란한 상황이 오면 친구관계도 서먹해지고 외면하게 되는 것인가? 유튜브와 각종 매체에서 베트남 삼성전자와 박항서 축구에 대한 터무니없는 소문, 불신, 무지함이 안타깝다.

인간은 무언가를 이해할 시간이 없어.

그리고 다 만들어진 것을 가게에서 사지.

144

하지만 우정을 살 수 있는 곳은 아무 데도 없어.

생텍쥐페리, 《어린 왕자》 중에서

## 일요일 새벽장

일요일 새벽장을 위해 사파 광장으로 향하던 타핀 마을 아낙네들이
12*km* 걸어서 갔다가 다시 같은 거리를 돌아 마을로 향한다. 두런두런
이야기를 나누더니, 햇빛을 피해 나무그늘에 앉아 있는 나그네를 보
면서 한 여인은 겸연쩍게 웃는 듯하며 한 여인은 '얼씨구 뭐하는 거예
요?' 하는 듯하다. '새벽 사파광장에서 본 모자 쓴 그 양반이군요. 여기
까지 걸어오셨나요?' 하며 묻는 것 같다. 타핀 마을로 가는 길에 대나

무숲이 울창하다.

## 탐킨 마을 Trekking 10km

소수민족?

잘 알지도 못하면서 고착된 이미지가 있다. 붉은색의 얼굴이 햇볕
에 타 들어가서 새까맣게 변한 피부, 웃는 얼굴과 눈가의 짙은 주름,
탈색된 치아, 나이를 예측할 수 없는 키(140~150cm). 어딘지 기괴한
복장과 머리 스타일에 요란한 장신구를 하고 은색 팔찌와 슬리퍼차
림으로 이방인에게 관대한 듯 관대하지 않은 듯한 애매한 눈빛으로
바라보는 모습, 문명과 단절되고 전통을 고수하며 사는 사람들? 이미
오래전부터 사파의 소수민족은 문명과의 단절로 인하여 전통 복장을

고수하는 것만은 아니다.

많은 여행객으로 인해 '세상의 때'가 묻은 그들은 사파를 찾는 사람들이 자신들에게서 어떤 모습을 기대하는지를 알고 있다. 그래서 일부는 생존을 위해 불편하지만 전통 의상과 생활 방식을 고수하는 것이다. 그들은 전통 의상을 입고 화려한 장신구를 하고 있으니 아마도 절반은 그런 기대에 부응한 셈이다.

인터넷에는 호객 행위를 뿌리치는 방법뿐만 아니라, 그들이 파는 수공예품의 적당한 가격까지 나와 있었다. 자기네 마을로 Trekking을 가자고 하거나, 홈스테이를 시켜 주겠다며 관광객들의 시선을 끈다고 했다. 그들의 모습은 여행자가 원하는 모습을 보여 주는 것일 뿐이라고, 그들의 친절도 결국 물건을 팔기 위한 것이라고 말이다.

그러나 사파 시내를 조금만 벗어나면, 수박 겉 핥기 식으로 다녀간 여행자들의 여행 후기가, 전부가 아님을 알 수 있다. 사파 시내를 10 *km* 이상 벗어나 그들의 Trekking을 따라가면, 안전한 Trekking 신발을 신지도 않고 안내하는 소수민족, 그녀들이 신은 슬리퍼 뒤축의 발뒤꿈치는 새까맣게 굳은살이 박혀 있고, 자수용 실의 염색 물감이 손바닥과 손끝에 시퍼렇게 베어 있었다.

그럼에도 불구하고 진흙탕 길과 자갈길, 좁은 논길을 요행히 도 잘 피해서 익숙하게 걸어간다.

## 남캉(Nam Cang), 반호-남캉 18*km*

장타차이-반호(Ban Ho) 쓰어이타우[Suoi Thau(Zao, Hmong)], 탄낌[Thanh Kim(Zao)], 탄푸[Thanh Phu(Tay)], 사파 Trekking 코스 중에 인적이 드물고, 때가 덜 묻은 말하자면, 순박함이 살아 있는 소수민족을 제대로 접할 수 있다. 반호에서 남캉으로 가는 산길도 상당이 험하고, 인적이 드문 곳은 들개와 산짐승이 염려되어 혼자서 깊은 산길을 걷는 것이 위험하므로 소수민족 가이드의 안내를 받는 것이 안전하다.

반호-남캉으로 가는 길목 다리, 남캉의 계곡물과 사파 장타차이의 계곡물이 이곳에서 합류하여 라오카이를 거쳐 홍강으로 흘러 나간다.

남캉 상류의 맑은 계곡물은 하류에 합류 지점에 이르러 시뻘건 흙 탕물로 바뀐 후 사납게 흘러간다. 이곳에서는 소수민족들이 종이를 만드는 과정과 마을 공동체로서 공동 집짓기와 모심기하는 모습을 볼 수 있으며 인디고 염색체험을 할 수 있다.

토파스에콜로지에서 운영하는 Nam Cang Riverside Lodge에 머물 며 여유로운 오지마을의 산, 상류의 계곡에서 흘러 내려오는 맑은 계 곡물과 풍광을 감상하며 편안한 하루를 쉬어 갈 수 있다.

남캉 마을의 어린 자매는 모내기한다고 긴 장화를 신고 준비 중이다.
Nam Cang Riverside Lodge 다리.

## 소수민족을 대할 때 주의사항

옹 떠이(Ong Tay) & 바 떠이(Ba Tay): 어린이들이 지나가는 백인을 향해 옹 떠이(Ong tay, 서양 남자), 바 떠이(Ba tay, 서양 여자)라고 종 알거리며 따라오는 것은 관심을 끌어 보이며 에스닉 제품을 판매하려는 의도가 많다. 즉 이국적인 대상의 관심을 끌고 소수민족이 거주하는 산악마을 안내를 하거나 홈스테이 권유, 식당 안내로 수수료를 원한다.

아이들이 겁 없이 다가와 영어로 묻는다. "Where are you from? 어디에서 왔어요?"

소수민족은 외국인을 대할 때 겉으로는 친절하고 상냥하지만 안으로는 자부심과 긍지를 갖고 있는 외세에 저항을 하면서도 오랫동안 외국의 지배를 받아 와서 그런지 자존심이 상당히 강하다. 경제적으로 가난하다고 무시하지 말고, 진실한 마음으로 대할 때는 순수하고 친절하다.

소수민족사회는 옛날부터 종적인 사회가 아니고 평등한 사회이며 누구에게나 평등하고 존중하는 마음으로 대하면 집으로 초대되어 친절한 환대를 받을 수 있다.

오랜 전쟁과 소수민족으로서 억압으로 인해 많은 이들이 아픈 상처를 갖고 있으므로 사생활에 참견하는 것은 바람직하지 않다. 자존심을 건드리지 않도록 주의하여야 한다. 모터 바이크 접촉 사고가 나면 즉시 사과하고 해결방안을 찾는 것이 중요하다.

숙박료와 음식가격에 대한 불만이 있을 시 통역기를 사용하여 정확하게 수치를 이야기하여 정정하려는 태도를 보여야 해결할 수 있다.

술 자랑하지 말 것, 고구마, 옥수수, 바나나, 양귀비로 만든 증류주라서 취하기 쉽다.

담배를 쉽게 권하는데 대마초일 가능성이 높다. 스스로 조심해야 한다. 베트남 공안에게 잡혀 가서 벌금 내고 혼쭐 나는 경우가 발생하며 심할 경우 사법 처리되며 구속 혹은 강제추방될 수 있다.


## 소수민족의 지위, 위상

베트남에서 소수민족은 나름대로 정부의 보호와 후원을 받는 것은 물론 베트남 주류 민족과의 갈등 없이 평화롭게 지내고 있다. 보수적인 북부 지역이나 공산당원이 주종을 이루는 관료사회에서 소수민족의 지위나 위상은 베트남인과 동일하다. 지방성에서는 소수민족의 문화를 지역특화 자원으로 개발하여 그들의 문화적 자부심을 높이고 지역의 문화자원으로 활용되고 있는 추세이다.

소수민족의 권리가 정치적으로 보장받으며, 소수민족 위원회가 설치되어 정치 및 사회적 권리는 헌법에도 명시되어 있다. 지방에는 소수민족 공무원의 의무채용 비율이 있으며, 평야 지역과 산간 지역의 사회경제적 차이와 교육 격차를 근절하기 위한 부단한 노력이 진행되고 있다. 이러한 노력에 힘입어 일부 소수민족은 대학에 진학하여 국가공무원을 비롯하여 다양한 분야에서 활약하고 있다.

호치민 주석은 산악 지대에서 전쟁 수행 중 소수민족의 도움으로 수차례 죽음의 위기를 넘기고, 허기진 군사에게 식량 등 물자를 제공하여 승리하기도 하였다. 이러한 이유로 호치민 주석은 독립 이후에도 소수민족을 차별 없이 지원하라는 유지를 남긴 바 있다. 하지만, 이러한 노력에도 불구하고 아직도 오지에 사는 다수의 산간 소수민족은 교육과 의료, 문화혜택을 받지 못한 채 근근이 살아가고 있으며 정부, 민간 각 구호단체의 손길이 필요한 것이 현실이다.

북베트남 소수민족 홈스테이에서 제공되는 식사는 통치-사파 산악 지역의 가장 신비한 특산품인 통치(theng Cz)다. 과거에는 말 고기로 요리했지만 요즘에는 버팔로, 가축 등으로 요리한다. 동물의 내장, 간, 생강, 레몬, 각종 야채를 냄비에 넣어 푹 끓인 후 국수, 혹은 밥과 함께 먹는다.

카사바: 먹기 전에 물에 담가 두어 독을 제거하거나 굽거나 튀기거나, 찌는 요리로 독을 제거해야 한다. 다량의 탄수화물이 함유되어 기력회복 및 피로 회복용으로 먹는다.

술: 고구마, 옥수수, 바바나, 양귀비잎으로 만든 각종 술을 그릇에 얼음을 담고 비닐을 포갠 다음 담근 술을 차갑게 해서 대나무통을 빨대로 만들어 빨아 마시거나 잔에 부어 마신다.

## 깔라만시(Quat)

베트남 음식에서 레몬과 더불어 깔라만시의 비중은 매우 높다. 생활독소를 제거하는 디톡스 효과가 있다. 인체 내에 콜레스테롤을 낮추어 노화를 방지하며 풍부한 식이섬유와 폴리페놀로 체내 지방 분해를 도와 다이어트에도 도움을 준다. 소수민족이나 베트남 사람들이 비만율이 적은 이유 중 하나가 깔라만시를 음식에 뿌리거나 차로 마시기 때문이라고 한다.

## 레몬(Chanh Vang)/짜잉

베트남 음식에서 레몬의 비중은 매우 높다. 모든 음식에 사용된다고 보면 된다. 피로회복에 좋은 구연산함유, 구연산은 몸에 쌓인 피로를 회복시켜 주는 역할을 하며 에너지생성에 필수요소인 철분 흡수도 촉진시킨다. 비타민 C가 많아 감기 예방과 피부트러블에 효과적이다. 신체를 알칼리화하여 인체 내에 있는 약알칼리의 농도가 산성이나 알칼리로 치우치면 건강에 문제가 생기는데 신맛이 나지만 알칼리성 식품으로 산성식품인 육류와 생선에 레몬즙을 뿌려 먹으면 PH의 균형을 잡아 준다.

또한 식초나 소금 대용품으로 사용한다. 살균제의 기능도 있다. PH
란 'Percentage of Hydrogen ions'의 약자로, 수소이온농도를 구분하
는 척도이자 산성을 수치로 표기한다. 수치는 1에서 14까지로 1에 가
까울수록 산성, 14에 가까울수록 알카리성이라고 한다. 그래서 기준
이 되는 중성은 PH7.4이고 7보다 아래인 PH1~6은 산성이고 PH8~14
는 알칼리성(염기성)으로 표시한다.

레몬

칼라만시

## 반 코앙(Ban Khoang), 타장핀 마을

반 코앙은 타장핀에서 약 20km(Hmong and Dzao) 거리다. 가는 방
법은 버스로 사파 서북쪽으로 향하는 교통편을 이용하여 탁박폭포
가기 전, 신차이 마을 끝과 반코앙 마을 입구로 가는 삼거리에서 하차
한다. 삼거리 입구에서 걷기 시작하여 약 20km 걸어가면 반코앙 마을
이며, 5km를 더 걸어가면 타장핀 마을에 도착한다. 타장핀은 사파 소

수민족 마을의 맨 끝에 있는 마을이다.

반코앙과 타장핀에는 마땅한 숙소를 찾기가 쉽지 않으므로 현지체
험을 강렬하게 하고 싶다면 선택의 여지없이 소수민족집에서 손짓
발짓하며 동의를 얻고 숙박할 수 있다. 다만, 편안한 잠자리는 기대할
수 없다. 반코앙-타장핀 길은 차량통행도 확실하게 적다. 길은 비교
적 잘 닦여 있고 인적이 드물지만 지루하지 않다.

불어오는 시원한 바람을 맞으며 여러 종류의 화사한 꽃과 야채 농
장, 다랭이논을 지나간다. 마치 성벽으로 둘러쌓인 듯한 견고하게 두
텁게 산을 덮고 있는 두꺼운 열대 우림의 야생 지역을 통과하며, 산
길을 계속 따라가면 몇 개의 작은 폭포를 지나가게 되고 독특한 삶의
방식을 유지하고 전통적 가치를 잘 유지하는 래드 자오 민족의 마을
인 반 코앙에 도착한다.

이길 모퉁이를 돌아가면 반코앙 마을이며, 이어지는 길을 따라 5km
에 타장핀 마을이다. 안개가 끼어서 흐린 하늘은 부슬비가 내리고 있
어서 나그네의 걸음걸이는 힘들지 않다. 이곳 마을에 사는 소수민족
인 냥 슬리퍼와 반바지 차림이다. 이 마을은 쌀 재배와 카르다몸(Car-
damom)을 재배하여 생계를 유지한다.

카르다몸은 열대우림이 울창하게 우거져 있는 산 동쪽 사면 그늘(바람이 불어오는 쪽에 비해 강수량이 훨씬 적은 지역)에 해당하며 1,000~1,500$mm$ 정도의 비가 내려 습도를 유지하는 이 산맥에는 생강과에 속하는 향료식물인 카르다몸이 소수민족 마을 공동체에 의한 재배가 이루어진다. 효능으로는 피부 트러블 진정이나 소화제, 유제품 알레르기 증상을 중화시키는 데에 사용하고 아유르베다에서 비뇨기, 천식, 기관지염, 심장질환에 사용된다. 물론 이는 검증된 내용은 아니다.

## 카르다몸(cardamom)과 양배추 돌보러 가는 소수민족 모자

아들의 목에 걸려 있는 새총이 눈에 눈에 띈다. 어린시절, 고향 사능

카르다몸(cardamom)은 생강과의 식물로, 달콤한 맛이 난다. 계피나 생강처럼 메인 요리와 후식 양쪽에 모두 사용할 수 있다. 커리 소스나 쿠스쿠스에 넣기도 하고, 푸딩 등 단맛 나는 디저트에 넣기도 한다.

과 천마산 산골에서 그와 같은 새총놀이를 했다.


## 타장핀 마을 소수민족 어린이들

지나가는 차와 오토바이에 손을 흔들면 달리던 차, 오토바이는 잠시 멈춰 서고, 빵과 먹을 것을 건네주면 수줍게 웃으며 자연스럽게 받는다. 이곳을 여행하는 여행객들은 소문을 듣고서 십시일반 도와준다는 명목으로 소수민족 어린들에게 건네 줄 초코파이, 빵, 사탕 음료수를 건네준다. 한결같이 같은 맨발에 슬리퍼를 신고 있다.

## 베트남에서 나이와 호칭의 주의할 점

초면의 나이를 물어보는 이유는 베트남 언어의 특성 때문이다. 초면에 나이를 물어야 하는 베트남 문화가 외국인들에게는 익숙하지 않다. 베트남인들 자신끼리 대화를 나눌 때 우리 말의 '나'라든지 영어의 'I'에 해당하는 베트남어의 Toi(또이)는 사용하지 않는다. Toi(또이)는 공식적인 석상 자리에서 사회자가 자신을 지칭할 때만 사용한다.

베트남은 상대의 나이에 따라 자신의 호칭과 상대의 호칭을 결정한다. "형(anh), 나는 이렇게 생각해요."라고 말할 때 "형(anh), 동생은 (em) 이렇게 생각해요."라며 나 대신에 동생(em)이라고 한다. 반대로 나이 많은 상대도 "나(Toi)도 역시 그렇게 생각한다."라고 말할 때 "형(anh)도 역시 그렇게 생각한다."라고 말한다. 대화 속에서는 거의 Toi(나)를 들어 볼 수 없다.

회사에서 사장을 보고 '사장님!'이라고 부르는 대신, 사장의 나이가 자신의 형 뻘이면 아잉(anh=형)으로, 삼촌 뻘이면 쭈(chu=삼촌)로, 큰아버지 뻘이면 박(bac=큰아버지), 더 나이가 많으면 꾸(Cu=할아버지)라고 부른다. 호찌민 주석을 주석님이라고 부르지 않고 박호(bac Ho=호 큰아버지)라 부른다.

사장이 부하 직원보다 어린 경우에, 사장은 자신을 엠(em, 동생)이라고 하고 부하 직원에게는 아잉(anh, 형)이라고 한다. 호칭이 부적절한 경우 정서적으로 심리적으로 매우 힘들어한다. 그래서 그들은 초면에 먼저 나이를 물어보고 서로의 호칭을 정한다. 서로의 나이가 동갑이면 이때는 자신을 또이(Toi, 나)라고 하고 상대를 아잉(Anh, 형) 또는 찌(Chi, 언니, 누나)로 호칭하는데 이때의 Anh과 Chi는 형과 누나(언니)라기보다는 Mr. 혹은 Ms에 가깝다.

외국인 여성에게 나이를 묻는 것은 베트남인들에게는 자연스러운 현상이다. 호칭의 습관이 가족적인 정감에서 나온 것이기 때문이다. 이런 언어의 표현 방식을 통해서 베트남 사회가 어떤 성격으로 형성되었는지 알 수 있으나 한국 회사의 급격한 베트남 진출로 한국인 상급자에 대한 호칭은 직급제로 바뀌어 가고 있다.

# 10.

# 라오카이(Lao Cai)에서

라오카이(Lao Cai)는 사파, 박하, 하장 여행의 시작점이자 중국 운남성(Yunnan)의 허커우(Hekou)와 홍강을 경계로 베트남의 최북단, 중국의 국경도시이다. 주변 일대의 산지에는 베트남의 최고봉 판시판산(3,143m)이 솟아 있고 중국과는 홍강의 가교로 연결되며 중국 쿤밍으로 연결되는 교통의 중심이다.

하노이에서 철도로 290*km*, 하노이와 운남성의 쿤밍을 연결하는 덴웨철도는 1979년 중, 월 국경분쟁 후 철도가 차단되었다. 사파에서는 약 35*km*가량 떨어져 있다. 사파, 박하시장, 하장성으로 가기 위해서는 라오카이에서 버스를 갈아타야 한다. 강 건너편에는 중국 운남성(Yunnan)의 첨단도시인 허커우(Hekou)다.

사진에서 보이는 다리가 베트남과 중국의 국경이며 '우정의 다리'
이다. 중국 쿤밍으로 가려면 이곳의 국경출입소를 거쳐야 한다. 다리
근처에는 하노이에서 중국 쿤밍으로 가기 위한 여행객들과 소수민족
과 보따리무역상들이 자리잡고 장사를 하고 있으며 여행객들은 열심
히 버스시간과 지도를 들여다보며 떠날 준비를 하고 있다.

중국으로부터 흐르는 홍강을 사이에 둔 삼각지에 허꺼우(Hekou)
라오족 자치현이 자리하고 있는데 워낙 사파의 신비로움에 가려 있
어서 그저 사파로 가는 길목에 있는 도시쯤으로 알고 있지만 홍강을
따라 도시를 천천히 걸어 보면 라오카이만의 매력을 충분히 느낄 수
있다. (약 7km 동서남북으로 걸어 보면 도시 전체를 돌아볼 수 있다.)

홍강에서 서북 방향을 바라보면 호앙리엔 산자락이 이어지는 고원
깊숙이 사파가 자리잡고 있으며 그 아래의 라오카이까지 포근히 감
싸고 있는 거대한 산들이 웅장하게 자리하고 있다. 중국 국경의 세관
에는 입국과 출국을 하는 중국인들이 무리를 지어 있으며, 라오카이
성당 주변은 재래시장인 꼭레루시장(Chococleu a)이 자리하고 있다.

재래시장에는 다이족 소수민족 여인들이 나란히 앉아서 각종 채소
를 판매한다. 이들은 빈랑열매나무를 즐겨 씹어서 치아가 까맣고 변
해 있고 말할 때 드러나는 혀는 빨갛게 변해 있다. 베트남 시장에서는

상인연합회, 상가발전위원회 등 한국에서는 흔해 빠진 조직과 단체들이나 흔히 시장을 중심으로 세를 과시하는 양아치와 건달이 없다. 그러한 불필요한 집회, 노동조직의 자유를 허락하지 않는 이곳 공산주의사회의 특징이다.


## 라오카이 홍강의 역사

하노이에서 사파, 서북쪽으로 달리는 길은 홍강의 수원을 찾아가는 길이다. 베 · 중 국경을 넘어 윈난성에서 발원하여 홍강은 하노이를 관통해서 베트남 통킹만의 남중국해로 빠져나간다. 중국 대륙을 통치한 역대 왕조들은 베트남 북부를 장악하길 원했는데, 홍강의 물줄기를 따라가는 이 길은 약 1000년간 피비린내 나는 전쟁의 현장이었다.

처절했던 역사의 흔적은 이제 온데간데없다. 사파로 가는 길은 고원 지대로 갈수록 하노이 인근의 뾰족한 석회암 산들은 사라지고, 황톳빛 강을 닮은 토산들이 나타난다. 시멘트 공장 대신, 벽돌 공장이 간간히 보인다. 베트남식 건축양식의 지붕과 담벼락이 붉은 황톳빛을 띠는 이유는 아마도 홍강에서 걷어 올린 진흙과 토사를 자연스럽게 이용하여, 저렴한 비용으로 벽돌과 기왓장을 구워서 홍강의 배를 이동수단 삼아 베트남 전역에 공급하였기 때문일 것이다.

이동하는 내내 버스 차 창가에 비추어진 홍강 근처 벽돌공장에서 하늘로 치솟은 길다란 굴뚝에는 희뿌연 연기를 쉴 새 없이 하늘로 쏘아 올리고 있으며, 벽돌공들의 부지런한 움직임과 강둑에 건조를 위해 쌓아 올린 벽돌과 기왓장이 낯익어 보였다. 모래를 싣고 가는 배를 발견할 수 있다. 비 온 후의 홍강은 붉다.

벽돌공장은 24시간 가동한다. 강을 오가는 철선들은 여유롭다. 강 건너는 중국 운남성의 허커우시가 보인다. 중국 국경으로 향하는 다리 위에서는 소수민족 여인들이 손님을 기다리고 있다. 2020년 6월 6일의 홍강은 비가 많이 내려 강은 온통 흙탕물투성이다.

.

* 교통
하노이 미딩 고속버스터미널-라오카이(6~8시간)
하노이역-라오카이역(6~8시간)
라오카이역-박하시장(2시간 30분)

* 숙소: Viet Hoa Guest House
최저가격: 조식 불포함, 에어컨, 냉장고 없고, 생수 서비스도 없다.
게스트하우스 도미토리(10,000~20,000VND)는 넘쳐 난다.
적정가격: 조식, 에어컨, 냉장고, 생수 서비스(30,000~50,000VND)

# 11.

# 박하(Bac Ha)

'박하'는 한자어인 북하(北河)를 베트남어로 발음한 것으로 '강의 북쪽'이라는 의미다. 인근 황수피, 반루억, 신사오, 남티 마을의 소수 민족들을 한꺼번에 볼 수 있는 곳으로 해발 800m에 위치한 고원지 대 이며 박하는 흐몽족이 많이 거주하는 지역이다. 흐몽족은 화려한 복 장색이 특징이며 이들이 한곳에 모이는 박하시장은 관광객들의 시선 을 사로잡는다.

박하시장을 중심으로 동서남북 약 20㎞ 걸어 보면 박하의 전체적인 모습을 돌아볼 수 있으며 '황수피까지 Trekking할 수 있다(약 40㎞). 2020년 6월 7일 일요일 새벽부터 시작되는 박하 장날은 그야말로 인 산인해였다.

흐몽족(Hmong), 중국 묘족의 분파로 보고 있다. 베트남 내의 흐몽족은 검은흐몽(Hmoob Dub), 줄무늬흐몽(Hmoob Txaij), 하얀흐몽(Hmoob Dawb), 리흐흐몽(Hmoob Leeg), 녹색흐몽(Hmoob Ntsuab)으로 분류된다.

　입구에는 옥수수를 파는 곳을 시작으로 안쪽으로 들어가면 생선, 쌀, 술, 야채, 거리의 이발소와 우(牛)시장까지 갖추고 소싸움을 구경한다. 강을 사이에 두고 직접 키운 개, 오리, 토끼, 닭들을 판매하고 있다. 박하 시장은 동반, 메오박보다 규모가 크다. 박하 역시 깊은 오지이기는 하지만, 라오카이 근처 70km에 위치해 있어서 하장성 동반보다는 지리적 접근도 쉽고 사람들이 살아갈 수 있는 환경도 좋은 듯하다.

　그래서인지 여행객들도 많이 눈에 띈다. 소수민족들도 저마다 화려한 의상을 입고 마치 의상 경연이라도 하는 듯 모양과 문양도 제각각인 채 많은 사람들이 운집해 있다. 게다가 의상의 색들은 마치 인간이 만들 수 있는 모든 색(그것도 대부분 원색으로)이 총망라된 것같이 화려하다.

재래시장은 어느 나라를 막론하고 인간 생활의 가장 기본적인 삶의 현장이고 다양한 이야깃거리와 생동감이 녹아내린 곳으로 일주일에 한 번 열리는 시장이니만큼 20여 소수민족의 축제의 광장이다. 이색적인 시장에 펼쳐 놓은 물품들은 이들의 의상만큼이나 다양하고 진귀한 것들이다.

쌀과 잡곡 등의 생필품은 기본이고 이곳 라오카이성 주변의 산악지형이 아니면 채취할 수 없는 각종 꿀과 약초, 버섯, 동 식물, 그 외에도 이름을 알 수 없는 수많은 자연 특산품들이 즐비하다. 여느 시장과 분위기가 크게 다른 점은 이들 소수민족의 의상과 그들이 가지고 나온 각종 토속 특산품들이 아닌가 싶다. 단순히 사람 내음이 묻어나는 시

장과는 마음으로 받아지는 감동에서부터 확연한 차이가 느껴진다.

시장은 한국의 재래시장과 같다. 두부를 만들어 파는 곳과 발효된 김치를 파는 곳이 있다. 이곳 시장의 먹거리는 시장의 물품만큼이나 다양하다. 두부콩을 느억맘에 찍어 먹을 때 맛의 어우러짐이 절묘하다. 소금이 귀하므로 소금을 얻는 방법이 특이하다. 시장 한 켠의 환전상, 베트남 동화를 중국 위안화와 교환하는 여성, 이곳이 중국과의 국경 지대임을 실감케 한다.

## 북베트남의 명물 오색 찹쌀밥

천연 소재로 만든 5가지 선명한 색상이 찹쌀의 완벽한 작품을 만드며, 그 성분은 붉은 색을 만드는 Gac, 녹색을 만드는 지역 나뭇잎, 노란색을 만드는 퓌레 강황, 보라색을 만드는 Sau 잎이라고 한다. 찹쌀은 동글동글하고 하얗고 투명하며 찹쌀밥은 꽤 특별하다. 또한 손을 이용하여 찹쌀을 뭉쳐 찹쌀밥을 만드는데 일단 찹쌀처럼 손에 붙거나 끈적이지 않는다.

겉으로 봤을 땐 물기가 없이 말라 보이지만 한입 베어 물면 부드럽고 찰진 맛있는 찹쌀밥이라는 것을 느낀다. 고산지의 찹쌀밥은 향이 좋고 부드러우며 만드는 과정이 아주 섬세하다. 찹쌀밥을 만들 때 보통 2~3시간 동안 찹쌀을 물에 담가 놓았다가 산으로부터 얻은 맑은 샘물을 사용하여 찹쌀밥을 만든다.

녹색 찹쌀은 오색찹쌀과 함께 특미이며 가격이 높다. 박하시장의 소싸움은 커다란 즐거움이며 이벤트이다. 매주 일요일 새벽부터 점심 무렵까지 열린다.

## 황아뜨엉궁

몽족의 마지막 왕이 거주했던 황아뜨엉궁으로 오리엔탈 바로크 스타일로 불리는 건축양식인데 프랑스와 베트남 문화가 혼합된 건축물이다.

## 황아뜨엉궁 수공예 직물제작공방

베트남어로 수공예를 '토껌'(tho cam)이라고 하며 주로 리넨, 모시, 코튼, 누에고치 실크 등 천연소재로 자수를 수놓거나 손으로 직접 짜서 만들고 있다. 토껌의 무늬는 단순히 옷을 예쁘게 만드는 것보다 주민들의 자연환경 및 생활의식, 공동체 신앙 등의 의미가 있으며 외국인들과 베트남인들에게도 인기가 있는 에스닉풍의 토껌과 실크제품이다.

베트남 소수민족 특유의 문화와 영혼을 불어넣으면서 미적 가치가 있으며 친환경적으로 만든 수공예품이 완성된다. 흐몽 소수민족 여인이 황아뜨엉궁에서 오랜 기간 이어온 전통적인 베틀로 원단을 만드는 수작업을 하고 있다.

171

* 교통

라오카이-박하: 약 70㎞, 버스로 약 2시간 소요

사파-라오카이-박하: 약 110㎞, 사파성당 앞에서 출발 약 3시간 30분
소요

라오카이-박하: 약 70㎞, 약 2시간 소요


* 숙소

시장 앞에 게스트하우스와 호텔이 즐비하다. (1박 80,000~400,000VND)

# 12.

# 황수피(Hoang Su Phi)

라오카이(Lao Cai)와 하장(Ha Giang)성 사이에 위치하고 있는 박하고원의 황수피(Hoang Su Phi)는 국가유산 국립기념물 보존지역으로 지정된 Ban Phung, Ban Luoc, Ho Thau, Nguyen Thong, Nam Ty와 같은 공동체 마을로 구성되어 있으며 Ban Pong 마을은 황수피 중심 Vinh Quang에서 중국 국경까지 30km의 Xin Man 지역에 위치하며 Ban Luoc 마을과 함께 베트남에서 가장 높고 경사진 곳에 위치한 계단식 논이다.

이지역 에는 래드다오(Red Dao) 소수민족 출신들이 살고 있다. 무캉차이 고원의 아름다운 가을 다랭이논의 풍광과 비교되는 곳으로 북베트남 기후특성상 1년 1모작하는 다랭이논의 아름다운 황금물결은 고원 지대의 매력을 발산하며 다양한 Trekking 루트가 소수민족에 의하여 안내된다.

반루억 마을과 산사호 마을의 다랭이논은 산악 지형과 완만한 경사로 인해 물결 모양과 활의 계단식 논으로 펼쳐져 있으며, 남티 마을의 레드 다오족의 계단식 논은 황수피의 국립 기념물로 인정받는 장소 중 하나로 경사면의 논을 산사태로부터 보호하기 위하여 개울을 따라 습지와 숲을 만드는 지혜를 터득했다.

황수피 산악 지역의 소수민족전통 시장은 많은 독특한 문화적 특징을 보존하고 있으며 매주 일요일마다 장이 서면 각종 채소와 직물, 옥수수, 쌀, 돼지, 닭, 농기계를 교환하며 소수민족 남녀노소의 만남이 이루어지고 이곳을 통하여 산악 지대생활에 필요한 각종 의약품과 생활용품을 물물거래한다.

황수피 자연보호구역은 타이콘린산(2,419m) 해발 1,600m의 산지와 다랭이논으로 이어지는 쩌에르 라우티라 피크(Cheieu Lau Thi, 2,402m) 두 봉우리 사이에 펼쳐진 광대한 산악 지대이며, 쩌에르 라우티라 피크는 하장 중심에서 약 $85km$ 황수피 Vin Quang 마을 중심에서 약 $40km$이며, 베트남에서 2400m급 산을 자동차, 바이크, 자전거로 정상 근처까지 갈 수 있는 유일한 곳이다.

쩌에르 라우티라산으로 향하는 길에는 Nam Dich 마을 교차로에서 약 15km에 이르는 1,600m 중턱에 Dao Do 소수민족이 일구어논 생활 터전으로 한쪽은 천리의 벼랑길로, 그야말로 아찔한 긴장감의 연속으로 여러 개의 겹겹 산굽이를 넘으면 산아래 작은 마을과 계단식논이 산봉우리들에 둘러싸여 있는 것이 보이며 비포장도로와 시멘트길이 울퉁불퉁 이어지는 좁은 길이 까마득한 산봉우리의 굽이를 돌고 돌아서 해발 1,400~1,800m의 거대한 봉우리와 가파른 언덕을 지나면 정상 부근에 도착한다.

찌에르 라우티라 피크라는 이름은 현지 언어로 "9층 계단"을 의미하며, 산의 가장 높은 지점은 2,402m로 베트남 북동부에서 가장 높은 봉우리 중 하나로 맑은 날에는 정상에서 수십 km를 볼 수 있으며 가파른 800계단을 올라가야만 정상에 도착할 수 있다.

산 정상에서 일출을 보기 위해서는 정상에서 3㎞ 떨어진 곳에 위치한 'chieu Lau Thi 홈스테이'를 권한다. (T 0812789266)

테이콘린산(Tay Con Linh)은 높이가 2,419m로 "북동쪽 원뿔"이라고도 하며 베트남 북동부에서 가장 높은 봉우리이자 베트남에서 가장 높은 산 중 하나이고 또한 이산은 라찌족에 의해 성스러운 산으로 보호받고 있으며 산 주변에는 원시림을 포함한 다양한 생태계가 있으며 이 지역은 자연 원시림에서 자생하는 고대 눈 차(Shan Tea)와 각종 약재와 산양, 원숭이들의 서식지로 유명하다.

하장의 북쪽 산악 지대의 소수민족 대부분은 산을 개간하여 다랭이 논을 만들고 남아 있는 자투리 땅에는 옥수수를 심고, 소, 돼지, 염소, 오리, 닭을 가축하며 살아간다. 소수민족들은 힘겹지만 자연에 순응하면서 소박하고 밝은 웃음과 더불어 자신들의 삶을 영위하고 있다.

· 낯선 '황수피 마을'로의 여행은 한 인간의 삶 속에서 형성되는 세계관에 어떻게 영향을 미칠 수 있고 그로 인해 삶의 궤적이 어떻게 달라질 수 있는지를 알려 준다. 각자 원하는 자유의 크기와 깊이를 계측할 수 없으나 하늘을 향해 마음껏 팔을 벌리고 깊은 심호흡을 한다.
· 무한(無限)의 자유와 자연의 원대함을 느낄 수 있다. 황금색 벼가 무르익어 고개를 숙인 논길을 걷는다. 산, 들, 계곡의 20㎞의 Trekking은 무념무상(無念無想)의 자유다.

# 황수피, 찌에르 라우티라 피크(Cheieu Lau Thi), Trekking과 닭 백숙의 추억

황수피의 중요 마을 Trekking의 기회는 수차례 있었지만 찌에르 라우티라 정상에 오를 수 있는 기회는 쉽게 오지 찾아오지 않았다. 황수피는 짧은 일정으로는 도저히 감당할 수 없을 만큼의 넓고 깊은 골짜기와 험난한 여정으로 시간 부족과 피곤함을 동반했으며 교통편이 불편하여 계획을 세우는 데 매번 무리수가 따랐다.

하지만 하장 여행 중 온전하게 황수피 마을과 찌에르 라우티라 정상까지 오를 수 있는 기회가 우연히 찾아왔기에 박닌-투엔쾅-하장-황수피에 이르는 10시간여의 이동 끝에 도착한 찌에르 라우티라 피크는 감동 그 자체였으며, 이곳까지 오기 위해 힘들었던 모든 시련의 시간을 잊기에 충분했다.

찌에르 라우티라 피크 정상(2,402m)에서 바라다보이는 황수피 마을의 다랭이논과 깊은 계곡, 산, 나무, 구름, 하늘, 바람은 한 폭의 잘 그려진 수묵화처럼 수려한 경관은 황수피와 찌에르 라우티라의 명성을 자랑하기에 손색이 없었다.

찌에르 라우티라 피크 산에 이르는 마을 입구에서 정상 근처까지는 상점이 전혀 없는 탓에 피곤하고 허기진 우리 일행은 닭백숙이 너무나 먹고 싶어졌다. 마침 산 정상 근처에 래드다오족 소수민족 여인에게 부탁하여 닭백숙 2마리를 주문하며 한국의 맛있는 닭백숙 요리를 상상하며 인터넷에서 찾은 요리 방법과 양념을 설명해 주었다.

　하산길에 기대가 크면 실망도 크다고 했던가? 닭백숙에 소수민족의 전통주 한잔을 기대하고 솥 단지 뚜껑을 열었다. 근사한 닭백숙 두 마리가 시커먼 솥 단지 안에서 허연 김과 노란 육수에 먹음직스럽게 반쯤 잠겨 있어 군침을 돌게 했으며 구수하고, 달짝지근한 근사한 냄새가 계곡에 은은히 퍼져 나왔다.

　소수민족 여인에게 부탁하여 약간의 칼질을 부탁하고 소금에 레몬즙을 뿌려 간을 맞추고 닭다리 한쪽을 뜯어서 입에 넣는 순간, 기대와는 너무나 다르게 고무공처럼 단단하고 질긴 닭다리에 깜짝 놀랐으며 단 몇 점도 먹지 못하고 포기해야 했다. 닭백숙과 술 한잔에 정신이 팔려 하산 시간을 늦추게 되고 칠흑처럼 어두워진 산속에서 길을 헤매고 다닌 기억이 새롭다.


＊교통

　박닌-하노이-하장: 320㎞, 10시간 소요(버스 6시간, 승용차 4시간)

　하장 버스터미널-황수피: 약 40㎞, 3~4시간 소요. 비정기적인 버스편 운행, 자동차, 오토바이를 이용해야 한다.


＊숙소

　게스트하우스, 홈스테이(1박 100,000~300,000VND)

　Hoang SuPhi Lodge(T 0866196878)

# 쾅빈(Quang Binh), 파텐 소수민족(巴天族)

투엔쾅(Tuyen Quang)의 Thuong Minh 소수민족 마을은 투엔쾅 (Tuyen Quang) Lam Binh에 소재하며 하장성 중심에서 이곳까지는 약 50km 비포장도로길과 시멘트길이 혼재한다. 하노이에서 출발한다 면 타이응엔까지 버스로 이동 후 투엔쾅 버스터미널까지 160km 거리 이며 이곳에서 파텐 소수민족 마을까지는 약 40km이고 비정기버스가 운행되는 첩첩산중 오지 중의 한곳이다.

베트남의 54개 소수민족 중 가장 그 숫자가 적은 민족 중 하나로서, 모두 합쳐 약 3천 700여 명밖에 되지 않는다. 이들은 중국에 거주하다 가 18세기 말~19세기 초에 베트남 하장(Ha Giang)과 투엔쾅 지역에 분포되어 살고 있으며 파흥(Pa Hung)이라 불리기도 한다. '파(pa, 여 덟)', '텐(Then)' 씨족이란 이름으로 8개의 씨족으로 마을은 보통 몇 개의 가문으로 구성되어 있다.

주로 화전을 일구어 경작하며 살고 있는 이들은 쌀과 옥수수를 주 식으로 하며, 저지대의 경사진 곳이나 계곡 또는 강가에 부락을 형성 하여 살고 있는데, 대개 30~40가구가 1개의 부락을 이루며 산다. 파 텐족은 타 부족에 비해 성격이 월등히 개방적으로 어린 아가씨들이 어른들 앞에서 술을 마신다.

대개의 소수부족이 힘든 노동과 가사를 모두 여자가 떠맡는 것에 비하면 힘든 일일수록 남자가 해야 한다는 매우 진보적이고 합리적인 사고를 갖고 있다. 이들은 몸집은 여타 부족에 비하면 약간 작은 편이다. 의상은 매우 화려하고 아름다우며 아시아의 모든 소수민족의 전통 복장 중에서도 가장 특이하고 매력적이다.

남자는 보통 블라우스와 긴 군청색 바지를 입으며 길다란 스카프를 덮고 있고 여자는 긴치마와 브래지어, 셔츠를 착용하며 머리는 터번처럼 감아올린 후 화려한 장식물로 가장자리를 장식한다. 여자들은 커다란 전통 모자처럼 크고 아름다운 모자를 쓴다. 색상은 단연 붉은색을 으뜸으로 사용하여 화사함을 더하였으며 목과 손목에는 은으로 된 장신구들을 착용한다.

파텐족은 타 부족과의 결혼이 허락되지 않으며, 혼인은 자유로운 연애결혼과 부모에 의한 중매 결혼이 거의 반반을 차지한다. 결혼식이 끝나면 남편은 예외 없이 12년 동안 처갓집에서 거주하는 것이 원칙이나 1년 살고 보상금을 지불하면 허락을 받은 후 본가로 돌아온다. 그러나 만일 처갓집에 아들이 없을 경우에는 평생을 처갓집에서 장인, 장모를 모시고 처가의 조상의 제사를 모시며 살아야 한다.

이것은 파텐족만의 특유의 관습으로지금도 계속 이어지고 있다. 외아들이라 할지라도 처가를 우선으로 한다. 동성 동본 간의 결혼은 금지되어 있으며 아이들을 낳게 되면 전체 중 형제의 서열에 따라 숫자를 호칭으로 대신하다가 어느정도 나이가 들면 조상에게 제를 올린 후 정식 이름을 붙인다.

반은 엄마의 姓을, 나머지 반은 아버지를 따른다. 유산은 장남에게 상속된다. 특별한 종교에 대한 개념은 없으나 유교적인 색채의 전통을 가지고 있어 조상을 섬기며, 여자들의 경우 여타 부족에 비해 훨씬 용감하고 외향적이고 친화력이 강해서, 처음 보는 사람에게도 경계심보다는 호기심을 보이며 스스럼없이 대한다. 다른 소수민족처럼 어색해하거나 두려워하는 일이 없다.

자식을 낳으면 어려서는 이름 대신에 1, 2, 3, 4의 숫자로 이름을 부르다가 어느 정도 자라면 조상에게 제사를 올리고 이름을 지어 준다. 우리나라의 첫째, 둘째야 하는 것과 같다. 물과 불을 숭배하며 숯불을 밟고 다니는 축제를 벌이는데 축제 전에는 항상 말 내장 요리를 먹는다고 한다. 사람에게는 12개의 영혼이 있다고 믿으며 죽으면 관 속에 12인분의 밥을 흩어 뿌리고 12개의 밥그릇을 넣어 준다.

이혼하게 되면 여자는 빈손으로 친정으로 돌아가야 한다. 가장 숫자가 적으면서도 다른 부족에게 흡수되지 않고 자신들만의 고유 전통을 유지한다는 것이 결코 쉽지 않았을 텐데도 이들은 꿋꿋하게 자기들만의 세계를 가꾸고 지킴으로써 타 부족들에게도 부러움과 존경을 받고 있다. 숫자와 경제 규모의 한계로 인해 인접한 부족들로부터 부단한 도전을 받고 있으면서도 이에 아랑곳하지 않고 열심히 살아간다.

· Thuong Minh 소수민족 마을, 밝은 미소의 파텐족 며느리와 밭일 가는 시어머니, 파이어 워킹(火走).
· 불 건너기는 불타는 숯불 위를 맨발로 걷는 행위로 베트남 북부 하장성의 파텐족(巴天족)이 화려한 소수민족 전통의상을 입고, 매년 새해의 번영을 기원하고 부족의 용맹성의 상징을 알리는 행사이다.
· Mr. Dung 가족 데릴사위로 하노이 출신으로 2년째 처가살이 중이다.


## 황수피 마을의 애환 '눈처럼 하얀 차(茶), Shan Tea' 버섯, 뱀, 차(茶)

산에 오르는 소수민족들은 낫처럼 생긴 칼과 긴장화를 신고 담배를 소지하는데 뱀이 많아서 물리는 경우가 많기 때문이다. 뱀은 담배 냄새를 싫어한다고 한다. 드문 경우지만 장마가 끝나고 7월 하순부터 본격적으로 버섯 채취 시기가 다가오면 인명사고가 발생하는데 뱀과 작은 흰 버섯 때문이다.

흰 버섯은 인체에 해가 없는 느타리버섯과 닮아 있고 착각하기 쉬우며 버섯이 잘 자라는 토양과 기후조건에 맹독을 품은 뱀이 서식하고 있기 때문에 종종 뱀에게 물리는 사고가 발생하여 사망하는 경우가 있다고 한다. 물론 산 거머리와 각종 해충에 물리는 상처도 있지만, 인적이 드문 깊은 산속에서 생계를 유지하기 위하여 버섯을 채취하다가 죽으면 서글프지 않을까 싶다.

## 하얀 요정 차(茶)(Bach Tra Tien)는 어떤 차인가?

하얀 요정 차를 이해하기 위해서는 베트남 Shan Tea를 이해해야 한다. Shan Tea는 북부 베트남, 특히 하장성 지역 내 고산 지대의 고립된 곳에서만 자라는 차 나무다. 고대로부터 생존해 온 이 차 나무는 줄기 전체가 이끼가 있는 100년 된, 15m가 넘는 높이와 2m가 넘는 지름으로 유명하며 해발 2,000m 이상에서 자라며 찻잎은 사계절 동안 바람과 안개를 받아 사람들의 건강을 위해 사용된다.

소수민족 사람들은 이 나무를 타고 올라가 찻잎을 수확했으나, 예전에는 숙련된 원숭이들이 사람의 손이 닿지 못하는 나무의 높은 곳까지 올라가서 찻잎을 수확했다고 전해진다. Shan tea 새싹과 어린 찻잎들은 운침으로 가득하며, 그래서 Tra Shan Tuyet, Snowy Shan Tea, 눈처럼 하얀 Shan Tea라는 이름이 만들어졌다.

이 차의 특징으로는 높은 품질을 지닐 뿐만 아니라 자연적으로 자라 채엽되기 때문에 Shan Tea는 베트남의 다른 차(Tea)에 비해 높은 가격에 팔린다는 것이다. 그리고 이 차는 백차 종류 중 하나로 희귀하고 특별한 Shan Tea다. 최근에는 벌목꾼들이 하얀 요정 차의 수확을 위해 고대 차 나무를 통째로 베어 버리는 경우도 발생하여 사회적인 문제가 되기도 한다.

하장 지역 소수민족연합회와 사회단체들은 하얀 요정 차를 보존하기 위해서는 벌목꾼들이 불법으로 채엽한 하얀 요정 차(White Fairy Tea, Bach Tra Tien)를 구매하지 말아 줄 것을 정부와 시장에 호소하고 있다.

# 13.
# 북베트남 하장성(Ha Giang)

중국과 국경 지대인 하장(Ha Giang) 지역은 베트남의 알프스라 불리는 "사파의 명성"에 가려져서 잘 알려져 있지 않았다. 하장은 북베트남의 숨겨진 비경과 원시성을 간직한 곳으로 중국에서 발원한 로강(江)이 도시 왼편으로 하장성 북부를 관통하여 빈푹성을 거쳐 홍강(紅江)에 합류한다.

베트남 최고의 오지(奧地)이며 험준한 고산 지대의 돌산을 깎아서 만든 아슬아슬한 도로는 척박한 환경인 하장성의 상징으로 "베트남 차마 고도(茶馬 高道)"로 불린다. 약 3000년의 역사 속에서 54개 소수민족 중 흐몽족과 다오족을 포함하여 20개의 소수민족이 살고 있다. 이곳은 베트남의 주류 인종인 베트남인보다 소수민족의 비율이 더 높다.

대표적인 소수민족은 따이족(Tay), 자오족(Dao), 몽족 등이다. 하장성은 깎아지른 산비탈과 비탈진 경작지에는 원시적인 농경방식에 의한 화전(火田)으로 옥수수와 벼를 경작하며 살아가며 1,000m 이상의 고산 지대에서 투박한 삶이지만 자연과 조화하며 그들의 생활에는 아직도 조상과 자연을 숭배하는 원시신앙이 남아 있다.

베트남의 최북단에 위치해 있어서, 접근이 용이치 않아 개발이 덜 되고 교통도 불편하여 하노이 미딩 버스터미널에서 침대버스로 6시간 이상을 가야만 하장 시내에 도착하며 주요 관광지인 '동반'까지는 버스로 4시간이며 총 10시간을 소요해야 동반, 마피랭, 메오박을 돌아볼 수 있다. 주요 관광지로는 2015년에서야 사람들에게 모습을 드러낸 석회 동굴인 룽쿠이 동굴, 천국의 문, 여성의 유방을 닮아 유방산이라고도 불린다는 선녀산, 매오박시장, 사핀의 몽왕성, 마피랭 대협곡 등이 있다.

하장성은 중국 국경과 '베트남의 차마 고도'를 체험하려는 사람들과 고산 카스트르지형, 소수민족의 생활상, 마피 랭의 아름다운 자연을 찾아 많은 관광객이 찾고 있으며 세계적인 오토바이, 자전거 라이딩 코스로도 유명하며 모험심 많은 백패커들의 Trekking 탐험의 로망을 실현할 수 있는 곳이다.

## 하장성으로의 여행, 계절별 정리

겨울, 정월부터 3월까지는 각 소수민족의 매우 다양하고 신비로운 소수민족마다의 전통적인 의식과 축제가 열린다. 4월부터 6월까지는 모내기 시즌으로 남부 지방과는 달리 1년에 한 번만 모내기를 할 수 있기 때문에 온 마을 사람들과 어린이들까지 모심기에 열중한다. 9월부터는 1,000m 이상 높이의 다랑논에 광대하게 펼쳐진 황금빛 물결로 일렁이는 익어 가는 벼와 오색만발의 자태를 뿜어내는 메밀꽃을 볼 수 있다. 11월~1월에 북베트남 산악 지역은 춥다. 눈이 내리는 날도 있으며 안개 끼는 날이 많아 운해(雲海)를 볼 수 있다.

## 하장성-까오방 가는 길(시계반대방향으로)

까오방-바오락-메오박-동반(694km)을 가려 한다면, 까오방-바오락 도착 후, 바오락-메오박까지는 차량을 렌트하거나 오토바이를 이용해야 한다. 시간적 여유가 있다면, 바오락(Bao Lac)-메오박(50km)으로 이어지는 차마 고도 길을 Trekking하고, 홈스테이하며 새로운 체험을 할 기회를 가질 수 있다. (바오락-바오람 40km 거리)

비 내리는 2020년 6월 9일. 베트남 청정 보존 지역인 메오박, 동반, 옌민, 꽌바 등 4개의 현에 걸쳐 있으며, 외국인은 통행허가증(permit)을 받아야 하는 지역이다. 하노이, 타이응엔, 카오방성(高平省)의 바오락으로 가는 반시계방향으로 코스를 잡았다. 까오방폭포에서 메오박까지는 670여km 떨어져 있다.

까오방에서 바오락으로 이어지는 길은 좁은 길이 반복되며, 비포장 구간과 자갈길과 시멘트길이 혼재되어 있으며 인적이 매우 드물다.

6월의 여름은 비가 내리고 무덥고 습도가 높으며 주변 마을과 산은 옥수수잎의 초록빛으로 찬란하고 무성했다. 도로가에 수없이 드리워

진 옥수수와 바나나 나무와 계단식논으로 이어진 산길은 좁고 거칠
고 투박하지만, 인간의 노동으로 개척했다고 하니 감탄스럽기도 하고
새로운 풍경에 압도되기도 한다.

가끔씩 가던 길을 멈추고 넋을 놓고 웅장하게 펼쳐진 산을 한동안
바라보면 카타르시스를 느끼는 듯하다. 하장성 메오박, 동반 Trekking
을 실행하는 데는 몇번의 시행착오를 거쳐야 했다. 우선 이동하는 교
통편이 만만치 않았다. 하노이에서 까오방까지 가려면 최소 5시간을
덜컹거리는 버스에서 보내야 한다.

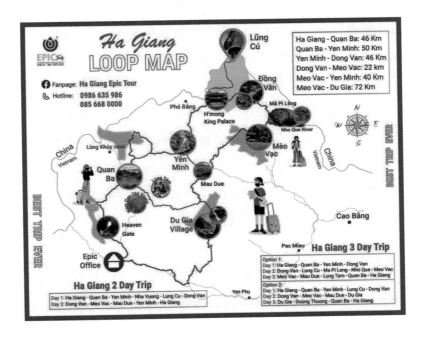

까오방에서 폭포를 보고 그곳 로안(Trung Khanh) 지역의 논두렁을 걸어 보고 나서 다시 바오락 가는 버스를 기다리는 과정이 간단하지 않았다. 버스는 정해진 시간에 출발하지 않으며 정해진 시간에 도착하지도 않는다. 해발 1,400m 고원 도시인 동반(Dong Van)현(顯)까지 가는 과정은 순탄하지 않은 '여정이었음에도' 바오락, 메오박에서 홈스테이를 하며 지금껏 해 보지 않은 다양한 경험이었다.

하장에 도착한 후, 본격적인 하장 지역을 Trekking하고자 한다면 하장 시내에 여러 호텔과 게스트하우스를 이용할 수 있다. KiKi's House 는 Long Hotel과 주인이 같고 바이크랜탈샵을 겸하고 있으며 김치를 무료로 제공한다. Long hotel 1층 식당 벽면에 그려진 세계지도에 독도 표기가 빠져 있다고 지적하고 독도 표기를 해 주었다.

홈스테이에 머물고자 한다면 하장 시내 중심에서 5~6km 거리에 위치한 Thon Ha Thanh-Xa Phuong Do-TP. Ha Giang 홈스테이 전문 마을에 묵어야 한다. 이곳에는 다수의 유명 홈스테이 마을이 소재하며 3단 폭포 근처 Base Camp라는 이름의 텐트와 방갈로가 젊은이들에게 선호도가 높다.

이곳에 머물면, 설악산 오색 약수터를 지나가는 듯한 정겨운 느낌과 Phuong Do, Lung Vai, Lam Dong Xa Phudng Thien 마을의 다랭이논길,

계곡, 산, 구릉지를 지나며 소수민족들이 모여 사는 평온한 일상을 마주할 수 있다. 또한 유유자적 Trekking하며 상쾌한 공기와 시원한 바람, 깊은 산속의 흙 냄새가 주는 목가적인 삶의 여운이 인상 깊다.

* 교통

1. '하노이 미딩 버스터미널'에서 출발하여 하장까지(6시간 소요)

2. 타이응엔-까오방-바오람-하장(타이응엔-까오방 6시간 소요, 까오방-하장 6시간)

3. 하노이-까오방-바오락-메오박-하장(총 13시간 소요)

   시계반대방향으로 하장에 가는, 까오방-바오락-메오박-엔민-하장으로 가는 방법도 있다.

4. 사파-라오카이-하장(총 8시간 소요)

5. 하장-동반

   하장 버스터미널에서-동반(4시간 140㎞)

   하장에서 꽌바(Quan Ba), 옌민(Yen Minh)을 거쳐 동반까지 약 140㎞ 구절양장(九折羊腸) 길이다.

* 숙소

하장 버스터미널 앞에 안안모텔, 게스트하우스와 호텔이 즐비하다. (1박 100,000~500,000VND)

## 하장성의 매력 북베트남 차마 고도(茶馬 高道)

자연에 대한 경외심으로 소수민족의 숱한 노동과 피와 땀으로 만든

천공(天工)의 길이 북베트남 차마 고도이다. 예로부터 돌이 많은 산을 영산(靈山)이라고 했다. 동반카르스트 지역의 지질학적 다양성 덕분에 발달한 카르스트 지형은 이 일대에 다양한 형태의 '암석 정원과' 암석 숲을 만들어 냈다.

하장성의 마을에서 볼 수 있는 돌로 된 물 보관함은 이곳에서 가장 흔하게 볼 수 있는 암석에서 가져왔을 것으로 추측된다. 지상에서 영원성을 담을 수 있는 물질은 돌밖에 없고 돌에 생명력을 불어넣는 일은 자연에 대한 존중과 겸손한 마음과 시대를 상징하는 권위이며 그것을 예술품으로 조각하는 석공의 희극적인 희로애락의 결과물일 것이다.

돌조각은 실용성에 기반하지만 때때로 인간의 심금을 울리기도 한다. 소수민족들은 500년 전 중국에서 베트남으로 이주하면서 돌산에서 살아남기 위해 '망치와 정(丁)'에 의지하여 길을 만들고 암석을 운반하여 활용하기 위해 인고의 세월 견디어 내며 살아왔을 것으로 짐작된다.

뽀족하게 삼각뿔 모양으로 곧추서 있는 두 개의 거대한 산봉우리 사이를 차마(茶馬)가 지나갈 수 있도록 길을 냈다. 마치 절벽에 잔도(棧道)를 낸 것 같은 모양새다. 동반 카르스트 고원의 절정을 이루는 길이다. 먼 옛날엔 이곳에 거주하는 17개 소수민족들이 중국 윈난성으로부터 하장성 동반까지 오가며 물물교환을 했던 길이기도 하다.

특히 동반현 내 반짜이(Van Chail) 마을과 룽타우(Lung Thau) 마을을 잇는 약 7km의 길은 깎아지른 절벽이 지그재그로 이어져 탐마(Tham Ma Pass) 고도로 불린다. 이들은 중국 윈난(雲南)에서 생산된 차와 티베트 초원에서 자란 말이 북베트남 차마 고도를 통해 교환되었다. 또한 북베트남에서 생산된 쌀, 옥수수, 산 약초 등 교역을 마친 차마 고도의 카라반상인들은 산을 넘고 넘어 중국 운남과 인도, 네팔, 서남아시아를 오갔다.

메오박, 동반시장은 차마 고도의 요충지로 소수민족의 일요일 큰 장이 열리며 베트남, 중국 화폐가 사용된다. 동반 카르스트 고원은 티벳의 차마(茶馬) 고도를 본따 '베트남의 차마 고도'로도 불린다.

베트남 동반 공원 & Sky Path 차마 고도. 북베트남에 위치한 이 공원은 유네스코 세계유산이자 국가에서 보호하고 있는 지역이다.

## 하장성의 매력, 오토바이, 자전거 Trekking

하장은 자연경관을 그대로 유지하고 있어 바이커, 자전거 여행자, 백패커들의 Trekking 장소로 각광받고 있는 곳이다. 하장-메오박-동반 하장으로 돌아오는 국도는 1차선 도로로 대형차 진입이 불가능하다. 하노이를 출발하여 하장성 전역에 이르는 1,000*km*의 도전과 모험을 즐기는 베트남 젊은이들과 외국인 배낭여행자들을 쉽게 만날 수 있다.

베트남 타이응엔 폴리택대학교 기계공학관련학과 학생들이 국기가 새겨진 단체 티셔츠를 입고 젊음을 과시하며 졸업여행 기념 사진을 인증하는 여행 중이다.

베트남은 도로교통법에도 오토바이를 위한 제도가 더 많을 정도로 말 그대로 베트남은 '오토바이'의 나라다. 베트남의 문화 중에 하나로 '오토바이 투어'가 있는데 어느 관광지를 가더라도 그 일대를 전부 돌면서 빠르고 구석구석 관람할 수 있게 도와주는 오토바이 기사들이

대기해 있다.

## 베트남을 대표하는 교통수단-오토바이

2020년 베트남 인구는 약 9,700만 명, 세계 15위 거기에 오토바이
등록된 수가 4,700만 대로 2018년 기준 약 70%가 혼다, 25%가 야마
하, 나머지 5% 대만 등 국가의 수입품이 전체 시장을 장악하고 있다.
아이러니하게도 Made in Vietnam 브랜드는 없다. 중국산 저가 오토바
이는 품질문제로 퇴출되었으며, 최근 Vin fast 그룹에서 전기오토바이
를 생산, 시판 중이다.

총 인구의 절반 가까이 국민 대부분이 이용하는 교통수단이자 재산
목록 1호이며 베트남 사람들에겐 오토바이는 일상생활 그 자체이다.
일할 때도 타고 이동할 때도 타고 때로는 트럭처럼 짐을 옮기기도 하
고 시장에서 팔 가축들도 옮기기도 한다. 휘발윳값에 세금이 붙지 않
아 리터당 600원 정도로 저렴한데 이유는 서민들의 일상에서 물가인
상을 최소화하려는 정부 정책 때문이라고 한다.

'쎄옴(Xe Om)'은 오토바이택시로 교통수단을 나타내는 쎄(Xe)와
끌어안다는 뜻의 옴(Om)을 합친 말이다. 길거리 어디에서든 볼 수 있

으며 택시보다 저렴하게 이용하고 있다. 오토바이택시는 좁은 베트남의 도로 사정으로 대중교통을 대신하는 역할을 한다.

* 그랩바이크: 동남아시아 최대 차량 공유 서비스인 '그랩(Grab)'에서 등록할 수 있다.

어플리케이션을 통해 이용하는 그랩은 모바일에 익숙한 젊은 사람들이 주로 운행한다. 녹색 헬멧을 쓰고 녹색 상의를 입은 '그랩바이크'는 사전에 운전자 신원과 비용 확인이 가능한 데다, 원하는 정확한 장소까지 아주 저렴한 가격에, 그것도 안전하게 이용할 수 있는 장점 때문에 큰 인기를 끌 오토바이를 렌트해 운전할 수 있으며, 렌트 비용은 기종에 따라 차이는 있지만 한 달 100~140만 동(한화 약 5만 원~7만 원), 하루 기준 약 10만 동~20만 동(한화 약 5천 원~1만 원)으로 요금 또한 무척이나 저렴하다. 렌트 숍에서 안전모를 대여해 주며, 면허증도 따로 필요 없다.

## 성미 급한 오토바이 운전자(?)

베트남인들이 오토바이를 급하게, 막무가내로 운전하는 이유는 바로 베트남이 가진 고유한 특성 때문이다. 베트남은 일년 중 10개월 내내 덥다. 베트남은 보통 하루 35도 이상의 고온이다. 특히 우기 때에는 습도가 매우 높다. 그야말로 매일이 열대야이다. 아직도 가정에 에어컨이 없는 곳이 많다.

그러니 집에 머물 수가 없다. 그래서 오토바이를 몰고 나오는 것이다. 온 가족이 오토바이에 탄 채 말이다. 낮에도 마찬가지다. 아직 대중교통이 발달하지 못해 가까운 거리도 오토바이를 타고 다닌다. 조금이라도 빨리 달려야 시원한 감을 느낄 수 있다. 아이들은 태어나자마자 오토바이에 의존하며 산다.

오토바이 위에서 잠자는 것은 예사이다. 오토바이는 차선 침범은 기본, 역주행까지 서슴지 않게 한다. 조금만 긴장을 풀면 오토바이가 바로 옆으로 지나가는 등 위험해 보이기까지 한다. 하지만 쎄옴 투어에서 이러한 우려는 기우에 불과하다. 투어 가이드는 안전한 운행으로 뒷좌석에 탑승한 여행객이 편안한 여행을 즐길 수 있도록 세심하게 안내한다.

도심을 달리다 보면 유난히 많은 경적 소리를 들을 수 있다. 이 경적 소리는 내가 먼저 가겠다는 신호로 그들 나름의 질서를 만드나 그 많은 오토바이들이 무질서하게 달리므로 오토바이 사고는 항상 대형 인명피해를 예견한다. 오토바이는 특유의 기동성을 자랑하며, 시내의 주요 관광지에 빠르게 도착한다.

미소를 잃지 않는 친절한 가이드는 서툰 영어로 유적에 담긴 설화나 역사 이야기를 들려준다. 가이드 책이나 인터넷에서는 볼 수 없는 베트남의 비하인드 스토리를 듣다 보면, 베트남의 역사를 보다 깊게 이해할 수 있다. 실제 도로를 가득 메운 현지 운전자의 대부분이 마스크 등으로 얼굴 전체를 감싸고 있다.

* 베트남 공안
공안에 대해서는 도로에서 특히 사파, 하장성 주변에서 천천히 운전하면 단속될 일 없다. 오토바이가 사라지지 않은 한 베트남 공안은 절대로 굶어 죽지 않는다. 온갖 트집을 잡아 책정하는 벌금(?)은 낮은 공무원의 월급을 과외로 충당시켜 주는 아주 알맞은 거래를 형성하게 만든다. 그리고 베트남은 공산주의 시스템에 의한 공산일당 독재체제이다.

당연히 국민들은 이런 저런 제재를 받는다. 베트남도 공안 즉 경찰 조직이 발달해 특히 정부를 비판하는 경우 쥐도 새도 모르게 연행돼 여러 피해를 입게 된다는 것을 알고 있으므로 국민들의 반감이 상존하고 있다. 그런데 오토바이까지 단속하겠다고 나서면 국민들의 대정부 반감을 더욱 높아질 수밖에 없어 그냥 놔두는 것이다.

베트남에서 오토바이 헬맷착용이 의무화된 것도 불과 몇 년 전부터 이다. 하도 오토바이 사고가 많고 인명피해도 많아 어쩔 수 없었다는 것이 정부의 설명이다. 그런 오토바이 나라가 바로 베트남이며 오토바이 헬멧은 선물로도 인기가 높고 도난신고도 많이 발생한다. [벌금: 헬멧(필수) 벌금 50만 동, 그 이상일 수도 있음. 국제면허증, 오토바이 등록증 벌금 50만 동 각각]

* 베트남 오토바이 면허증 종류

A1: 배기량 50cc-175cc인 이륜오토바이. 장애인은 장애인용 세발오토바이도 가능하다.

A2: 배기량 175cc 이상인 이륜오토바이. 운전자와 A1 운전면허증 소지자.

A3: 3륜 오토바이. A1등급 면허가 지정된 차량 및 유사 운전자에 발급.

A4: 최대 1,000kg의 소형 운전자에게 발급.

베트남 차량 운전 면허증이 있으면 필기시험이 면제된다. 시험은 1달 1회 실시한다.

# 14.

# 마피랭패스(Mapileng Pass)

길이가 약 20㎞인 하장(Ha Giang)의 패스 이름이다. 동반(Dong Van) 지역 및 메오박(Meo Vac) 타운을 연결하는 "행복"이라는 도로에 위치하고 있으며, 만다린 언어의 Ma Pi Leng은 "말의 코"다. 즉, 패스를 통과하는 말도 고산 지대인지라 호흡을 멈추게 된다는 의미에서 차용했다고 전해진다.

메오박의 카르스트 암석 지대는 해발 1,500m 이상의 고지대가 대부분이다. 메오박 시내를 조금 벗어나면 소수민족의 생활상을 엿볼 수 있는 한적한 시골길로, 숙소에서 5.5㎞ 가면 갈림길이다. 양쪽 길 모두 마피랭 협곡으로 가지만 왼쪽으로 진입해야 동반으로 갈 수 있다. 이정표에 오른쪽 길은 신차이 마을로 가는 마피랭 협곡 강가로 이어지는 베트남 차마 고도 길이다.

동반으로 가는 마피랭 협곡 길에서는 반대편 아래로 굽잇길이 멋들어지게 조망된다. 쉼 없이 한참을 올라야 하는 깊은 협곡 길은 천천히 주변에 아름다운 풍광을 보면서 걷는다. 까마득하게 저 멀리 어렴풋이 보이는 산봉우리에 걸쳐진 숨은 절경들이 예사롭지 않다. 짙은 녹음과 안개 속에 숨은 기묘한 산봉우리는 그 어디서도 본 적이 없는 비현실적인 세계다.

베트남 최북단 중국과 국경을 맞댄 동반의 '룽꾸'에서 흘러 내려오는 노케강은 깊은 대협곡 수직 절벽 아래로 유유히 흐르고 있다. 미처 예기치 않았던 풍경에 입에서는 연신 감탄사만 흘러나올 뿐이다. 동반으로 가는 마피랭고개 아래 펼쳐진 계단식 논, 밭 아득한 산길 강물과 협곡의 웅장함은 가던 발걸음을 멈추고, 또 멈추게 되는 것은 새로운 모습을 드러낸 웅장한 산들과 깊은 골짜기는 눈부시게 아름다움의 비경(秘境) 때문이다.

바라건대 베트남 정부는 '황금알을 낳는 거위'의 배를 가르는 실수를 하지 않기를 기원한다(하장성의 풍광과 관광의 가치는 마치 황금알을 낳는 거위와 같다). 사파 시내와 같은 난개발(爛開發)로 소수민족이 누려야 할 혜택을 외지인들의 배만 불려 주는 실수를 말이다. 사파는 각종 난개발로 도시 곳곳이 신음 중인 것을 배트남 정부 차원에서 하장성 관광지 보호의 중요성을 반면교사(反面教師) 삼을 수 있기를 바란다.

## 마피랭 대협곡

　동반에서 마피랭고개, 매오박까지(23km) 걸어가다 보면 마피랭의 대협곡을 마주하게 된다. 잠시 한눈 팔다가는 수백 미터 절벽 아래로 떨어지기 십상이다. 죽음이 바로 코앞에 와 있는 듯 다리가 후들거리고 진땀이 이마에서 흐른다. 산을 감싸고 있는 부드러운 구름은 잠시 후 소낙비를 불러오려는 듯 습한 강바람을 몰아오고 있다.

　얼굴과 목에 고온 다습하게 젖어 있는 공기의 입자는 어김없는 비 소식이다. 노케강은 천천히 산굽이를 흘러서 돌아간다. 강을 타고 오르내리는 배는 순풍을 따라 자연스럽게 항해한다. 아름다운 곡선을

마피랭패스(Mapileng Pass)

그리며 흐르는 노케강은 신이 만들어 낸 작품 같다. 세계적인 건축가 안토니오 가우디의 '직선은 인간의 것이고 곡선은 신의 것이다'라는 표현이 생각난다.

숨을 가다듬고 잠시 멈춰 서서 문득 기억의 맨 끝자락에서 생각해 본다. 살아오면서 지금까지 맨땅에 헤딩투성이였으며 늘 아슬아슬한 절벽 끝에서 살아온 듯하다.

무엇을 위해 살아왔던가?
이 Trekking 여행의 의미는 무엇인가?

Trekking 여행은 인간관계에서 물리적(物理的) 거리가 심리적(心理的) 거리를 극복하여 주는 자정(自淨) 역할과 시간과 공간을 제공한다. 눈에서 멀어지면 마음에서 멀어진다. 물리적 공간이 심리에 미치는 영향을 준다. 그렇다. 물리적(物理的) 거리로부터 충분한 간격(間隔)을 유지함으로 서서히 회복되는 정신과 육체의 에너지가 새롭게 충전되어 간다.

## 캠파이프의 음율

마피랭 협곡에서 만난 '흐멍 소수민족 소년'에게 "왜 높은 산 비탈진 곳에 화전(火田)을 개간하여 집을 짓고 사느냐"고 물었다. 그는 잠시 깊은 산과 계곡을 응시하더니 "민족의 용기와 용감성의 징표로 광활한 하늘을 배경으로 바람처럼 구름처럼 때로는 새들처럼 자유롭게 살아가기를 원하기 때문이다"라고 답했다.

철학자가 따로 없고, 신선이 따로 없다. 이들은 전통 악기인 켄(대나무피리)을 자주 연주한다. 기쁠 때, 슬플 때, 결혼식과 장례식장, 새벽 시장에서도 농사 활동 중에도 켄은 흐멍인의 삶의 일부로 자리하고 있다. 켄에서 흘러나오는 멜로디는 흐멍인의 애환과 정서를 잘 표현하고 있다고 한다.

동반 카르스트 지질공원으로 이어지는 좁다란 길을 해질 무렵 켄을 잘 다루는 흐멍인과 함께 마피랭 길을 따라 난 Sky walking pass로 올라간다. 노케강으로 떨어지는 낙조를 배경으로 마피랭의 절경을 바라보면서 켄 파이프의 음률에 몸을 맡긴다. 한 뼘 폭의 다랭이 화전밭에서 흐멍 청년은 고단함을 달래려고 켄을 입에 문다.

켄의 음율(音律)은 오지 Trekking 여행에서 쌓인 여행자의 여독(旅毒)을 거기, 그렇게 노케강으로부터 불어오는 강바람에 몸을 맡기고 피곤하고 지친 기운과 잡다한 상념을 강바람에 실어 새처럼 날려 보낸다. 자유로운 활강이며 비상(飛翔)의 시작이다. 신선이 사는 선계(仙界)가 존재한다면, 바로 이곳이 선계(仙界)가 아닐까?

옅은 안개 속에 숨은 기묘한 산봉우리와 노케강을 두 갈래로 만들고 그 사이에 숨어 있는 듯한 마을은 그 어디서도 본 적이 없는 비현

마피랭 관문, 박물관

실적인 세계다. 베트남 최북단 중국과 국경을 맞댄 동반의 룽꾸에서 흘러 내려오는 노케강은 깊은 대협곡 수직 절벽 아래로 유유히 흐르고 있다.

노케강은 해발 1,500m에 이르는 네엠선(Nghiem Son)산에서 시작해 하장성의 동반(DongVan)과 메오박(Meo Vac) 지역을 통과하여 까오방(Cao Bang)의 감강(Gamriver)까지 흘러간다. 이 지역의 귀중한 수자원이다. 총 길이 192km이지만 베트남 내 영토 구간은 46km이다. 마피랭에서 강으로 내려가는 거리는 약 12km로 좁고 울퉁불퉁한 흙길을 따라 8km 내려가면 선착장에 도착하여 대협곡으로 가는 통통배를 이용할 수 있다.

이 지역은 19C에 윈난, 티벳, 중국으로부터 유민들이 들어오기 전에는 버려진 땅이었다. 전통적 벼농사에 의존하던 베트남인들은 저지대 평야 지대에 거주했고 중국과 베트남의 완충 벨트로 불모지나 다름없었다. 통일 전 공산 호치민 통치 시절에는 제한적 자치권을 부여한 특별지구로 관리되었으나 월남의 통일 이후에는 중앙정부의 통제 하에 편입된 지역이다.

이곳 소수민족들의 작물은 옥수수와 아편 재배였으나 정부의 강력한 통제로 아편은 깊은 산중에서 소수만 몰래 재배하여 시장에 채소

동반에서 대협곡 선착장으로 내려가는 길

사이에 섞어서 판매하고 있다 고한다. 열악한 주거시설과 교육환경으로 인하여 타 지역으로 이주하고 싶어 하는 소수민족이 늘고 있으나 기존 지역을 떠나서 다른 곳으로 이주하는 것을 통제한다.

  * 선착장으로 가는 길
    동반-대협곡 선착장 13㎞(8㎞ 구간은 오토바이 이용 150,000VND, 강 왕복 유람 100,000VND)
    메오박, 신차이 마을 초입 700m. 산을 내려가면 선착장 도착(상류까지 1시간 30분 왕복한 후 다시 700m를 올라가는 불편함이 있다).
    마피랭 파노라마 카페에서 동반방향 100m 이동. 100m 지점에서 협곡으로 이어지는 작은 길을 따라 협곡으로 향한다. 이 길은 소수민족이 오랫동안 화전(火田)으로 개간한 화전민의 터전이다. 내려가는 길은 가파르고 좁지만, 내려가면서 볼수록 새롭고 놀라움의 연속이다. 마치 열 굽이씩 내려가면서 각각의 다른 경관이 눈높이를 맞추듯 대협곡이 파노라마처럼 펼쳐진다. 그길 끝에는 화전민 마을과 강가의 나루터이며 배를 타고 노케강 협곡으로 갈 수 있다.


## 노케강 통통배를 타고 대협곡으로

손을 뻗어 노케강의 물살을 느껴 본다. 2020년 11월 20일의 강물은 차갑고 달리는 통통배의 속도와 맞바람이 차갑다. 통통배는 속도를 높여 협곡 사이로 천천히 전진한다. 눈을 감고 강에서 시큼하게 풍겨 오는 물 냄새와 비릿한 냄새가 폐 깊숙이 대협곡의 숨결이 전해진다. 우리가 살아가는 시대는 인지 부조화(認知 不調和)의 시대이다.

COVID-19의 창궐로 인하여, 정부의 강력한 통제에 순응하게 되고, 개인의 개성과 정보는 공개되어 공공의 보건과 보편적 가치라는 이름 아래 불평과 불만을 제기할 수 없는, 비정상적인 불합리를, 사실이 아니고, 옳지도 않고, 모순투성이의 관료적 판단을 받아들여야 한다. 개인의 기본적인 경제생활도 보장할 수 없을 만큼 철저하게 무너져 가며 회복할 수 없을 정도의 완벽한 파탄 지경임에도 불구하고, 통제는 끝이 없다.

COVID-19는 고향으로부터 죽음에 대한 예의도 없는 '부고' 소식을 휴대폰 문자 한 줄로 은행계좌번호와 함께 전해 온다. 덧없이 살다 떠나는 인생살이에 대한 분노(憤怒)가 치밀어 오른다. 허무(虛無)하고 품위(品位)도 없는 죽음에 대한 안타까움과 분노다. 죽음으로 응징하고, 모든 결격 사유의 시간에 대하여 자비(慈悲)를 구하려는 행태에 대한 불신에 분노한다.

다만, 짧은 시간을 세상에 머물다 갈 뿐인데 지상의 모든 것을 소유하고 통제하려는 인간의 욕심과 야욕이 안쓰럽다. 북베트남 차마 고도와 대협곡은 COVID-19를 피해서 차마 고도의 본연의 '길'과 대협곡의 원시성을 회복하고 인간의 발길로부터 벗어나 잠시 동안 안녕(安寧)이다.

대협곡 속으로 느닷없이 사라져 버리기를 희망하는 망상(妄想)의 뱃놀이다. 휴대폰의 볼륨을 높여 김재범의 〈너를 위해〉를 들으며……. 김재범의 목소리는 노케강 물살을 가르는 나룻배 위로 사납게 울려 퍼진다. 거친 생각과 불안한 눈빛으로 살아온 나그네를 위태롭게 바라보았을 그대들을 생각하며……. 이젠 편하게 놓아주라고 말한다.

"사람은 패배를 위해 만들어지지 않았다.
사람은 파괴될 수는 있지만 패배할 수는 없다."

어니스트 헤밍웨이,《노인과 바다》중에서


## 마피랭 전망대 노점상

메이 할머니 42세, 자이족(Giay) 혹은 낭족(Nhang)으로 보이족 언어와 베트남어 사용. 손자 엠 2세, 남편은 까오방산으로 떠나서 몇 년 전부터 연락이 없다. 딸은 17세로 딸의 아들을 맡기고 먼 산속으로 약초 캐러 갔다. 진귀한 약초는 소수민족에게 고소득원으로 인적이 드문 깊은 산으로 들어가야 채취 가능하다.

"가족에 대하여? 그런 것은 묻지 마라." 우리는 가족이라는 일체감을 잃어버린 지 오래되었다. 서로 각자의 세계를 찾아 떠나가기로 하고 언젠가는 만날 수 있을 것이란 희망도 없이 서로 멀어져 갔다. 시간이 갈수록 우리의 감정은 조각조각 흩어졌다. 남편은 혼자만의 세계에 틀어박혀 정처 없이 방랑하며 사는 삶을 선택한 이기적인 산사람이다.

산을 의지하며 살아가는 삶이란? 척박하다는 것을 이해하고 사는 것이다. 하루하루를 견디고 사는 것이 중요하다. 집에서 장사하는 이곳까지는 40km다. 좁고 험한 산길을 내려와서 오토바이을 타고 이곳까지 와서 금, 토, 일 장사를 한다. 코로나로 인하여 외국인 관광객은 거의 없으며, 베트남 현지인들도 찾아오지 않아 수입이 많이 줄어들었다.

손자 공부를 시켜야 하는데 걱정이다. 삶에 있어서 유일한 희망이란? "손자는 이곳을 떠나 다른 삶을 살아가길 바랄 뿐이다".

톨스토이의 소설《안나 카레리나》의 첫 문장은 이렇게 시작한다.

"행복한 가정은 모두 비슷한 이유로 행복하지만, 불행한 가정은 저마다 이유로 불행하다."

톨스토이는 무슨 말을 하고 싶었던 것일까? 마피랭에서 만난 자이족 메이의 가족 또한 그 불행한 이유가 소설이 아닌 현실 속에서 매우 닮아 있다.

자식에게 사랑을 주되 생각을 주지 말자.
자식에게는 그들의 생각이 있기 때문이다.
자식과 함께하려고 애를 써라.
그러나 그들을 당신처럼 만들려고 하지 말아라.
당신의 자식은 당신의 것이 아니다.
당신을 통해 나왔으나 당신에게서 온 것이 아니고
당신과 함께 있으나 그렇다고 당신의 것은 아니다.

칼릴 지브란,《예언자》중에서

# 15.

# 암묵지(暗默知)

Tham Ma slope와 Chin Khoanh ramp-Mapileng, 하장에서 출발해 동반 고원으로 이어지는 도로는 꽌바패스를 지나면서 탐마 고갯길이나 친 코안 램프를 거치면서 고도를 급속하게 올라간다. 모터 바이크를 타고 달리든, 모터사이클을 타고 달리든, 혹은 터벅터벅 걸어가든 지간에 좁고, 가늘고, 높은 길을 가다 보면 심장의 박동수가 현저히 빨라지며 팔다리의 근육이 팽창하고 무너지거나 엎어지지 않으려는 몸의 균형추가 좌우로 절묘하게 이동하게 됨을 느낀다.

언제?
누가? 이런 길을 이렇게 달려가라고 가르쳐 준 적이 있던가?
예행연습이라도 한번 해 본 적이 있던가?

또한 맞은편에서 속도를 높여 달려오는 오토바이, 사이클을 피하려고 갓길에 몸을 기울이면, 아찔한 높이의 절벽 아래 낭떠러지기에 놀라서 현기증과 식은땀이 흐르고 오금이 지리게 되는 짜릿한 경험을 여러 번 느끼게 된다. 그러한 경험을 몇 번 하게 되면, 처음의 두려움과 공포심은 사라지게 되고 이따금씩 울리는 경적 소리에 그저 뒤돌아보게 될 뿐이다.

암묵지(暗默知)를 자연스럽게 차마 고도 길을 통하여 몸으로 체화(體化)되는 순간이다. (어린시절 자전거를 처음 탈 때 처음에는 옆으

암묵지(暗默知): 학습과 경험을 통하여 개인에게 체화(體化)되어 있지만 말이나 글 등의 형식을 갖추어 표현할 수 없는 지식.
어머니의 손맛은 암묵지의 대표적인 예라고 할 수 있다. 처음 걷는 아슬아슬한 바위산길을 거침없이 걸어가는 것 또한 그러하다.

로 넘어지고 쓰러지기를 반복하다가, 어느 순간부터는 중심을 잡고 앞으로 달려가는 순간을 기억할 것이다.) 소수민족은 척박한 삶의 터전에서 몸으로 체득하게 된 암묵지에 묻혀었던 소중한 몸의 기억과 지식들을 바탕으로 이 험준한 곳에서 위험을 일상화하며 살아왔을 것이다.

그러한 삶의 지혜를 언어로 체계적인 정리와 표현할 방법 몰랐을 뿐이지, 오랜 세대를 거치며 바람과 구름, 길의 지형이 자연스럽게 동화되고 조화를 이룬 결과일 것이다.


## 마피랭의 아침

이슬이 내리는 11월 초의 산길을 걷는다. 사람이라고는 살 것 같지 않은 산중의 오두막에서 살그머니 피어오르는 연기가 반가워 오두막 앞에서 서성인다. 두런두런 소여물을 준비하는 소수민족 아낙네와 마주친다. 아낙네에게 묻는다. "뭐하는 중이에요?" 아낙네는 하던 일을 멈추고 소에게 풀을 뜯게 하더니 말없이 소, 돼지 사료로 대마초 잎사귀와 사탕수수 가지를 아무렇게나 잘라서 던져 준다.

대마초는 가축의 각종 질병을 치료하고 사탕수수는 부족한 당분을 보충한다고, 고산 지대에서 살아가는 가축에게도 인간의 몸처럼 부족한 영양분을 채워 주지 않는다면 살아가기 힘들어서 "소, 돼지를 춤추게 하고 살쪄워야 한다." 이들의 오래된 속담 중에 "물소가 투자이다" "물소를 사서 결혼을 하고 가정을 꾸린다"라는 말이 있다. 이는 농사일을 하는 데 있어서 소의 절대적 중요한 역할과 지위를 말해 준다.

오늘은 메모박 시장에서 주말 새벽 장이서는 장날이라 각종 비용을 마련하기 위해서 소를 내다 팔아야 한다고 한다.

## 마피랭의 밤

하늘의 별이 아름답다. 알퐁소도데의 별에서는 한 목동이 별에 대한 이야기를 들려준다. 저마다의 별은 하늘에 촘촘하게 자리잡고 길 잃은 나그네에게 길안내를 해 준다. 별은 그저 반짝이며 우주를 유영하고 있을 뿐인데, 인간의 수명이 겨우 100년이라고 본다면 태양의

수명은 인간의 수억 배나 된다. 별들의 일상과 비교한다면 사람의 일생은 하루살이에 불과하다.

하루를 살다 간다면 무엇이 가장 소중한 것일까?

별의 순간? 독일어로 Sternstunde. 운명적 시간, 결정적인 시간이라는 뜻이다. 독일어권 표현을 대중화한 오스트리아 전기작가 슈테판 츠바이크는 저서 《광기와 우연의 역사》에서 '전 대기권의 전기가 피뢰침 꼭대기에 빨려 들어가듯, 시간이란 뾰족한 꼭짓점 하나에 집약되는 결정적 순간'이라며 '(별은) 유순한 자, 우둔한 자는 경멸해 밀쳐 버리고, 영웅은 하늘로 올려 보낸다'고 말한다. 인생에서 하루를 살다 간다면 인생에서 '별의 순간'으로 기억될 일은 무엇일까?

고레에다 히로카즈 감독의 2018년 영화 〈원더풀라이프〉의 대사를 소환하여 묻는다.

"내 인생에서 단 한 장면만 기억할 수 있다면?" 영화 〈원더풀라이프〉는 '당신이 다음 세상에 가져갈 단 하나의 기억은 무엇인가?' 묻는다, 반대로 나머지 기억은 사라진다는 의미이기도 하다. 영화는 다양한 등장인물들의 사연을 그리며 삶의 진리를 깨닫게 한다.

저마다 다양한 반응을 보이고 소중한 기억을 고백하나 선택을 반복하는 장면도 등장한다. 최종적으로 등장인물들이 떠올린 장면은 대단한 이벤트가 아닌 가족과 사랑하는 사람과 함께한 작은 일상으로 그저 평범 지나온 일상이 평생의 기억으로 자리하는 것으로, 영화는 반복해서 인터뷰 형식을 취하며 메시지를 던진다.

당신의 인생의 소중한 기억은 무엇인가?
영원히 머물고 싶은 순간이 있는가?

이곳까지 정처 없이 걸어온 나그네에게도 묻는다.

"스페인 산티아고 순례 길, 피니에스테라 마지막의 세상의 끝 절벽이었을까?
북베트남 하장성 메오박, 마피랭의 차마 고도였을까?
소중한 기억은 무엇이었을까?"

# 16.

# 동반(Dong Van)

동반은 2011년 베트남에서 유네스코가 처음으로 지정한 '동반 카르스트 유네스코 세계지질공원(Dong Van Karst Plateau)'으로 하장 지역의 국경 고원 지대이며 베트남의 최북단 지점으로 북부와 북동부는 중국과 마주하며 국경을 맞대고 있는 도시이다. 하장지역에서 가장 인기있는 숙박지이며 옛날 흐멍족들의 전통가옥은 다양한 숙박 시설과 Cafe로 바뀌어 있으며, 매주 일요일 열리는 시장이 유명하다.

동반을 찾는 진정한 이유는 동반을 빙 둘러싸여 있는 산들은 마치 동양화 한 폭을 연상하며 안개가 끼었다 수시로 걷힐 때마다 변화되는 대자연의 모습 때문이다. 이곳에 터전을 잡고 오랜 기간 번영을 누렸던 흐멍족 선조들이 유지해 온 전통과 고풍스러운 건축물이 그것을 대변해 준다.

# 돈카오산(Don Cao Mountain) 프렌치 포트리스(동반 시내 전망대)

동반 시가지 바로 북쪽에 위치한 돈카오산은 올드타운 스트리트를 지나 약 20분을 걸어가면 과거 프랑스 지배 시절 프랑스 포대 진지로 활용된 높은 봉우리가 버티고 있다. 산 뒤로 돌아가면 정상까지 오르는 길이 있다. 정상에 오르면 동반 시내와 주변 경관을 파노라마로 즐길 수 있다. 돈카오 요새는(1922년에 건축) 동반 시내 중앙을 내려다보는 카르스트 피크에 세워져 있으며 폐허가 된 프랑스 요새의 상징적인 잔해만 남아 있다.

## 카르스트 고원 지대의 핵심 지대

마피랭 협곡의 험난하고 척박한 산에서 땅을 일구며 사는 소수민족의 집들은 그저 위태롭건만, 길에서 만난 여러 소수민족 사람들은 자연에 잘 순응하며 살아가는 것 같다. 길에서 만난 어린이들의 환한 미소와 헬로우~를 연발하며 인사하는 모습에서 그들의 평화로움에 부러움을 느낀다.

이곳은 인생 인증샷을 남기는 장소로 유명한데 마을의 15세 어린 소녀가 아름다운 아오자이(베트남 전통의상)를 입고 포즈를 취해 준

다. 소녀의 이름은 Chinh라고 하며, BTS(방탄소년단)를 좋아한다고
한다.

동반광장, 돈카오산(Don Cao Mountain) 프렌치 포트리스(동반 시내 전망대, 동반 카르스트
유네스코 세계지질공원), 베트남 전통의상 아오자이를 곱게 차려입은 소녀와 여인

## 동반 카페거리, 200년 전통의 홈스테이

병풍처럼 펼쳐진 산 앞으로는 '동반'을 대표하는 광장과 수백 년 전
통의 동반올드 시티 여행자 거리가 자리잡고 있다. 소수민족 아낙네
가 핸드폰에 열중이다. 카페 거리와 교차로를 지나면 시장 입구이며
오밀조밀한 건축물들이 역사와 전통을 자랑하며 제법 규모 있는 도

시임을 알 수 있다.

홈스테이 주인인 Mr. Cheon은 이곳에서 400년 동안 조상들과 함께 거주해 왔으며 약 200년 전에 증조할아버지가 건축한 현재의 집은 동반 시내에서도 유명하며 현재의 집을 보수하여 홈스테이로 운영 중이다. 방 7개와 도미토리 20자리에 야채 밭 등 약 300평 규모다. 카페 거리 끝까지 걸어가서 좌회전하고 50m 직진하면 간판이 보인다.

* Naco Homestay: T 0388120866

1박 100,000VND(도미토리) 200,000VND(싱글 룸)


## Trekking 명소

동반, 마피랭, 메오박의 다양한 Trekking 명소로서 동반(Dong Van)은 하장성의 최북단 고원 지대에 위치하며, 하장시에서 146km 떨어져 있다. 하장성에서 가장 잘 알려진 여행 장소를 꼽는다면 단연코 동반 지역으로 이곳은 외부에 오래전부터 잘 알려져 있는 환상적인 Trekking 코스다.

1. 마피랭 협곡 Sky path 1,350~1,850m 둘레길 7.2km: 붉은색 화살 표를 따라 가는 둘레길로 험난하고 척박한 산에서 땅을 일구며 사는 소수민족의 집과 그들의 일상을 접할 수 있다. 소수민족은 가파르고 위태로워 보이는 바위산과 절벽을 생활터전으로 삼고 살아가고 있다. 길에서 만난 여러 소수민족 사람들은 자연에 잘 순응하여 살아간다. 이곳은 오래전에는 인적이 드문 차마 고도 길로 잘 알려져 있는 환상적인 Trekking 코스다.

2. 카르스트 고원 지대의 핵심 지대 동반 코스: 돈카오산(Don Cao

Mountain) 둘레길 12km 산의 8~9부 능선은 대부분 소수민족의 마을 길과 화전으로 일군 옥수수밭으로 연결되어 있다. 산길을 걸어 가다 보면 오토바이가 사정없이 길을 따라 달려 내려오는 것을 제외하고는 위험하지 않으며, 대부분 인적이 드물고 한산하다.

트래킹 목적지까지 가서 하산하거나 이동 시에는 마을 청년들에게 오토바이로 부탁하면 대부분 100,000VND에 목적지까지 무사하게 데려다준다.

3. 동반에서 노퀘강 선착장으로 가는 길 13km 노퀘강조망.

4. 동반-마피랭대협곡-메오박 23*km* 동반 대협곡의 웅장함과 비경.

5. 동반-룽꾸 29*km* 중국, 베트남 국경.

6. 동반-사핀 15*km* 몽왕족 성.

7. 메오박-신차이 25*km* 노꿰강 선착장 및 소수민족 마을.

8. 포방 10*km* 중국, 베트남 국경.

9. 메오박-신차이, 중국 국경 마을 40*km*.

# 17.

# 헤븐게이트(Heaven's Gate) 룽쿠이 동굴

하장에서 꽌바현까지 거리는 약 *46km*이며 꽌바는 해발 1,500m 고지이며 연평균 16~17도, 하늘 문(Heaven's Gate)으로 부르기에 손색이 없다. 가는 길은 마치 강원도산골의 정취를 물씬 풍기고 제법 널찍한 목조 가옥들이 강가에 드문드문 서 있다. 꽌바로 가는 길가에서 보이는 로강은 V 자 협곡을 따라 천천히 하장으로 흐른다.

바위와 계곡은 먼 옛날 거대한 유빙(流氷)이 지나간 흔적인 듯 보이며 꽌바는 세계문화유산 생태공원(Global Geopark)으로 지정된 동반 카르스트 고원의 관문 격인 장소다. 꽌바, 옌민, 동반, 메오박 등 4개 현에 걸쳐 있는 카르스트 고원은 "육지의 하롱베이"로 불리운다. 하롱베이에서 바닷물을 모두 빼면 아마 이 같은 지세(地勢)일 게 분명하다.

박섬(Bac Sum) 오르막길을 지나면, 드디어 천국의 문을 마주하게 된다. 룽쿠이라고 하는 작은 석회암 동굴도 볼 수 있다. 국립공원에 있는 거대한 동굴들에 비하면 보잘것없겠지만, 동반 카르스트 고원이면 옛날 깊은 바닷속이었음을 알려 주기엔 충분했다. 석회암(lime-stone)은 바다 생물의 유해들이 쌓여서 만들어진 돌이다.

해발 1,300~1,500m까지 박섬패스를 오르는 중간에 특이한 모양

꽌바, 요정산(유방산), 룽쿠이 동굴, 인증샷 기념목

의 지형도 만나볼 수 있다. '요정의 가슴(Fairly Bosom)' 혹은 요정산 (Fairy Mountain)이란 이름을 가진 곳이다. 언뜻 보면 경주에 있는 신라 시대 왕릉과 비슷하다. 요정산(Fairy Mountain)의 설화는 하늘의 선녀가 몽족 남자의 피리(켄) 소리에 혹하여 지상으로 내려와 그 남자와 사랑에 빠진다.

그 둘은 아이를 낳고 살다가 옥황상제의 노여움을 사게 되고 선녀는 다시 하늘나라로 올라가게 되었다. 이때 지상에 남겨진 아이들을 위해 선녀는 자기 가슴을 남겨 두고 간 요정의 산(유방 산)이라 전해진다.

하장성의 대표적인 볼거리 중 한곳인 '룽쿠이 동굴'. 입구 주차장에서 동굴 가는 길은 짠바 기념품 판매소에서 약 6km에 위치해 있으며 오토바이와 승용차로 이동 가능하며 동굴입구에서 내려다본 마을 풍경은 고즈넉하고 한가롭다. 관광객을 위해 인조불상과 삼장법사의 조각상을 작은 공원에 세우는 공사가 한창이다.


## 급커브 도로 전망대(탐마와 박삼 pass)

이곳을 찾는 관광객들에게 소수민족 어린 소녀들은 곱게 단장하고

기념사진을 찍고 약간의 비용을 요구한다. 소녀들은 계절마다 다른 옷과 화관을 머리에 두르고 애써 미소로 인사한다. 구불구불 언덕길을 계속해서 올라간다. 확실히 길이 험해서 비가 오는 날에는 낙석사고를 조심해야 한다.

## 꽌바 소수민족 – 홈스테이

소수민족의 집은 흙벽과 나무로 벽을 만들고 지붕은 보통 슬레이트와 널빤지로 지붕을 여러 개 겹쳐 놓는다. 겨울엔 난방시설이 안 되어 있어 춥다. 반면에 여름에는 벽을 개방할 수 있어 통풍이 잘되어 시원하다. 취사 도구라야 솥단지와 새카맣게 불에 탄 주전자, 식기류가 전부다.

집 안에서 조리를 하므로 장작 타는 연기로 인하여 집안은 항상 검게 그을러 있으며 집을 지키는 개는 지나가는 나그네를 향하여 으르렁대며 경계를 한다. 마을에서 만난 소수민족, 우연하게도 같은 느낌의 옷색상이다. 홈스테이 1박 60,000VND(3,000원), 간이화장실이 있고 물, 전기가 부족하여 저녁 6시에 소등한다.

샤워를 원하면 집 근처 냇가로 나가서 씻어야 한다. 이집 뒤로는 산으로 이어진 옥수수밭길을 약 15km를 Trekking할 수 있다. 어디든 그렇지만 인적이 매우 드문 곳이다. 왜 이런 곳에 홈스테이하려 하느냐고 묻는다면, 이유는 없다. 이들의 삶을 동정해서 웃돈을 더 얻어 줄 생각은 추호도 없으며 이들 또한 과다한 비용을 청구하지 않는다.

그저 본인들이 먹는 옥수수밥에 글로리아 채소를 삶아서 양념 무침과 오이, 콩, 등의 단순한 상차림이 전부다. 집주인의 이름은 '수'라고 한다. 남편은 세상을 떠났으며 (소수민족의 기대수명은 짧다. 약 50~55세) 아들은 하장 시내로 돈 벌러 나가 살고 혼자서 옥수수밭은 개간하며 살아가고 있다.

소수민족 여인들의 삶을 살펴보면 대부분 고단하게 살아가고 있는 모습을 쉽게 발견할 수 있다. 오랜 기간 전쟁을 치른 탓에 여자들의 생활력이 굉장히 강하고, 질투심과 자존심이 매우 높다. 이혼율이 매우 높은 이유는 게으른 남자와 투기, 외도하는 능력 없는 남자를 용서하지 않기 때문이다.

외부에서의 노동을 여자들은 마다하지 않는다. 베트남 어느 건설공사 현장에서도 여자들이 작업모자와 운동화를 신고 토목공사와 건축일을 하는 것을 흔히 볼 수 있다. 책임감과 교육열이 매우 높아 이혼 후, 자녀 양육은 보통 여자의 몫으로, 자신과는 다르게 살기를 바라며, 어떻게 해서든 학교에 보내고 좋은 환경에서 키우려고 노력한다. 세상의 모든 어머니의 모습은 동일할 것이다.

보이족(Boy) 사람으로 중국 귀주 지방에 살던 따이(Tai) 사람들로 중국 청나라 시절 반란에 실패하여 일부 사람들이 베트남 북부 산악지대로 이주해서 살게 되었다고 한다.

"이곳에 사는 게 행복하세요?" 묻는다. 그녀는 편하게 앉아서 산을 가리킨다. "산이 있어서 의지하며 단순하게 살아간다. 오늘은 당신들이 누추한 본인의 집에 우연히 찾아와 머물며 말 걸어 주는 게 좋다."고 답한다. 어느 날은 말 한 마디 안 하고 하루를 보내는 날도 있다고 한다. 아무런 욕심 없이 자연과 함께 옥수수라도 그저 하루하루 먹을 수 있는 것에 감사하며 산과 들판, 계곡을 걸으며 자연과 대화할 수 있어서 행복하다.

나무, 풀, 흙처럼 있는 그대로 자연의 순리대로 살아가는 그것이 보통의 삶의 방식이며 행복이다. 겨울이 다가오면 나무는 한겨울 추위를 견디고자 줄기 속의 수액을 비우기 시작하고, 봄이 오면 나무줄기로 물을 끌어올려 생명을 복원하는 것처럼 말이다.


　'심플하고 명쾌한 답이다'.

**탈 벤 샤하르 교수의 7가지 행복 교훈 중, 하버드대학**

1. 자신의 인간적 속성을 너그러이 인정하라.
　두려움, 슬픔, 불안 같은 감정을 자연스런 것으로 받아들일 때 그런 감정을 극복할 가능성이 높다.
2. 직장에서나 가정에서나 의미 있고 즐거운 활동에 참여하는 것을 목표로 삼아야 한다.

한두 시간에 걸친 의미 있고 즐거운 경험은 하루나 심지어 1주일의 질에 영향을 미칠 수 있다.

3. 행복은 지위나 은행 예금 잔고의 상태가 아니라 대체로 마음의 상태에 달려 있다.

예를 들어 컵에서 물이 채워지지 않은 부분에 초점을 맞추는가, 아니면 물이 채워진 부분에 초점을 맞추는가?

4. 단순화하라!

일반적으로 사람들은 점점 더 짧은 시간에 점점 더 많은 활동을 하려고 애쓰는 데 급급하느라 행복을 유보하곤 한다.

5. 몸과 마음이 이어져 있음을 명심하라.

규칙적인 운동, 적절한 수면, 유익한 식습관 등은 육체적, 정신적 건강으로 이어진다.

6. 되도록 감사의 뜻을 표현하라.

사람들은 자기 삶을 당연시할 때가 너무 많다. 살면서 맞이하는 멋진 대상, 사람이나 음식, 자연이나 미소 같은 것에 감사하고 그것의 진가를 음미하라.

7. 행복의 첫 번째 가늠자는 우리가 관심을 쏟는 사람들, 우리에게 관심을 쏟는 사람들과 함께 보내는 시간이다.

행복의 가장 중요한 원천은 여러분 옆에 앉아 있는 사람일지 모른다. 그런 사람들에게 감사하고, 그들과 함께 보내는 시간을 음미하라.

# 18.

# 하장성 룽깝 마을 메밀꽃

　11월~12월 '하장'은 메밀꽃이 절정이다. 하장의 메밀꽃은 유색이 특징으로 일년 내내 유채꽃의 노란색, 화담작맥(Hoa Tam Giac Mach)의 보라색, 화만(Hoa Man)의 순백색 등 풍부한 색깔이 하장(Ha Gi-ang)만의 매력으로 베트남 전역에서 하장의 유채꽃 구경을 위하여 10시간의 버스 이동하는 수고를 마다 않고 이곳을 찾는다.

　비 내리는 초겨울에 무작정 발길 닿는 대로 떠나온 여행길이다. COVID-19 펜데믹으로 온 세상이 멈춘 듯 유색의 메밀꽃을 반겨 줄 소수의 관광객과 소수민족의 발길을 기다리는 메밀꽃은 비에 젖어 살며시 고개를 떨구고 있다. 일상의 여행이 얼마나 큰 '위안(慰安)'이었는지 여행을 떠날 수 있게 되고서야 깨 닿게 된다.

위안을 주었던 여행지에서의 낯선 풍경과 알 수 없는 외로움, 뜻하지 않게 찾아오는 슬픔과 그리움은 여행을 떠남으로써 맞이하게 되는 감흥이다. 스스로 선택하여 걸어온 낯선 길 위에서 맞이하는 비에 젖은 메밀꽃은 더없이 화려하고 아름답기에 쓸쓸하다. "사랑하는 그 님과 함께 와서 화려한 메밀꽃밭을 걸어 봐야겠다"는 낭만조차 사라진 나그네의 발걸음은 좁게 이어진 메밀꽃 길을 지나, 오랜 세월 동안 모진 비바람을 견디어 내고 무심하게 서 있는 바위 뒤편 소수민족의 주막으로 향한다.

타는 목마름과 빈 가슴을 진득하게 적셔 줄 고산족이 양귀비로 만든 전통술이 그리운 시간이다. "낮술을 마신다". 한 사발 가득한 전통술을 급하게 몇 사발들을 붓듯 마신다. 취기가 오른 화끈거리는 얼굴의 뺨을 식힐 요량으로 하늘을 바라보자 초겨울 하늘에서 내리는 빗방울이 촉촉하게 얼굴을 적신다. "이효석의 〈메밀꽃 필 무렵〉의 무대인 강원도 봉평에도 이곳처럼 메밀꽃이 화사했다.

"우리는 소중한 것을 잃고 나서 야 그것의 의미를 알게 된다."
코소코노 쉬틀레틀(1995)

룽깜 마을은 메밀꽃으로 유명한 마을로 이전에는 양귀비를 재배하였으나 여러가지 사회문제로 메밀꽃 재배로 변경하였다고 한다. 베트남 하장의 돌 산신령이 깃들어 있다는 '타익선턴(Thach Son Than)' 바위는 하롱베이 바위들의 모습을 작게 축소한 듯 독특한 모양의 바위들은 모진 비바람을 견디며 메밀꽃밭을 병풍처럼 둘러서 있다. 여러 개 솟아 있는 "타익 선턴, 돌 산신령"이라는 뜻이다.

메밀꽃밭 안에 들어가 사진을 찍으려면 이곳 밭 주인에게 별도의 입장료를 내야 한다. 1인당 10,000VND으로 우리나라 돈으로 500원이다.

'타익선턴(Thach Son Than)' 바위 화담작약

이효석의 〈메밀꽃 필 무렵〉의 줄거리: 허생원은 장돌뱅이로 장이 서는 곳마다 찾아다니며 떠돌아다닌다. 어느 날 묵고 있던 충주댁네로 돌아온 그는 우연히 젊은 장돌뱅이 동이가 충주댁과 시시덕거리는 것을 보고 질투심에 그를 나무라고 손찌검까지 한다. 그러나 자신의 당나귀가 괴롭힘을 당하는 것을 달려와 알려 주는 동이의 행동에

화는 누그러들고 대화 장까지 칠십 리 밤길을 동행한다.

그 유명한 달밤 봉평 메밀꽃밭의 풍경 속에서 허생원은 젊었을 적 봉평 성 서방네 처녀와의 하룻밤 인연을 이야기한다. 그 인연만이 그에게는 평생을 간직한 그리움이요 살아갈 힘이었다. 이어 동이도 홀어머니 밑에서 어렵게 자란 자신의 이야기를 하고, 그러던 중 허생원은 개울에서 발을 헛디뎌 동이의 등에 업힌다.

등에 업힌 채, 그는 동이 모친의 친정이 바로 봉평이라는 것, 동이가 자신처럼 왼손잡이라는 것을 알게 된다. 동이가 어쩌면 허생원의 아들일지도 모른다는 암시와 함께 이야기는 마무리된다. 장돌뱅이들의 삶의 여정을 따라가고 있는 우리 고유의 향토적이고 서정성이 짙게 묻어나는 그러면서도 기구한 장돌뱅이들의 이야기를 잘 담아낸 우리나라 단편문학의 백미라고 할 수 있는 더 이상의 설명이 필요 없는 소설이다.

허생원이 걸었던 칠십 리(약 28km)는 8시간 이상 밤길을 걸어야 하며 봉평에서 대화까지의 밤길을 허생원은 달빛의 도움을 받으며 아스라이 어두운 산길을 걸어갔을 것이다. 허생원은 하룻밤 풋사랑을 나눈 여인을 그리워한다. 둘 사이에 아이가 있었을 거란 희망으로 살아간다. 그 여인을 다시 만나려고 늘 같은 길을 걷는다. 조 선달은 허생원이 하는 그 얘기를 귀에 딱지가 앉을 정도로 듣고 살았다.

소설 〈메밀꽃 필 무렵〉에 그려진 밀월과 중년의 사랑 이야기에 아쉬움을 에둘러 달래며 소수민족의 메밀꽃밭 좌판에 앉아 옥수수 증류수와 메밀전을 안주 삼아 낮술(혼술)에 취해서 흐릿한 눈빛으로 바라보는 메밀꽃밭은 처연하다. 가수 최백호의 〈낭만에 대하여〉의 한 구절처럼 첫사랑 그 소녀는 어디에서 나처럼 늙어 갈 것인가?

　"도라지 위스키 한 잔에다…… 실연의 달콤함이야 있겠냐만은 왠지
　한 곳이 비어 있는 내 가슴에 잃어버린 것에 대하여……"

사랑하는 누군가와 헤어지고 나서의 슬픔이 찾아올…… 그런 아련하고 마음 짠한 시간은 지나가 버리고 만 것인가? 더 이상 우연한 만남과 사랑은 찾아오지 않는 것인가?

2017년 12월 마지막 밤, 바람이 매우 차가웠던 강원도 봉평에서 1주일간 머물며…… 〈메밀꽃 필 무렵〉의 무대인 봉평 마을과 허생원이 지나갔을지도 모를 봉평 섶다리를 건너 제천으로 달빛 차가운 밤에 겨울 칼바람을 맞으며 걸어갔던 기억이 아련하다.

　"달밤에 메밀꽃은 눈송이처럼 희다" 산허리는 온통 메밀밭이어서

피기 시작한 꽃이 소금을 뿌린 듯이 흐뭇한 달빛에 숨이 막힐 지경이다. 붉은 대궁이 향기같이 애잔하고 나귀들의 걸음도 시원하다.

〈메밀꽃 필 무렵〉 중에서

소설 〈메밀꽃 필 무렵〉의 무대 흥정천에 징검다리와 섶다리를 이어서 놓은 풍경

## 하장성 룽깜 문화 관광 마을(Lung Cam culture toruist village)

전통 가옥들을 비롯하여 메밀꽃밭과 베트남 소수민족들의 모습을 소개하려고 만들어 전통가옥을 보존하고 소수민족의 생계에 도움을 주고자 한 관광사업과 상업행위는, 흐멍성의 전통적인 건축물을 파괴

하고 있다. 메밀꽃밭마다 입장료를 내야 하며 상업적으로 변질되어
가고 있다.

고운 미소로 인사하는 단정한 차림의 소수민족 여인들과 오랜 시간을 견디어 온 기와지붕, 균열되는
흙벽 건물 내부에는 소수민족들이 주거하며 기념품을 판매하고 있다. 서서히 변해가는 건물의 외관
붕괴조짐을 보이는 흙벽과 기운을 다한 듯한 기와지붕이 힘겹게 이어져 있다.

## 베트남 영화 〈파오의 이야기〉에 나오는 여주인공 파오의 집

하장성에는 베트남 영화 〈파오의 이야기(Pao's Story)〉 속 여주인공
파오가 살았다는 전통 가옥이 있다. 이 영화는 2006년 베트남에서 개
봉한 영화로 열악한 베트남 시골 여성인권을 주요 소재로 삼았는데
주제도 주제지만 작품성이 상당히 높아 베트남에서 여러 수상을 거
두며 큰 반향을 일으킨 영화다.

# 19.

# 소수민족 시장풍경 메오박(Meo Vac)

메오박 일요시장(소수민족 시장)은 소수민족의 삶이 그대로 묻어
나는 시장풍경으로 판매하는 품목도 참으로 다양하다. 가전제품과 의
류를 비롯해 일상생활에서 필요한 잡다한 물품들과 식자재가 풍부하
다. 곱게 소수민족 의상을 입고 물건을 사고파는 사람들, 길거리에 아
무렇게 앉아 차를 마시거나 담배를 피우며 이야기꽃을 피우는 사람
들, 다양하고 독특한 의상을 입은 소수민족과 현대적인 의상을 걸치
고 장날에 맞추어 멋을 부린 소녀들과 어우러진 활기찬 모습의 시장
이다.

17개 소수민족들은 일주일마다 열리는 새벽 시장을 통해 교류하면
서 생필품을 준비한다. 혼잡한 시장 외곽에는 가축시장으로 많은 소
가 트럭에 실려 오고 실려 가고 북새통을 이룬다. 소, 돼지와 염소, 닭,

개, 오리도 뒤섞여 길가는 온통 가축들의 분뇨로 뒤범벅이며 그 길을
슬리퍼를 신고 등에 커다란 통바구니를 메고 분주히 움직이는 모습
이 인상적이다.

　시장 한복판에는 각종 야채류와 집에서 담근 양귀비, 옥수수술, 바
나나술, 고구마술과 석청, 농사도구, 가축은 물론이고 대마초, 해드랜
턴 등 다양한 품목으로 없는 게 없다. 새벽 6시경 열리고 정오경이면
파장인데 일요일 새벽부터(격주로 일요일에 열리는 곳도 있음)높은
산에서 대나무 소쿠리에 판매할 등짐을 잔뜩 이고 지고 걸어 내려와
서 좌판을 벌린다.

　메오박, 동반의 북부 소수민족 시장은 그들 삶의 생생한 모습을 엿
볼 수 있는 좋은 곳으로 소수민족 남자들은 쪽(인디고)으로 진하게
흑색으로 염색한 의상과 슬리퍼가 특징이다. 드물게 남성들도 민족

의상을 착용한 모습을 볼 수 있다. 쪽염색을 반복해서 염색해서 검정색이 되도록 한 의상은 구충제 효과가 있으며, 쪽염색을 한 후에 밀랍을 덧칠해서 광택을 낸 천으로 만들어 입은 것도 있다.

들판에는 쪽 풀이 흔하니 집에서 짠 원단면은 쪽빛(인디고)으로 물들여 검은 빛깔의 옷감이 된다. 장날은 가장 사람이 북적이고 즐거운 날이다. 상인들과 손님들이 서로 둘러싸여 요란스러운 광경이 만들어진다. 한 번 이곳을 방문한 여행객들은 고향으로 돌아가면 이곳을 그리워하게 된다.

각자의 짧은 일정으로 인하여 이곳이 주는 소박한 일상이 인상깊게 남아 이곳에 더 오래 있지 머물지 못해서 아쉽고 하장(Ha Giang) 옥수수술과 편안한 돌담집에서 더 오래 묵지 못해 아쉽다. 시장 한가운데는 '뿌빼오(Pu Peo)' 소수민족 여인들이 활발한 교류를 하고 있다. 하장성과 중국 윈난성에 사는 소수민족이다.

주로 메오박과 동반에 모여 살고 있으며 고산 지대에서 대마초 마약성분의 약초를 재배하는 이들이 행상인으로 나와 대마초를 판매하는데 공안단속에 걸려서 혼쭐나기도 한다. 근래에는 이들이 재배한 마약이 중국이나 동남아 시장으로 흘러 들어가면서 국제적인 문제가 되고 있다.

그 어디에도 호객행위를 하는 장사꾼을 찾아볼 수 없다. 가만히 기다리면 고객이 알아서 찾아오기 때문에 기다리고 있으면 된다는 편안한 얼굴표정이 대부분이다.

· 석청: 꿀은 소금과 함께 산악 지역을 살아가는 데 있어서 중요한 고소득원이다.
· 헤드 랜턴: 산악 지역에서는 없어서는 안 될 중요한 용품이다.
· LED전구: 자가발전기를 갖춘 곳이 있으므로 전구의 수요가 많다. 15세 소녀가 허리춤에 삼성 스마트폰을 차고 고객과 눈을 마주 치려 하고 있다.


## 메오박의 400년 전통의 맛집

메오박 시내 중심에 위치한 '꿘안응언 Quan An Ngon', 베트남어로 '맛있는 집'이란 뜻이다. 중국에서 건너온 소수민족이 5대를 이어오며 2020년 6월, 현재 400년 전통을 자랑하고 있다.

메오박시장: 400년 전통의 국숫집 사장인 어머니(60세) 4대 째, 딸: 형(33세) 5대째

북부 지방의 경우 중국의 영향으로 국수의 종류가 다양하게 발달이 되어 숙성된 발효음식을 선호하지 않는다. 신선한 야채가 넘쳐 나기 때문이다. 지역과 계절에 따른 음식의 종류가 무궁무진하며 특히 현지의 식재료와 향신료 및 소스 그리고 허브를 이용해 색다른 맛을 낸 음식들이 넘치는 먹거리의 보고(寶庫)인 북베트남이다.

닭고기를 삶은 국물에 가슴살을 듬뿍 넣은 '퍼가'가 유명하다. 서민들의 대표적인 음식은 '검디아'로 한국 덮밥과 비슷하다. 따뜻한 고기 국물에 말은 밥 위에 진열대에 늘어놓은 닭고기, 동물의 내장 삶은 것 등 여러 가지 고기 종류를 눈짓, 손가락으로 가리키면 그것을 얹어 준다. 쇠고기 뼈를 하루 종일 곤 국물에 삶은 쇠고기를 넣은 것이 '퍼보'다. 퍼 가는 한국의 닭고기 죽과 다르게 느끼하고 향내가 짙다.

## 대표적인 음식

분 탕(bun thang): 쌀국수와 찢은 닭고기살에 달걀 프라이와 참새 우를 얹어 만든 음식으로 닭고기, 말린 새우, 돼지뼈를 끓여 만든 국물과 함께 먹는다.

깐 코 꽈(canh kho hoa): 유자로 만든 국으로 쓴맛이 난다. 햇볕을 오래 쐰 사람의 원기 회복에 효과가 있다고 한다.

미 가(mi ga): 건조한 국수를 곁들인 치킨 수프.

미엔 르언(mien luon): 장어를 넣고 끓인 당면 국수. 버섯, 골파, 달걀 프라이, 닭고기로 맛을 낸다.

퍼 보(pho bo): 쇠고기 국물 국수.

퍼 가(pho ga): 닭고기 국물 국수.


## 메오 박 클레이 하우스의 특별공연

밤 식사를 마친 후 7시경 6명으로 구성된 소수민족 아가씨와 청년들이 화려한 전통의상을 갖추고 무용과 노래의 한마당을 펼친다.

옥수수, 차 수확 과일이나 열매를 따는 모습, 농사짓는 모습 그리고 총각 처녀들의 사랑에 대한 모습들을 노래와 전통악기, 밥그릇 등으로 자연스럽게 화음을 내며 춤을 추는 모습은 아름답다. 이곳에서 묵

메오박 계곡에 위치한 아름다운 클레이 하우스(Meo Vac Clay House)

어 가는 이방인들에게 주는 특별한 선물이다.

저녁 바비큐파티와 식사는 놀랍다. 위치는 조용하고 주변의 아름다운 전망이 뛰어나다. 식사 후 소수민족의 공연을 관람할 수 있다. 마피랭(Ma Pi Leng)패스 근처에 위치해 있다.

* 1박 도미토리 200,000VND(10,000원)

  싱글 룸 400,000VND(20,000원)

# 20.

# 사핀(Sa Phin)

사핀은 '이 세상에 영원한 것은 없다'라는 것을 증명해 주는 장소로 동반에서 하장 시내 방향으로 15*km* 지점이다. 사핀은 흐몽족 왕조가 통치한 외딴 사핀 계곡에 위치한 작은 마을이다. 중국풍으로 지어진 큰 이 층 건물로 중국 국경에 인접(2*km*)해 있어 중국 스타일로 지어진 건물들이 많다.

해발 1,400m의 아담한 작은 분지 안에 소규모의 메오궁전과 수십 채도 안 되는 민가들로 이루어진 아담한 마을로 길은 좁고 거칠고 투박하며 한낮에는 좁은 길을 달리는 오토바이와 차량이 흙먼지를 날린다. 사핀의 명소인 H'Mong King Place(메오궁전)은 약 100년 된 목조건물로 프랑스군에 마지막까지 대항하기 위해 궁을 짓고, 성벽을 둘렀다.

100여 년 전 흐몽 왕에게 성 축성과 길을 내는 문제는 중요한 과제였을 것이며 대규모 토목공사는 많은 인부가 필요했고 석공이 매우 중요했을 것이다.

암석으로 조각된 물 보관함은 이 시기에 만들어졌을 것으로 추정된다. 수많은 시간을 망치와 정(T)을 이용하여 만들었을 물 보관함이 사핀 왕궁 첫 번째 건물 오른쪽과 파오의 집 부엌에 룽꾸 마을에 자리잡고 있다. 가로 세로약 1m와 깊이 1,200mm를 어떻게 운반해 왔을 것인가? 산에서 조각하여 중량을 줄여서 가볍게 하여 운반해 왔을까?

비록 작은 규모이긴 하지만 워낙 견고해 외부 침입자에 대항하여 적절하게 제압할 지형적으로 유리한 방어적 조건을 갖추었다. '브엉 찡 득(Vuong Chinh Duc, 1865~1947)'이라는 왕은 19세기 말 청이 혼란한 틈을 타 자기만의 영역을 구축한 인물이다. 8년 동안 엄청난 돈(은 1냥 약 80,000원, 십오만 냥 = 약 120억 원)을 들여 많은 중국인 기술자와 몽족을 동원해서 지은 궁전이라고 한다.

브엉 찡 득은 꽌바, 옌민, 메오박, 동반의 4개 지역의 부족을 제압하고 공식적으로 메오왕으로 추대받은 유일한 몽족 사람으로 그는 골든 트라이앵글 지대에서 아편을 재배하여 돈을 벌고 그 돈으로 무기를 구매 군대를 만들고 몽족 일대를 다스렸으며 사핀의 깊은 산속 외진 곳에 건축되어 베트남 전쟁 때도 피해를 입지 않고 잘 보존되었다고 한다.

메오궁전은 길이 50m의 직사각형 2층 건물에 4개의 긴 집과 6개의 넓은 집으로 이뤄져 있다. 왕의 아내와 자녀들, 그리고 시녀와 병사를 위한 64개의 방이 있으며, 높이 2m의 돌담으로 둘러싸여 있다. 궁전은 식당, 침실, 주방, 제단 등 여러 영역으로 나뉘고 각각의 방에는 사진과 유물들이 전시되어 있다. 음식과 무기, 아편을 보관하는 곳으로 나누어 사용하였다고 한다.

왕국, 흐멍족 왕의 사진, 여러 명의 부인과 자녀. 건물 내부에는 과거 이곳에 살았던 왕의 사진이 전시되어 있다. 이 지역에서 상당한 명망과 덕을 쌓은 모양이다. 실제로 이곳을 찾은 베트남 현지인들 몇몇은 사진 앞에서 잠시 묵념을 하거나 손을 모아 기도하기도 한다.

현재는 소수민족 관광 마을로 전락해 관광객들을 상대로 생계를 유지하고 있지만, 한때는 4개 부족을 지배할 만큼 강성했던 역사가 소수민족의 작은 마을로 쇠락해 가는 모습이 안타깝다. "세상에 영원한 것은 없는 것 같다." 영원을 꿈꾸어 온 왕의 부귀영화도 잠시 스쳐 가는 순간임을 실감한다.

# 21.

# 포방(Po Bang) 국경 마을,
# 룽꾸(Lung Cu)탑 마을

　중국과 베트남 국경 마을로 동반(Dong Van)현으로 가는 4C 국도를 따라 숭라(Sung La) 골짜기로 내려가는 길에서 우회전을 하면 동반현, 포방시가 나타난다, 베트남-중국의 국경선 근처에 위치한 포방시는 약 500명 이상의 인구로 대부분 화교, 몽(Mong) 족이다. 이곳 소수민족 사람들은 1년 내내 밭일과 소박한 삶을 이어 가는 곳이다.

　비 내리는 11월의 늦가을 오후, 회색 빛 국경 마을은 쓸쓸하고 음울해 보였다. 국경 마을 특유의 삼엄한 경비를 잔뜩 기대하고 찾아왔으나, 기대와는 달리 교통차단봉이 유일한 경계 표시이며 경비초소는 텅 비어 있는 모습은 한국 DMZ의 삼엄한 경계를 생각하며 동반에서 포방까지(15㎞) 비를 맞으며 힘겹게 걸어온 나그네를 매우 실망시켰다.

이 길이 중국과 베트남의 국경이 된다고 한다. 한국, 북한과 같이 이중, 삼중, 철조망으로 되어 있지 않고, 자연 그대로 산과 구릉지가 경계를 이루고 있었고 양쪽 국가 모두 지키는 병사도 없는 한가한 국경을 보니 감흥이 없었다. 서로 경계하고, 긴장하고 갈등하는 현장을 상상하고 왔는데 평범한 시멘트도로에 교통차단봉이 "국경의 전부"라는 것이 놀랍기도 하였다.

국경에는 COVID-19로 국경을 폐쇄한다는 문구가 적혀 있다. 소수민족 여인은 국경폐쇄문구에도 아랑곳하지 않고 가축 배설물을 등에 지고 국경을 넘어 비탈진 산으로 향한다. 소수민족 여인에게는 중국, 베트남 국경의 개념보다는 오로지 가혹한 환경에서 가족의 생존을 위하여 남자들보다 고된 노동을 견디며 내년 봄에 옥수수와 벼가 잘 자랄 수 있게 논, 밭의 지력을 회복시켜 주기 위해 분주하게 움직였다.

포방(Pho Bang) 국경 마을 차단봉. 건너편이 중국이다.
소수민족 여인이 가축 배설물 등짐을 지고 중국 국경을 넘나든다.

여인들이 지나가고 나면 가축 배설물 썩은 냄새가 지독하다. 배설물을 등에 지고 진흙이 잔뜩 묻은 장화를 신고 머리엔 비를 피할 요량으로 두건을 둘렀다. 질퍽한 길을 벗어나 시멘트길에 오른 여인 뒤로 집에서 기르는 닭 한 마리가 따라간다.

"안녕하세요."라고 인사를 건네자 옅은 미소를 짓는다. 이들 대부분은 중국어와 소수민족 언어로 의사 소통할 수 있으나 베트남어가 익숙하지 않다고 한다. 아이러니한 일이다. 한국의 DMZ은 대륙으로 이어진 한국을 "고립된 섬"으로 만들었다. 언제까지 계속될지 모르는, 육지와 단절된 바다 한가운데 떠있는 고립된 섬나라로 살아가야 할 것인가?

우리민족 스스로 해결해야 할 영원한 과제를 미국, 중국, 러시아, 일본 등 너무나 오랜 세월을 이들 국가의 이해관계 속에서 버티며 살아온 것은 아닌가? 좌, 우의 쓸모없는 이념논쟁(理念論爭) 속에서 너무 많은 에너지를 소모한 것은 아닌가? 아마도 "허무함"이란 이런 것일까?

## 잠 못 이루는 국경의 밤

피곤에 지친 몸을 눕혀 잠을 청한다. 포방 마을에서의 홈스테이 역

비 내리는 포방(Pho Bang) 국경 마을은 온통 회색빛 기운이 감돈다.

시 낯설다. 덮고 자던 이불은 축축하고 습도가 높아 약간 젖어 있는 느낌이며 밤새 뒤척이는 몸의 온기와 맞닿아 슬그머니 풍겨 오는 찌릿한 냄새까지 전해 온다. 얼마나 많은 이름 모를 나그네들이 이곳을 거쳐가며 같은 이불을 사용했을까를 생각하니 피식 하고 웃음이 나온다.

이리저리 뒤척이며 쉽게 잠들지 못하다 결국 새벽 3시에 전등을 켰다. "국경에서 느끼는 허무함"이란 무엇이었을까?

# 룽꾸(Lung Cu)탑 마을

베트남 하장 북쪽 국경 지대인 룽꾸 마을은 동반에서 약 29*km*의 Trekking 코스로 LoLo 소수민족 오리엔탈마을을 경유하며 동반으로 돌아올 때는 세옴(오토바이)를 이용할 수 있다. 이곳은 베트남의 최북단 지역으로 중국, 베트남 국경이 맞닿아 있는 접경 지대로 룽꾸로 가는 길은 중국과 가장 가까워지는 LoLo 소수민족이 사는 길이다.

LoLo 소수민족이 사는 곳은 제대로 포장된 길이 거의 없을 정도로 길이 험하다. 이곳은 LoLo 소수민족의 거주지역으로 LoLo족은 소수민족 구성원 중 최하위 이민족으로 분류되며 LoLo라는 명칭은 '호랑이를 숭배'하는 것을 의미한다.

베트남 최북단에 있는 룽꾸는 용(龍)의 전설과 관련이 깊다고 하며 룽꾸가 있는 산은 용산(龍山)이라고 불리고, 인근 LoLo 마을 호수는 용의 눈물이라고 불린다. 베트남 북부 도시들은 용의 이미지를 차용한 곳들이 많은데 룽꾸는 용이 사는 곳이란 뜻이고, 하롱(Ha Long)은 용이 하강한 곳, 탕롱(Tang Long, 하노이의 옛 이름)은 용이 승천한 곳이란 의미다.

베트남 대형 국기를 게양한 전망탑으로 올라가는 계단은 300개로 가파르며 전망대에서 바라보는 중국은 삼국지(三國志)의 촉나라 땅이 손에 잡힐 듯 가깝다. '호치민 주석'은 룽꾸에서도 판시판산 정상에 세워진 호치민 동상에서의 '경고'와 마찬가지로 한치의 땅도 중국의 위협에서 보호하고 지켜야 한다고 말하는 듯하다.

룽꾸 정상에 있는 국기탑엔 54㎡의 대형 일성홍기가 펄럭이고 있다. '54의 의미'는 베트남에 거주하는 54개 소수민족을 뜻한다고 한다. 하지만 그곳엔 소수민족들은 거의 보이지 않고 베트남 최대 민족이자 도시 사람들인 킨(Kinh)족 관광객과 소수의 외국인이 대부분이다.

베트남 정부는 소수민족과 킨족, 고지대 사람들의 통합을 강조하지만 현실은 그리 녹록지 않다고 한다. 일반적인 베트남 사람들은 소수민족들을 '나와는 다른 사람'으로 간주하며, 간혹 소수민족 출신 학생이 미국 유수의 대학에 장학생으로 선발됐다는 이야기가 베트남 언론을 타고 전파되기도 하지만, 그런 신데렐라 스토리는 가뭄에 콩 나듯 불가능에 가까운 것이 현실이다.

하장에서 동반까지 여러 마을을 지나쳐 왔지만 고지대엔 학교라고 할 만한 변변한 시설을 찾기 어려웠다. 학교를 세워 봐야 교사들이 산골까지 오지 않으려 하기 때문에 학교 운영 자체가 어렵다고 한다. 이 같은 교육 불평등은 이곳에서 시간이 갈수록 소수민족과 베트남인들과의 간극을 더 벌려 놓고 있다.

베트남의 최북단 하장성 룽꾸(Lung Cu)탑. 'Cu Bac 카페'. 이곳에서 쉬어 가며 차 한잔을 권한다. LoLo Ancient House에서 홈스테이 가능하다. (T 0344640336)

## 국경, DMZ

중국과 1000년 전쟁, 프랑스와 100년 전쟁, 1960~1970년대 중국과 미국 전쟁을 견디어 낸 베트남은 언제라도 변심할 수 있을 것 같은 국경 너머의 중국의 민낯을 보고 싶어서 판시판산에 케이블카를 만들어 전국민을 불러모아 토지와, 국경의 중요성을 자연스럽게 세뇌시키려 한 것은 아니었을까? 하장성의 룽꾸탑도 이와 같은 개념이지 않을까?

베트남 북부 국경도시 하장성 룽꾸에서 내려다보이는 중국은 삼국지의 촉나라가 지배했던 터전으로서, 룽꾸탑에 올라가서 중국의 수상한 움직임을 살펴보라고 건설했는지도 모를 일이다. 하지만 베트남 어디에서든 중국과의 국경은 도로와 산을 사이에 두고 허술한 철봉 혹은 철망구분한 국경 경계선이 전부이다.

한국의 DMZ과 철조망의 살벌한 경계는 어디에도 없다. 마치 형제의 나라인 냥 보기 좋은 상징적인 표식이 각 지역에 하나 있을 뿐이다. 국경수비대 검문소에는 철저하게 경계를 서는 초병의 모습이 아닌, 마치 한가한 목동이 오가는 산양(山羊)을 돌보는 정도의 허술함이다. 라오카이-하장-메오박-카오방의 관문 또한 같았다.

문득, 북한 압록강을 건너 탈출하여 중국, 베트남, 라오스, 태국을 거쳐 몇천 $km$를 돌아서 한국에 입국한 탈북자들의 길고 긴 여정을 생각해 보았다. 탈북자들은 죽음의 공포를 무릅쓰고 필경 기본적으로 수백, 수천 $km$ 산길을 걸어서 각 나라의 국경을 넘어 우여곡절 끝에 한국의 품에 안겼을 것이다. 그들이 지나갔을 이동경로였을지도 모를 '룽꾸탑'은 중국 국경을 넘게되는 하나의 이정표였을 것이라 짐작해 본다.

대한민국은 북한에서 목숨을 걸고 자유를 찾아온 이들에게 얼마나 따뜻한 곳이며, 기대와는 전혀 다른, 얼마나 차갑고 냉혹한 곳이었을까? 나그네의 생각이 엉뚱한 것일까? 아니다, 우리 모두는 미래에 진정한 남북통일을 원한다면, 탈북인, 세터민을 인간적으로 존중해 주며 그들에게 손 내밀며 동등하게 대해 주어야 하지 않을까? 배척하고 외면하고 차별하는 옹졸함을 버리고 포용, 관대함, 진정성 있는 배려를 할 수 있기를 간절히 열망한다. (2021. 11. 3.)

DMZ 지뢰 지대(사진출처 한국관광공사 홈페이지)   베트남 룽꾸, 중국 국경표시, 평화로운 국경선

# 22.

# 까오방(Cao Bang)
# – 바베(Ba Be)호수, 룽짱고원

까오방은 수세기 동안 이 계곡에 살았던 9개 소수민족이 살고 있으며 따이, 다오, 흐멍(Tay, Nung, Dao, H'mong)은 가장 잘 알려져 있으며, 소수민족마다 특별한 공예와 생활 방식을 가지고 있다. 피아오악 국립공원(Phia Oac Nationa Park)은 높은 산, 좁은 골짜기, 가파른 언덕으로 383개 이상의 많은 계곡과 언덕이 있는 복잡한 지형을 가지고 있다.

피아오악(Phia Oac)은 높이 1,935m, 까오방과 피아덴에서 두번째로 높은 봉우리의 높이는 1,391m와 같이 해발 1,000m에서 2,000m에 이르는 높은 산들이 많다. 20세기 초반부터, 이 산맥은 식민지 시절 프랑스인들에 의해 피아 오악-피아덴을 최고의 휴가지로 선택하여 독특한 기후 자원과 생물자원을 즐길 수 있도록 기반 시설들을 만들었다. 아직도 프랑스 식민지 시절의 별장과 롯지가 그대로 남아 있다.

2021년 6월 초 까오방 시내, 주말 풍경. 주말 시내에는 차 없는 거리를 지정하여 이동형 차량도서관으로 TV 없이 사는 시골 어린이들에게 영화를 관람하게 하고 서적을 대여해 준다.

## 반지옥(Ban Gioc)폭포

반지옥폭포는 까오방 중심지에서 $90km$ 떨어진 지역에 위치해 있으며 쫑깐군 담투 마을(DamThuy)에 속해 있다. 이곳에서 $20km$ 이동하면 반지옥폭포인데 $20km$의 Trekking 길 또한 많은 경관을 감상하며 걸을 수 있다. 중국과 베트남 국경에 위치한 반지옥폭포는 세계에서 4번째(이과수, 나이아가라, 빅토리아)로 큰 폭포로 높이 30m 폭 300m에 이르는 절경을 자랑한다.

광대한 자연과 물보라가 눈부신 계곡을 배경으로 무성한 정글에 둘러싸인 반지옥폭포는 석회암 지대로 나뉘어 있으며 폭포를 중심으로 왼쪽이 베트남, 오른쪽이 중국과 국경을 맞대고 있으며 중국에서는 덕천(Duc Thien)폭포라고 불리며 베트남에서는 반지옥폭포라고 불리운다.

6월에서 9월까지는 우기로 폭포의 수량이 풍부해지고 강렬한 물살과 폭포음이 인상적이고 10월부터 이듬해 5월까지는 건기로 수량이 줄어든다. 반지옥폭포 근처에는 까오방성의 주요 명소들이 분포되어 있는 데레닌스필강(Leninspring), 팍보동굴(Pac Bo Cave), 탕헨호수(Thang Hen Lake), 낌동동영웅 유적지(Kim Dongheroic complex) 등이 인접해 있다.

## 까오방성 로안(Trung Khanh)

까오방성 로안은 걷기 편한 농로가 10여 $km$ 이어지며 시골 논두렁
길 Trekking에 안성맞춤이다. 농번기가 끝나면 잠시 여유가 찾아오는
데 마을 논길 수로에서 고기를 잡으러 가는 노인의 발걸음이 가벼워
보인다. 베트남 북부는 1년에 2기작을, 베트남 남부는 1년에 3.5기작
으로 1년에 7기작을 한다. 1년 동안 다른 작물을 재배하면 모작이고
같은 작물을 재배하면 기작이다. 쌀 100kg이 원화로 등급에 따라 6만
~8만 원 하니 베트남은 굶어 죽는 사람은 거의 없다고 한다.

베트남은 세계적인 쌀 수출국이다. Trekking 논두렁길, Cafe에서 만나는 견공(犬公) 관상(觀相), 더위에 지쳐서 잠시 쉬어 가는 Cafe에는 주인은 없고 제법 덩치 좋고 윤기 흐르는 털의 개 한 마리가 무심하게 쳐다본다. 무인 카페처럼 '커피 한 잔에 10,000VND(500원)'이라고 쓰여 있다. 눈은 게슴츠레하게 뜨고 세상 편안한 폼으로 나그네를 쳐다보는 듯했다.

'손님 들어 오시기 전에 손세척하세요.' 하는 듯 소독약을 꼬리로 살랑거리며 가리킨다. 천하의 건방진 개다. (반가워서 그런 것인가?)

커피를 마시며 천천히 살펴보니 길 건너편 아낙네의 개는 납작 엎드려 온갖 표정을 지으며 애교를 부린다. Cafe 개는 건너편 개를 쳐다보며 "뭐야?" "저 개는 왜 저러고 나를 쳐다보고 앉아 있는 거야?" 그 얼굴로 흙바닥에 쪼구려 앞발 내밀고 있으면서, 대리석에 앉아 쉬고 있는 나를 어쩌라고……. 아주 무심한 표정이다.

커피 한 잔 마시며 개의 얼굴(관상)을 자세히 살펴본다. 카페 주인의 무한한 신뢰를 얻어, 무인 카페를 지키는 '개 팔자 상팔자' 개다.

문득, 영화 〈관상〉의 대사가 떠오른다.

"사람의 얼굴에는 세상삼라만상이 모두 다 들어 있소이다. 머리는 하

늘이니 높고 둥글어야 하고 해와 달은 눈이니 맑고 빛나야 하며 이
마와 코는 산악이니 보기 좋게 솟아야 하고, 나무와 풀은 머리카락과
수염이니 맑고 수려해야 한다. 이렇듯 사람의 얼굴에는 자연의 이치
그대로 세상 삼라만상이 모두 담겨져 있으니 그 자체로 우주이다."

〈관상〉 내경(송강호)의 대사 중에서

보통 한낮에 마을 어귀를 어슬렁거리는 개들은 야성을 잃은 듯 멍
청해 보인다. 평상시는 누런 이빨을 드러내고 짖어 대며 폼만 재다가
수상한 물체가 인식되면, 꼬랑지를 내리고 어눌한 눈빛으로 짖어 대
는 시늉을 한다. 하지만 산전수전 다 겪은 산속 깊은 길에서 만나게
되는 들개들의 눈빛은 무시무시하게 사납고 무섭다.

한 마리 정도야 대나무 지팡이를 휘둘러서 물리칠 수 있지만 무리
지어 다니는 들개 떼는 조심해야 한다. 배낭 밖에 쥐포 같은 건조된

먹을 거리를 봉투에 넣어 두었다가, 쫓아오는 듯한 기색을 보이면, 살며시 던져 주고, 슬슬 눈치를 보면서 마을방향으로 살금살금 꽁무니를 빼고 36계 줄행랑을 치는 것이 최선이다.

자기 영역에 대한 경계심이 대단하다. 간혹 개에 물리는 사고가 발생하는데, 조금이라도 물리면 마을에는 작은 병원뿐이어서 몇 시간 택시를 타고 하장 시내에 가서 광견병 주사를 맞아야 한다. 어쩌다가 Trekking 도중에 산속에서 개에게 쫓겨서 도망칠 때는 정말이지 엿 같고, 개 같은 인생이란 생각이 들며 개 따위한테 두렵고, 서러움을 받고 하산(下山)하는 심정은 처량하다.

하물며 인간의 세상에서 인간에게 당하는 '개 같은 경우'로 인한 분노, 울분, 서러움이야 더할 나위 없이 분하고 엿 같다. Trekking하는 동안 간혹 운수 없는 날은 그런 류의 탐욕스런 개들과 마주하게 되는 날이다. 그런 날은 일찌감치 Trekking을 집어치우고 마을 숙소로 돌아와 가쁜 숨을 몰아쉬며 가슴 졸였던 순간을 아쩔해하며 허탈하고 무료하게 게스트하우스에 처박혀 휴식을 취한다.

무료한 오후에 할 일 없이 게스트하우스 거실에 앉아 TV화면을 켜고 채널을 돌리다 보면, 미간을 찌푸리게 되는 한국 뉴스, 진X권, 조X, 추X애, 임종X, 윤X 개처럼 온통 물어뜯는 이야기투성이다. 개들은 산에서도 마을에서도 TV 속에서도 왈왈 짖어 댄다. 엿 같은 인간들과 엿 같은 날이다.

누군가 현재의 한국이 공정하고 정의롭냐고 묻는다면 현재의 한국은 '공정과 정의'? 그런 건 기대할 수 없는 기득권층의 사회로 단정한다. 채널을 돌려 영화를 찾는다. 영화 〈관상〉이다. 개의 얼굴과 오버랩되는 그들의 얼굴, 개와 그들의 관상을 유심히 바라 보았다. 그들이 어느 당, 어느 지역 출신이든, 고위직 정치 공무원 혹은 국회의원, 판사, 대학 교수들, '한 인간으로서의 얼굴' 관상이 그들이 살아온 현재를 말해 준다.

오만이라는 가면 속에 '공정과 정의, 상식'을 외쳐 대며 편가르기 중이다. 그들의 관상은 cafe를 지키는 개만큼, 주인의 신뢰를 얻을 수 있는 관상이냐고 묻는다. 좋은 글을 읽고, 치열한 내공을 쌓아 국민을 위한 공복으로의 겸허한 자세와 처신은 느껴지지 않고, 배부르고 오만하고 권력에 취해 탐욕만 추구하는 탐관오리의 관상들일지도 모른다.

개만도 못한 탐욕만 가득한 관상을 가지고, 그래도 왈왈 짖어 댄다. 시골의 길거리 흔한 잡종들처럼……. (2021. 6. 10.)

베트남 보건당국에서는 선라, 푸토, 옌바이, 화빈, 투엔쾅, 까오방성 등 북부지역에서 유기견들에 물리
는 사례가 많다며 주의를 당부했다.
2019년 광견병으로 숨진 사례가 많
고 상당수 주민들이 치료를 받았다
는 점을 들어 북부 지역을 여행하는
이방인들에게 마을개들이 갑자기
달려들 수 있다는 것에 주의를 요구하며, 실제로 외진 북부 산악 지대
에서는 고작 10%의 광견병 접종률을 보이는 것으로 알려졌다.

  (실제로 베트남 박닌에서 근무하다 미얀마 L사로 이직한 지인 Mr.
Nam은 2021년 8월 초 박장유원지에서 개에 물려 고생했다.)


  – 눈은 마음의 표상이다. 얼굴의 상이 나쁜 방향으로 가는 것을 늘
    경계해야 한다.

  – 세상을 살다 보니 운명보다 중요한 건 눈치 같더이다.

  – 그 사람의 관상만 보았지. 시대의 흐름은 보지 못했다.

  – 파도만 보고 바람은 보지 못했다

  – 파도를 만드는 건 바람이건만……

  – 당신들은 파도를 높이 탄 것이고 우리는 파도의 아래에 있었던
    것. 하지만 언젠가 파도가 뒤바뀔 것이네.


  영화 〈관상〉 속 명대사

## 까오방, 까오방, 팍보: '호치민 주석'이 숨어 생활하던 곳

석회암 지대인 중국 남부 계림과 비슷한 풍광이다. 1941년, 30여 년
동안 전 세계에서 혁명 활동을 하던 호치민은 까오방의 팍보(Pac Bo)
에 혁명 사령부를 설치했다. 이 성(省)은 베트남 민족 독립을 위한 국
가 전선의 작전상 중요한 기지가 되었다. 1950년 국경 작전의 승리는
중월 국경의 프랑스 기지를 파괴했으며, 까오방에서 랑선으로 이르는
4번 국도의 길을 열었다.

이는 1954년 디엔 비엔 푸 전투의 길을 닦은 것이었다. 통킹만 사건
이후 북폭(北爆)과 통킹만 봉쇄를 계기로 본격 개입한 미국은 1975년
에 물러났다. 이 과정에서 청렴하고 한결같은 자세로 일하여 베트남
민중으로부터 존경받았다. 호치민이 책상머리에 '다산 정약용의 목민
심서'를 두고 애독했다는 유명한 이야기가 전해지고 있다.

팍보동굴은 그리 크지 않다. 호치민은 이곳에서 비를 피하고 겨울

을 견디었다. 불을 피워 차를 마시던 낡은 주전자가 놓여 있다. 글을 쓰고 휴식을 취한 돌의자는 아마도 이곳에서 정약용의 목민심서를 읽었을 것으로 상상하며 평생을 청빈하게 살다가 떠난 사나이의 기운이 느껴진다.

베트남의 '호치민'은 남, 북월남 통일의 업적을 이루고 시대를 앞서 간 위대한 지도자로서 각인되어 있으며, 베트남은 사회주의에 기반한 공산당 1당체제로 이므로 호치민을 역사적 정치적인 영웅으로 존중한다. 그렇기 때문에 오랜 전쟁을 통한 베트남의 역사는 민족주의적인 경향이 강하며 한국과 비슷한 유교정서로 예의범절을 중시하고 장유유서의 근본을 이어 가고 있다.

호치민에 대한 베트남인들의 인식은 신과 동등한 위치로 인식하며 땀따오 사원에는 삼국지 관우신과 호치민 주석을 같은 위치에 두고 동격으로 숭배하고 있다.

* 교통: 까오방-팍보동굴(50㎞) 로컬 버스로 약 2시간
  까오방 버스터미널 건너편에서 Ha Quang 버스 종점까지 이동 후 3㎞ 도보 이동-탕헨호수-폭포

## 호탕헨(Ho Thang Hen) 탕헨호수

2001년 1월 28일 문화 체육 관광부 결정문에 따라서 국가 최고의 명승으로 인정이 되었다. 탕헨호수는 수백 미터의 거리에 있는 지하 동굴과 강을 통해 서로 연결된 36개의 자연호숫가 있으며 이곳은 무릉도원이라고 불리는 곳이기도 하다. 각자가 별개의 호수같이 보이지만 지하에 서로 통하는 물길이 있어 이 36개의 작은 호수들은 실제로 하나의 거대한 담수호(淡水湖)이다.

매력적인 경치와 더불어 오랜 옛날부터 내려오는 호수의 전설들은 많은 사람들로부터 사랑과 신비스런 느낌을 전해 준다. 호수는 마름모의 모양을 지니고 있다. 오래된 정글과 울퉁불퉁한 바위들과 산뜻하게 어우러져 있는 모습이 마치 '벌 꼬리' 같다는 뜻으로 따이(Tay) 민족이 호수 이름을 탕헨(Thang Hen)이라고 지었다고 한다. 이곳 자연 초지는 랑선(Lang Son)의 동람(Dong Lam)평원과 매우 유사하며

Trekking 코스로 안성맞춤이다(8km).


## 까오방성 통롱(Thong Nong)-하장성 바오락

이 길을 지나고 나면 까오방과 하장성의 경계인 바오락이다. 바오락으로 가서 시곗바늘 방향으로 하장으로 가는 길과 시곗바늘 역방향(逆方向)인 메오박-동반-하장으로 가는 코스를 선택해야 한다. 바오락-메오박(약 50km) 까오방성 통롱-바오락(Thong Nong Bao Lac)가는 길은 버스, 오토바이, 자전거 등 인적이 드문 길이다.

이곳은 그다지 인기 있는 코스가 아니어서 Trekking 코스로 선호하지 않는다고 한다. 돌산을 깎아서 마을과 마을로 이어지는 길을 내고 세워진 표지판이 험난한 길을 안내하고 있다.

까오방성 통롱-바오락(Thong Nong Bao Lac) 가는 길

까오방성 통롱(Thong Nong) 대나무를 메고 마을로 이동하는 소수 민족과 마주하게 되는데 대나무는 고산 지대에서 살아가기 위하여 매우 중요한 자원으로서 마을협의체의 회의를 통하여 일정한 크기만큼 성장한 것만 벨 수 있으며 물을 운반해 오는 도구로 사용된다. 마을에서는 논과 밭을 이어 주는 공동작업으로 새로운 물길을 만드는 데 사용되며 천수답을 연결하는 수로와 식수를 해결한다.

고산 지대에서 밭일을 마친 남자는 허리 춤에 칼을 꼽고 산길을 내려간다.

* 교통

하노이에서 까오방까지의 거리는 약 280㎞다. 교통수단에 따라 약 7~8시간(17,000VND)이 소요될 수 있다.

낮과 밤의 슬리핑버스가 하노이에서 까오방(Cao Bang)까지 운행된다. 버스는 My Dinh 버스정류장에서 출발한다.


* 숙소

호텔을 비롯하여 게스트하우스가 많다.

호텔 1박 500,000VND

게스트하우스 100,000~200,000VND


## 바베(Ba Be)호수

바베호수는 박칸(Bac Kan)성 북쪽에서 70*km*, 하노이(Hanoi)에서 240*km* 떨어진 박칸성 국립공원에 위치해 있는 세계에서 가장 아름다운 16개 호수 중에 하나이다. 바베호수는 박칸성의 '녹색 보석'으로 비유될 만큼 아름답고 세계 담수호 중 베트남에서 가장 큰 천연호수다. 바베호수는 1995년에 미국에서 개최된 컨퍼런스에서 보호를 필요로 하는 세계 20개의 특별한 담수호 중 하나로 인정받았고 2004년 아세안 헤리티지 파크로 인정받았다.

약 2억 년 전에 만들어졌으며 용이 하늘에서 내려와 인간의 선함을 시험하고 선을 행하지 않는 마을과 사람을 벌하기 위하여 홍수를 일으켜 마을을 물에 잠기게 해 3개의 호수를 만들고 선을 행한 1곳만 섬으로 변했다는 전설이 전해지고 있으며 2006년 유네스코 세계자연유산으로 지정되었다.

팍응오이(Pac Ngoi) 마을은 바베호수 선착장 입구로부터 약 8*km* 정도 길이로 수심 약 25~35m이며 입장료 1인 45,000VND이다. 페럼(Pe Lam), 페루(Pe Lu), 페렝(Pe Leng) 지류는 석회암산과 거대한 푸른 숲 사이에 거대한 바베호수를 형성한다.

마을 뒤편은 거대한 산맥으로 둘러쌓여 있고 대다수의 집들은 숲을 등지고 호수를 향해 있어 산기슭의 매력적인 풍경을 만들어 내며 바베호수는 따이(Tay)족의 삶의 터전으로 따이 민족의 특색이 진하게 담긴 관습, 풍습을 그대로 지켜 내 온 몇 안 되는 마을 중 하나다. 선착장으로 가는 길은 비옥한 옥수수밭과 늪지대가 형성되어 있다.

바베호수 마을 입구에서 선착장에 들른 후 마을길과 다리를 지나
팍응오이(Pac Ngoi) 타이족 마을 중심에 이르는 10㎞ 길

바베호수를 배를 타고를 구경하고 싶다면, 배 크기에 따라(1척, 1시간 30분 400,000VND/ 1인당 1시간에 300,000VND) 선택할 수 있다. 시간적 여유가 된다면 어민들을 따라 낚시를 가 보는 것도 좋고 직물을 짜거나 텐(Then), 단띤(Dan tinh) 악기를 연주하는 따이족 소녀들

을 볼 수 있으며 후어마(Hua Ma) 동굴을 비롯한 몇몇 동굴탐험을 할 수 있다. 동굴은 수많은 종유석이 아름답게 동굴을 뒤덮고 있는 원시성이 가득하고 때 묻지 않은 야생의 자연을 유지하고 있다.

타이족 탐, 엔(30, 34) 낮에는 호수에 나가 새우를 잡고, 밤에는 관광객을 상대로 노래와 단띤악기를 연주한다. (2시간 500,000VND) 호수 상류에는 습지가 광활하게 펼쳐져 있다.

## Ao Tien연못

AoTien연못은 사냥꾼과 선녀 7명의 전설과 관련된 3,000$m^2$ 넓이의 원형 모양으로 연못의 물은 옥색을 띠고 있다. Ao Tien연못으로 들어가는 길 양쪽에서 따이(Tay)족 사람들이 생선, 꿀 및 높은 가치를 지닌 팔각회양 약용 식물을 팔고 있는데 이곳 소수민족의 주요 소득원 중 하나가 '팔각회양'이다.

팔각회향(八角茴香)은 붓순나무과에 속하는 상록식물로 학명 'Illicium verum', 영명 'star anise', 열매를 말린 것을 팔각 또는 팔각회향 (八角茴香), 대회향(大茴香) 등으로 부르며 향신료로 쓴다. 팔각나무의 열매는 스타 아니스(Star Anise)란 이름으로 세계적인 주목을 받았다. 2009년 세계를 뒤흔든 신종인플루엔자의 치료제인 타미플루 (Tamiflu)의 원료로 쓰였기 때문이다.

또한 중국요리에서 오리나 돼지고기를 이용한 찜 요리 중 냄새제거 효능이 있다.

바베호수 BoLu 마을의 Suoi Mo(0965205588) 게스트하우스에서 보이는 호수풍경과 호수 가운데 윈도우아일랜드, 바베호수 지도, AoTien연못, 팔각회향(八角茴香) 타미플르원료

## 룽짱(Lung Trang)고원 트래킹

바베호수 입구로부터 조금 거리가 있으나(45km) 차를 타고 산 위 언덕까지 올라가서 차박이나 텐트를 치고 1박할 수 있는 '룽짱'이라고 불리우는 산등성이가 유명하다. 주변에 나무가 없고 풀과 잔디로 뒤덮여 있는 곳으로 베트남의 많은 젊은이들이 고원경관을 시원한 바람을 맞기 위해 전국 각지에서 바이크를 타고 이곳까지 달려와 모험을 즐기는 곳이다.

룽짱고원으로 가는 길안내는 인터넷에 검색해도 쉽게 찾을 수 없으므로 구글(Googl)에 마을 수퍼마켓(Thom Lanh, Ha Hieu, Ba Be, Bac Kan, T 0358030855)을 검색하면 된다. 이 주소가 대로변에서 입구에서 출발하면 룽짱 마을까지 5km이며 몽(Mong)족 마을로 가는 길은 아름다운 계단식 논이 펼쳐진 Trekking 길이 보인다.

이곳을 지나 시멘트길로 된 산을 오르면 7km 지점에서 약 3km 비포장도로가 시작되고 그 끝에 광활하고 웅장한 룽짱고원에 도착하게 된다. 바베호수의 여러 갈레길과 '룽짱'으로 이어지는 이곳은 Trekking하기에 안성마춤이나 COVID-19로 인하여 산은 적막하게 텅 비어 있으며 인적을 느낄 수 없다. (2022. 1. 3.)

룽짱으로 가는 길은 어디에서 시작하든 원하는 만큼 10, 20, 30㎞를 자연과 호흡하며 걸어 볼 수 있다. Thom Lanh, Ha Hieu 마을 입구에서 이곳까지 5㎞를 걸으면 Mong족 사람들의 평화로운 마을들을 둘러 볼 수 있으며 마을 사람들은 전통적인 Mong족 옷을 입고 비탈진 산에 불을 질러 옥수수를 재배 하기 위한 산을 개척(開拓) 중이다.

몽족(Mong), 야산에 불을 질러 화전(火田) 만들고 있다.

박닌성을 출발하여 약 190㎞의 구불구불한 산길을 달려와 박칸(Bac Kan)의 룽짱 마을 초입에 도착하게 된다. 이른새벽, 고구마, 새우, 계란으로 허기진 배를 채우고 고단한 Trekking 길은 짙은 회색 안개가 보슬비와 함께 촉촉하게 대지를 적시는 Trekking의 시작이다.

가던 길을 멈추고 짙은 안개 속의 주위를 살펴보면, 마을에는 새벽부터 마을 개들이 어슬렁거리며 개들은 꼬리를 바짝 세우고 이빨을 드러내고 으르렁거리며 이방인을 경계하고, 인적 없는 새벽에 나타난 '수상한 사람들'이라고 생각하며 하노이로 실어나를 옥수수와 고구마 포대를 지키는 모습이다.

　바베호수의 숙박 시설로는 호수에 위치한 몇몇 아름다운 게스트하우스, 리조트와 호텔 등이 소재하나 COVID-19로 인하여 여행객은 그리 많지 않으며 이곳을 찾는 여행객들은 이곳 소수민족들의 집에서 숙박을 하는 형식인 홈스테이(homestay)를 선호한다. Trekking하기 위해 이곳 Suoi Mo Guest House에 묵는다면 Bo Lu에서 Coc Toc마을로 걸어가서 산으로 가는 길은 경로가 매우 좁기 때문에 오토바이사고에 주의해야 한다.

　또한 룽짱고원 산 정상에서 비박(Bivouac)을 하지 않을 경우 바베호수로 이동하여 숙박할 것을 권하며 인근 5km 이내에 화장실, 식수 등를 이용할 편의시설이 전무하다.

* 교통

하노이 미딩 버스터미널과 박닌, 타이응엔-박칸버스를 이용할 수 있다.
(4~5시간)

하노이-박칸(240㎞), 박칸-바베호수(70㎞), 까오방-바베(120㎞)

* 숙소

Thon Bolu-Nam Mu, Ba Be, Bac Kan Suoi Mo Guest House(T 0965205588)

이곳의 홈스테이는 1박에 100,000~500,000VND이다. 이런 곳에서 홈스테이를 하면 저녁에 캠프 파이어를 즐길 수 있으며 소수민족 타이, 몽(Mong)족 여인을 초청(2시간, 2명 1팀, 500,000VND)하여 춤과 노래를 배우는 것도 가능하다.

# 23.
# 닌빈(Ninh Binh) - 항무아, 짱안, 반롱 라군 습지, 땀콕, 꿕푸엉 국립공원, 호아루, 바이딘 사원

약 5억 년 전 깊은 바닷속 험준한 해령(海嶺)이었을 산악 지대로서 석회암 지대에 속하는 이곳은 대표적인 카르스트 지형(석회암의 용식작용으로 들쭉날쭉한 지형)이다. 불규칙하게 솟아오른 수많은 기암괴석은 마치 한 폭의 산수화를 연상케 한다. 닌빈(Ninh Binh)은 '육지의 하롱베이'로 불리는 것처럼 카르스트 지형의 석회암 봉우리들이 올록볼록 솟아 있으며, 하롱베이가 바다 위에 바위봉들이 솟아 있다면, 닌빈은 들판 사이를 흐르는 강과 습지 위로 바위봉우리들이 솟아 있다.

닌빈은 영화 〈인도차이나〉, 〈콩: 스컬 아일랜드〉 등 많은 영화의 배경이 된 곳으로 마치 타임머신을 타고 과거로 되돌아간 듯한 원시성을 물씬 풍긴다. 닌빈 카르스트 지형을 위에서 조망할 수 있는 곳으로, 왜 '육지의 하롱베이'라고 불리는지 확인할 수 있는 장소다. 카르스트에 만들어진 가파른 돌계단을 따라 20분 정도 올라가면 카르스트 봉우리 위에서 넓은 들판을 흐르는 사오케(Sao Khe)강과 카르스트 지형의 널린 바위들이 어우러지는 멋진 풍광을 조망할 수 있다.

* 교통
기차: 하노이역에서 닌빈역 2시간(약 98㎞)

버스: 하노이-닌빈 버스 2시간

투어: 호안끼엠호수 근처 여행사에서 1일 투어 8시~18시 투어 하노이에서 대중교통을 타고 닌빈성으로 오기 위해서는 쟙밧(Giap Bat) 터미널에서 버스를 타면 되고, 닌빈성에 도착하면 쎄옴(Xe Om)이나 택시, 오토바이, 자전거를 빌려 닌빈성 탐방을 할 것을 추천한다. 개인 이동수단을 이용한다면 쟙밧 터미널을 지나 쟈이퐁(Giai Phong) 길을 따라 가다가 팝번(Phap Van)-꺼우제(Cau Gie) 고속도로로 꺾은 후, 푸리(Phu Ly)-닌빈 거리를 따라 약 2시간을 이동하면 짱안 유산 명승지에 도착한다.

* 숙소
닌빈의 홈스테이 게스트하우스는 넘쳐 난다. 1박 하거나 하노이로 돌아와서 숙박하는 경우가 다반사이다.
닌빈 호숫가 게스트하우스(1박 100,000~400,000VND)

287

항무아(Hang Mua) 정상에서 내려다보는 조망

# 항무아(Hang Mua)

춤추는 동굴이라는 뜻으로 베트남 쩐왕조(1225~1400) 시절 한 왕이 과거 수도였던 호아루(Hoa Lu) 지역에 가다가 이곳에서 여인의 춤을 본 후, 이름을 붙였다고 전해진다. 입구에는 용 조각과 백호 호랑이 전설을 품고 있는 동굴이 있으며 중국만리 장성의 건식 양식을 본떠 만든 486개의 가파른 계단을 올라가야 정상에 도착한다.

돌계단을 타고 바위산 위에 올라 땀꼭 주변의 카르스트 지형을 감상하는 등산코스로 잘 알려진 곳으로 체력이 뒷받침되지 않으면 힘든 곳이지만 닌빈 최고의 숨겨진 절경을 감상할 수 있는 '항 무아(Hang Mua)'로 이곳의 이름을 살펴보면 Hang은 '동굴', Mua는 '춤추다'라는 의미이다. 옛날 베트남의 왕이 이곳의 동굴에서 무희들의 춤을 감상했다는 데서 전해 온 이름이다.

6층 석탑, 반대편에는 2m 정도의 관음보살상이 있는 정자가 있고 정상에는 용이 떡 하니 자리잡고 있으며 저녁 해질 무렵 날이 어두워지면 새들의 아름다운 군무를 볼 수 있다. 이 지역의 유명한 요리 중 하나는 염소요리로 염소고기와 야채로만 만든 음식들을 소고기로 만든 소스를 곁들여야 제 맛이 나며 양파와 볶은 돼지고기, 버섯, 당근, 토마토를 넣고 만든 소스와 파와 옥수수로 만든 술 맛이 일품이다.

## 짱안(Trang An)생태구역

약 5억 년 전 깊은 바닷속 험준한 해령(海嶺)이었을 산악 지대로서 석회암 지대에 속하는 이곳은 대표적인 카르스트 지형(석회암의 용식작용으로 들쭉날쭉한 지형)이다. 약 3만 3000년 전부터 침식과 풍화작용으로 만들어진 기암절벽과 풍광으로 유명하다. 불규칙하게 솟아오른 수많은 기암괴석은 마치 한 폭의 산수화를 연상케 한다.

강을 따라 늘어져 있는 기암괴석과 동굴을 따라 이동하면 이름 모를 사원과 건물을 볼 수 있다. 한자문화의 영향으로 사원 건물에는 한자 이름이 적혀 있다. 잉어, 용, 거북이, 호랑이, 용 등 동물들을 숭배하는 문화는 중국의 영향을 받은 민간신앙이다. 땀꼭 지역에서는 2명이 배를 타고 1명이 대나무배를 발로 노를 젓는다.

짱안에서는 3~4명이 대나무배를 타고 약 2시간 정도 소요된다. 뱃사공의 이름은 '박'이다. 2시간 동안 한번도 쉬지 않고 노 젓기를 반복한다. 12,000번 이상의 노 젓기를 해야 뱃놀이가 끝이 난다. 여간 고단한 일이 아니다. 노 젓기를 마친 뱃사공은 어깨를 연신 주무른다. 팔이 빠져나갈 것 같은 고통이 찾아오지만 관광객 앞에서 함부로 표현할 수 없다고 한다.

노를 저을 대기자가 많으므로 생계가 위협받을 수 있어서이다. 찬란한 아름다움을 가진 기암괴석을 관람하면서 애써 웃음짓는 배 사공이 가여워져 여분의 노를 잡고 노를 저었다. 마주오는 건너편 배의 관람객들이 웃음지으며 "어디에서 왔냐고? 왜 힘들게 노를젓느냐고" 나의 뱃놀이 이기에 쉬지 않고 노를 저었다. (2021. 8. 10.)

물 들어올 때 노 젓기이다. 인생에서 몇 번이나 그러한 시기가 있었을까? 누구에게는 즐거운 뱃놀이가, 누구에게는 고통을 수반하는 빡센 노동으로 한 달에 10회 정도만 노 젓기 일을 배당받을 수 있다고 하며 비수기에는 부업을 찾아 다른 일을 해야 하며, 탐승객의 평판이 안 좋을 경우 노 젓기 회수와 기회가 제한당한다고 한다.

짱안(Trang An) 생태지구는 2007년부터 개발된 곳으로 베트남 북부 최대의 자연생태습지와 길이 320m의 항떠이 수상동굴이 유명하다. 2014년 유네스코 세계유산으로 등재되었다.

## 땀꼭(Tam Coc)

하노이에서 약 80㎞ 떨어진 닌빈성의 지아비엔지구에 위치한 반롱라군은 북부 델타 지역에서 가장 큰 습지로 자연보호구역으로 간주

되며 희귀한 수천 종의 희귀 동식물의 서식지로 보호받고 있다. 땀콕 빗동 국립공원과 함께 사람의 손길이 닿지 않은 자연 그대로의 풍광이 이곳을 찾는 이들을 매료시킨다.

항무아 입구에서 우측 길로 수로와 시멘트길, 흙 길을 따라 5$km$를 걸어서 땀콕 입구까지 오는 길은 한적한 시골길과 늪지, 연꽃밭, 몇 곳의 홈스테이, 호텔을 지나온다. 결코 지루하지 않다. 그리고 이어지는 약 4$km$의 땀콕 마을과 파고다 가는 길은 단연코 땀콕 풍광의 압권을 보여 준다.

땀콕(Tam Coc) 뱃놀이는 문화유적지로서 2014년 유네스코(UNESCO) 세계복합유산으로 등재되었다. 닌빈시에서 약 8㎞ 떨어져 있으며 응오동강에서 물고기를 잡으며 살던 원주민의 삶과 식민지 시절 휴양지로 크고 작은 리조트들이 많이 있고 홈스테이도 가능하다.

걷기를 마치고 나루터로 돌아오면 총 12km를 걷게 되는데 잠시 쉬어 갈 겸 배를 타고 습지로 가면 아름다운 풍광을 만나게 되며 천하의 절경을 바라볼 수 있다. 대나무 보트투어는 이곳을 탐험하는 중요한 이동수단으로 강을 따라 뱃사공은 "삐그덕, 삐그덕" 노를 저어 가며 앞으로 나아간다. 저녁 무렵 노를 저어 가는 뱃사공의 강 위로 황새 떼 날아가는 모습은 한 폭의 그림이 된다.

· 노 젓는 뱃사공은 70세로, 15살에 노 젓기를 시작하여 약 55년 동안 이 일에 종사하고 있다.
· 삼판배의 특징은 구명조끼가 없다. 물의 깊이가 깊지 않기 때문이라고 한다(약 1m). 보트를 타고 땀꼭의 아름다운 동굴로 들어가 종유석을 볼 수 있다. 물이 너무 깨끗하여 물밑에 사는 물고기들이 훤히 보인다.
· 짱안과는 달리 손이 아닌 발로 노 젓기 하는 게 특징이다. 배를 타고 앞으로 나아가다 보면 멀리 항무아산과 사원이 보인다.

## 반롱 라군 습지(Van Long), 에메랄드리조트

〈콩: 스컬아일랜드(Kong: Skull Island)〉 개봉 후, 영화의 아름다운 풍경들 옆에서 눈에 띈 것은 짱안(Trang An), 하롱(Ha Long)과 같은 북부 여행지들이었다. 반롱(Van Long)이라는 이름은 한순간에 유명해지기 시작했고 관객들에게 흥미를 불러일으켰다. 북부 평야 지역에서 가장 큰 이곳 습지보호구역은 영화 수중전의 배경으로 촬영됐다.

때문에 "콩 발자국을 따라"라는 주제로 한 여행에서 반롱은 절대 빼놓을 수 없는 여행지 중 하나다. 반롱 습지보호구역의 웅장한 석회석 산맥 옆에 자리잡은 반롱 투어는 여행객들에게 배 위에서 직접 독특한 베트남 음식을 즐길 수 있는 경험을 제공한다.

천지가 평온한 곳, 떠다니는 소박한 배 위에서 반롱을 모험할 수 있으며 여행객들은 신비한 동굴 속을 뚫고 나아가며 희귀종인 델라쿠르랑구르 원숭이와 하늘 가득 덮인 깃발들을 구경할 수 있다. "콩 발자국을 따라" 투어를 끝까지 즐기기 위해 여행객들이 마지막으로 방문하는 장소는 5성급 에메랄드(Emeralda) 리조트 휴양지다.

닌빈(Ninh Binh)성 자비엔(Gia Vien)현 자번(Gia Van) 지역에 있는 에메랄드 리조트는 옛 북부 시골 마을을 재현한 곳으로 고급스럽고 격이 있는 리조트다. 반롱 습지 촬영 중에도 조단 복트 로버츠(Jordan Vogt-Roberts) 감독과 영화 촬영팀은 에메랄드(Emeralda) 리조트 객실 전부를 예약하며 이곳을 휴양지로 선택하기도 했다.

에메랄드 리조트는 16헥타르 면적에 172개의 세련된 객실을 보유하고 있으며 베트남 순수 건축을 응용하여 신비로움이 가득한, 동서양 문화의 결합을 진하게 담고 있으며 이곳을 방문하는 여행객들에게 "콩 발자국을 따라" 투어에 뒤따르는 여러 가지 5성급 서비스를 제공한다.

콩의 발자국을 따라 나선 여정 속 평온한 고향 속 웅장하고 생소한 짱안과 반롱 습지보호구역, 콩 투어는 세계 유산의 땅에 발을 디디면 국내외 여행객들 누구나 모험을 해 보고 싶은 여정일 것이며 여행객들의 눈에는 새로운 면모로 보일 것이다. 호텔 입구의 대나무와 인피니티 수영장 그리고 산책로는 편안한 휴식을 즐길 수 있다.

호텔 입구를 등지고 좌측으로 300m 걸어가면 길다란 제방길이 펼쳐지고 삼판배를 타는 선착장에 도착하며 이곳에서 좌측으로 5㎞는 화빈방향으로 Trekking할 수 있으며 우측으로 10㎞는 짱안 방향으로 Trekking할 수 있다. 노을이 물드는 저녁 한가하고 여유로운 걷기와

호텔에서 자전거를 임대하여 차량이 거의 없는 한가로운 습지 제방 길을 따라 라이딩이 가능하다.

## 반롱(Van Long)자연보호구역

베트남 북부평원의 가장 큰 내륙습지로서 닌빈의 생태보호구역 중 3대 습지 중의 하나라는 반롱 습지'가 있다. 세계에서 가장 큰 멸종위기에 처한 25종의 영장류 중 하나인 델라쿠르랑구르(Trachypithecus Delacouni) 개체 수의 3분의 2가 서식하고 있으며, 이 보호구역은 람사르 습지로 유명하다.

베트남 홍강 삼각주(Red River Delta)에 남아 있는 높은 생물 다양성과 문화, 역사적 유물을 보존하고 수생, 농업자원, 수질규제 및 아름다운 경치와 생태계를 유지하고 있다. 이곳은 덜 개발된 순박한 느낌의 습지 여행지로, 고요 그 자체이며 호객행위 하나 없는 곳으로 알려져 있다.

또한 지난 2017년에 개봉한 할리우드 영화 〈킹콩〉 시리즈의 신작인 〈콩: 스컬아일랜드〉의 주무대로 닌빈이 소개됐는데 영화 세트장이 남아 있는 짱안과 함께 이곳 반롱 습지에서 주촬영이 이뤄졌다. 반롱 습지의 물은 매우 맑아서 그 안이 훤히 들여다보이며 이 투명함이 거울이 돼 병풍처럼 펼쳐진 닌빈의 풍경을 끌어안는다.

  습지 한가운데로 이어지는 수로에서 아이들이 물놀이를 즐기고 있다. 약 15㎞가량 이어진 제방길을 따라가면 중간에 배를 타고 이동하여 습지 안쪽으로 깊숙한 곳은 원시적인 생태계의 환경을 볼 수 있으며 이 길을 따라 좌측으로 이어지는 좁다란 길에서는 습지에서 풍겨 오는 진한 습지냄새를 맡으며 인적이 드문 습지탐험을 체험할 수 있다.

영화감독 조단 복트 로버츠(Jordan Vogt-Roberts)의 할리우드 영화 〈콩(Kong: Skull Island)〉을 짱안(Tang An) 생태공원과 이곳에서 촬영했다.

# 꾹프엉 국립공원(Cuc Phuong National Park)

하노이에서 100*km* 떨어진 꾹프엉 국립공원은 땀떠엡산맥(Tam Diep)에 위치해 있으며 베트남 최초의 국립공원으로 원시림, 고대 거주지로 사용되었던 뇨관(Nho Quan) 동굴, 빅동파고다(Bich Dong Pagoda) 등이 있으며, Ninh Binh, Thanh Hoa, Hoa Binh 3개 성에 속해 있다.

2021년 월드트래블어워즈(World Travel Awards, WTA) 선정 '아시아 최고의 국립공원(Asia Leading National Park 2021)' 1위에 올랐으며 특히 5월 나비축제가 유명하고 수백 종류의 화려한 나비 무리의 자태를 볼 수 있다.

공원 안에는 Cong Vuon, Ho Mac 및 Centre인 숙박, 식사, 놀이의 3장소와 각 구역에는 별도의 롯지, 게스트하우스, 캠핑 텐트를 빌릴 수 있고 숲에서 야영하며 밤을 보내고 자연을 즐길 수도 있으며 합리적인 가격과 완벽한 시설이 있다. 에머랄드리조트에서 약 43*km*에 위치하며, 공원 주변에는 다양한 숙박 시설이 혼재한다.

공원 입구에서 약 11*km*를 Trekking하면 천 년이 넘은 나무를 볼 수 있는 입구에 도착하여 3*km* Trekking로를 따라서 천년 나무와 7,500년 전에 사용되었던 돌 기구가 있는 선사 시대의 동굴체험을 할 수 있으며 더 깊은 산으로 Trekking을 하고자 한다면, 약 16km를 소수민족의 안내를 받아 꾹프엉 공원의 원시림과 정글탐험을 체험할 수 있다.

천년수목, 소수민족 마을 16km Trekking 안내, 공원 입장 티켓은 60,000VND, 3km 천년목 입구에 새겨진 '발자국을 남길 것, 사진을 남길 것, 시간을 남길 것'의 표지판이 인상적이다.

## 호아루(Hoaru)

호아루는 1000년 동안 베트남이 중국의 지배로부터 벗어난 10세기 후반, 딘 왕조부터 전기 레 왕조가 멸망하는 11세기 초까지 두 왕조의 수도였다고 한다. 호아루 왕궁은 현재는 터만 남아 있고 호아루를 수도로 정한 딘 왕조는 원래 왕자는 셋인데 막내는 형들이 시기해서 죽임을 당했다는 이야기가 전해진다.

두 왕조 시기에 베트남은 외침으로부터 대항하고자 카르스트 지형의 높다란 산봉우리들이 둘러싼 이곳 호아루를 수도로 정하고 자연지형의 이점을 이용해 해자를 파서 수도를 철저하게 보호했다고 하며 현재는 11세기에 건축되고 17세기에 재건된 딘 왕조와 레왕조를 기리는 딘킨 사원과 린킨 사원만 남아 있다.

· 1858년 나폴레옹 3세가 베트남 중부도시 다낭을 공격하여 1884년 프랑스의 식민지가 되었으며 1873년 1월 파리의 휴전협정이 성사되어 외세가 물러갈 때까지 이곳 호아루 지역은 민족정기와 독립정신을 고취시키는 고향으로서 정신적 지주역할을 하였다. 수많은 문화재가 파괴되고 훼손되었지만 자연환경은 그대로 보존되어 왔다.
· 허리 굽은 노인이 옛 시절을 아쉬워하는 듯 사원에 봉납할 곡물을 들고 힘겹게 걸어간다.

## 바이딘 사원(Bai Dinh Pagoda)

바이딘 사원은 하노이에 처음 도읍지를 정한 베트남 1000년을 기념해서 2010년에 베트남 정부가 세운 아시아에서 제일 큰 불교사원으로 베트남 통일 이후 베트남의 자존심을 걸고 베트남 최대 사원을 건축했다. 사원 출입문에 해당하는 삼공문(三空門)을 지나면 긴 회랑에는 500개의 나한상(羅漢像)이 제각각의 석상 형상으로 모셔져 있으며, 현지인들 포함 불교신자들이 회랑을 지나가며 나한상에 기원을 하면서 손으로 만진 자국이 선명하다.

나한은 아라한(阿羅漢)이라고도 하는데 이들은 더 이상 배울 게 없는 열반을 이룩한 성자들이다. 바이딘 사원의 랜드마크 격인 사리탑에는 층층마다 부처가 모셔져 있다. 무게 36톤의 법종은 동남아시아에서 가장 큰 법종으로 종의 울림소리는 사방 10$km$까지 전해지며 불교 순례지로서의 위상이 높다.

2003년에 토목공사를 시작하여 2010년에 완공했으나 2020년 9월 30일 현재도 토목공사가 진행 중으로 워낙 방대한 규모(163만 평)라 전동차를 입구에서부터 이동수단으로 사용하고 있다. 오리지날 바이딘 사원은 신축 사원 뒤편 산중턱에 위치해 있으며 300개의 계단을 올라가야 한다.

사찰은 작은 동굴에 위치해 있으며 또한 이곳에서 사원 전체를 조망할 수 있으며 천천히 흘러가는 홍롱강의 전경을 한눈에 내려다볼 수 있다. 방생호수에 연꽃은 부처님의 열반(涅槃)의 상징으로 호수는 음(陰)의 기운, 사원은 양(陽)의 기운으로 음과 양의 조화를 이루어 아름다운 풍경의 사찰단지이다.

보통 사찰, 성당의 건축물은 종교적으로 위안을 받는 감성을 자극하는데 그러한 자정적인 감성을 충분히 느낄 수 있는 공간과 건축물이 인상적이다. 하노이의 복잡한 도시환경과 시끄러운 오토바이 소리를 피해서 잠시 여유로움을 찾고 피곤에 지친 심신을 다독여 줄 시간 여행자들의 방문지로서 충분하다.

불교신자가 아니라고 하더라도 사찰 순례지 체험으로 입구로부터 오리지널 사원까지 약 3~5시간 동안 10~20$km$에 걸쳐서 천천히 사원

한국 설화수 화장품 광고 촬영 중인 베트남 모델, 2020년 9월 10일,
바이딘 사원, 500나한조각상, 범종

내부와 외곽을 Trekking하며 쉬어 갈 수 있다. 한국 유명 화장품인 '설화수'의 CF촬영이 이곳에서 이루어지고 있었으므로 운 좋게도 그 현장을 볼 수 있었다.

* 교통

하노이 호안키엠 호수 근처에서 여행사에 문의하면 닌빈 1일 투어 코스를 안내해 준다. 식대 별도이다. (400,000~600,000VND)
하노이역-닌빈 기차역 2시간으로 기차에 내려서 자전거 혹은 모터 바이크를 임대해서 여유롭게 짱안-호아루-바이딘-땀콕을 관람할 수 있다.

* 숙소

홈스테이: 땀콕 수상가옥 형태의 홈스테이에서 묵을 수 있다. (1박 200,000~500,000VND)

# 24.
# 묵쩌우(Muc Chau), 마이쩌우(Mai Chau), 선라(Sunla)

묵쩌우, 마이쩌우는 하노이에서 서북쪽으로 약 200*km* 떨어져 있으며 박린에서는 약 230*km* 거리다. 해발 1,050m 고원의 온대기후와 비옥한 토지, 드넓은 목초지는 한국의 강원도 대관령과 비슷한 환경을 갖고 있으며 연평균 18.5도(여름에도 평균 20도) 습도 80%이므로 여러 품종의 온대식물과 아열대식물을 재배할 수 있으며 거대한 녹차밭이 이를 증명한다.

마을에는 커피, 당귀, 구기자, 백출, 백지, 두충, 동충하초 버섯 등과 같은 약재품을 특산품으로 판매하고 있다. 2020년 COVID-19 시대에 베트남인들이 가고 싶은 여행지로 최근 구글이 발표한 연말 트렌드 보고서에 따르면, 베트남인들이 가장 많이 검색한 여행지 1위는 북부 하이퐁시(Hai Phong) 깟바섬(Cat Ba)이었다. 깟바섬은 260*km²* 해역에

걸쳐 367개의 섬으로 이루어진 군도다.

다음으로 1년 내내 서늘한 기후에 울창한 소나무숲, 프랑스 식민지 시대 건축물들이 잘 보존돼 있는 중부 고원 지대 달랏(Da Lat)이 2위, 북부 고원 지대 소수민족의 고향 사파(Sa Pa)가 3위를 차지했다. 이어 아시아에서 가장 아름다운 해변으로 선정된 적 있는 중부해안도시 다낭(Da Nang)이 4위에 이름을 올렸다.

메콩델타 띠엔강(Tien River) 하류 벤쩨성(Ben Tre)과 미토시(My Tho) 사이에 자리잡은 터이선섬(Thoi Son)은 열대식물로 둘러싸인 전통가옥으로 최근 몇 년간 인기관광지로 부상하며 5위에 올랐다.

6위에는 중부 고원 지대 닥 농성(Dak Nong) 닥글롱현(Dak Glong)에 위치한 닥쁠라오(Dak Plao) 국립공원이 이름을 올렸고, 북서 고원 지대 선라성(Sunla) 묵쩌우현(Muc Chau)이 7위를 차지했다.

* 출처: 인사이드비나(http://www.insidevina.com)

## 녹차밭, 베트남 차(茶)

묵쩌우는 베트남 최대 녹차 생산지이자 목축업, 연어양식이 발달된 지방으로 이곳에서 생산되는 녹차와 우유의 품질은 베트남 최고를 자랑하며 살구, 자두를 수확하여 길거리에서 흔히 판매한다. 베트

묵쩌우 목쓰엉 녹차밭(베트남의 제일 아름다운 녹차밭)

남은 지리적, 역사적, 환경적으로 중국의 영향을 받아 오래전부터 차(茶)를 음용하는 문화를 갖고 있으며 이들에게 차(茶)는 일상적으로 명절, 종교행사, 식전, 식후에 음용한다.

베트남에서 본격적으로 차를 상품화하기 시작한 것은 19세기 프랑스 식민지배 이후로 현재는 쌀과 커피에 이어 주요경제 작물로 자리 잡았다.

* ITC Trade map 자료 기준: 2019년 기준 전세계 차(茶) 수출국 8위로 2020년 약 23,248톤을 판매하여 약 85억 VND(약 37만 USD)를 기록했다.

묵쩌우의 소수민족 어린이들

마스크도 쓰고 있지 않은 묵쩌우 마을의 소수민족 어린이들. 철없는 어린 소년, 소녀들의 생활환경과 교육환경은 열악하기 그지없다. 관광객들이 주고간 우유와 과자 빵, 사탕은 이들에게 작은 즐거움이

되지만, 이들을 대하는 사고, 자세, 도움의 방법이 바뀌어야 하며 베트남 정부의 소수민족 어린이들 교육에 대한 근본적인 해결책이 필요하다. 그 누구로부터의 "보호와 사랑"이 절실한 소수민족 아이들이다.

녹차밭이라고 하지만 녹차산이라고 표현해도 과언이 아니며, 거대한 녹차산이 자리잡고 있다는데 이곳의 소수민족 어린 형제와 하노이에서 온 어린 소녀에게 녹차 한 잔을 권했다. 소년은 슬리퍼도 없이 하루 종일 관광객을 따라다니며 사진을 찍고 난 후 관광객을 따라다니며 수고료를 요구한다.

부모는 밭에 일하러 나가고 형편상 유치원에도 갈 수 없으므로 하루 종일 녹차밭 근처에 머물며 관광객을 기다리며 기념사진 찍는 일이 한 푼이라도 벌 수 있는 유일한 방법이라고 한다.

## 사랑?

톨스토이의 단편 《사람은 무엇으로 사는가》에서는 시대와 장소를 초월해 '사람이 살아가는 이유'인 '사랑'이라는 감정의 소중함을 일깨워 준다. 주인공 천사 미카엘은 땅으로 추락해 인간 사이에 살며 다음 3가지를 깨닫게 된다.

- 사람의 마음속에 무엇이 있는가? 사랑이 있다.
- 사람에게 주어지지 않은 것이 무엇인가? 자신에게 무엇이 필요한지 아는 힘이 주어지지 않았다.
- 사람은 무엇으로 사는가? 사랑으로 산다.

톨스토이는 1890년 말 대기근이 러시아를 덮쳤을 때 여러 지역을 돌아 다니며 가난한 사람을 돕고 자신의 전재산을 내놓는 등 인간에 대한 사랑과 믿음을 삶에서 실천한 작가다. 문학을 통하여 사회의 병폐를 치유하고 잘못된 세상을 바로잡고자 하는 내용이 《사람은 무엇으로 사는가》에서 잘 묘사되어 있다.

노동과 죽음과 질병을 묘사하며 모든 인간이 해야 하는 단 한 가지 이성적 행동은 자신에게 할당된 1년, 한 달, 한 시간, 1분을 서로 뭉치고 사랑하며 보내는 것이라는 사실도 깨닫게 하며 또한 '질병이 인간을 분열하는 원인'이 되어서는 안 되며 오히려 서로 뭉치고 사랑하게 만드는 기회가 되어야 한다고 했다.

COVID-19 전염병이 좀처럼 물러날 것 같지 않은 북베트남 묵쩌우에서 문득 시대를 앞서간 톨스토이의 《사람은 무엇으로 사는가》를 소환하여 COVID-19가 소수민족과 베트남인, 한국인, 중국인, 등을 분열하는 원인이 되어선 안 되며 뭉치고 사랑하는 계기가 되기를 희망하며 하루빨리 평범한 일상의 삶으로 돌아갈 수 있게 되기를 기원한다.


## 연어요리

묵쩌우(Muc Chau)에서는 호앙리엔(Hoang Lien Son)산맥의 가장 높은 산 정상들로부터 흘러온 물이 고여 형성된 온도가 낮은 호수에서 연어를 양식한다. 2005년~2006년부터 현재까지 수많은 시험을 거쳐, 정식으로 연어를 양식하고 수확하는 데 성공했으며, 베트남 추운 지방들의 특산물로 거듭났다. 사파 시내의 음식점에서 판매하는 연어도 이곳에서 공급된다고 한다.

연어요리를 좋아한다면, 묵쩌우의 브언 다오(Vuon Dao), 쑤언 박(Xuan Bac) 등의 식당에서는 약 7~8가지의 연어 요리를 판매하고 있으며 가격도 비슷하여 큰 고민 없이 식당을 선택할 수 있다. 연어 2kg/200,000~300,000VND으로 가성비도 훌륭하다.


## 묵쩌우시장 고냉지채소

해발 800~1,000m의 한국의 대관령과 같은 환경에서 배추, 무, 감자, 당근, 고추, 토마토 등이 재배되어 판매되고 있다. 절임 김치를 먹으며 돼지고기, 닭을 바비큐하여 야채로 싸서 먹는 문화는 한국과 비슷하며 이곳에서 수확한채소는 하노이와 빅닌의 한국식당, 피닉스호텔 등지에 공급되며 신선도와 품질의 우수성을 인정받고 있다.

## 숙성김치와 물김치

배추김치를 담가 먹는 풍습은 북베트남 극소수민족만의 특징이라고 한다. 수백 년 전부터 전해져 왔으며 확인되지는 않았지만 동이족의 이동에 따른 영향이었을 거라는 이야기가 전해지며 젓가락을 사용하는 풍습도 같다. 열무 물김치는 북베트남에서 일반적인 반찬이다.

*교통

하노이 미딩 버스터미널-묵쩌우까지 4시간 소요

* 숙소

무엉탄 호텔을 비롯하여 다수의 게스트하우스와 홈스테이 가능함. (1박 100,000~400,000VND)

## 마이쩌우(Mai Chau)

마이쩌우, 묵쩌우, 선라로 가는 길목 퉁케 산고개길(해발고도 1,000m). 이곳은 하장성에서 꽌봐로 가는 길의 '요정의 가슴(Fairly Bosom)' 혹은 요정산(Fairy Mountain)이란 이름을 가진 곳의 산과 닮아 있다. 유방산 (Fairy Mountain)의 설화는 하늘의 선녀가 몽족 남자의 피리(켄) 소리 에 혹하여 지상으로 내려와 그 남자와 사랑에 빠진다.

그 둘은 아이를 낳고 살다가 옥황상제의 노여움을 사게 되고 선녀는 다시 하늘나라로 올라가게 되었다. 이때 지상에 남겨진 아이들을 위해 선녀는 자기 가슴을 남겨 두고 간 요정의 산(유방산)이라 전해진다.

## 퉁케산고개(해발고도 1,000m) White Rocks Pass와 휴게소

현지인들에겐 잘 알려진 White Rocks Pass로 도로절개지 일부가 흰

돌로 된 곳으로 도로 지반도 이것으로 되어 지반벽이 하얗게 되어
White Rock Pass로 칭한다고 하며, 베트남 홍기가 젊은이들의 인생 인
증샷 장소와 어울려 근사한 광경이다.

휴게소에는 대나무통밥, 꼬치구이, 옥수수, 음료를 판매한다. 대나
무 양고기 밥(Com Lam: 구운 대나무 양고기밥)은 북베트남 사람들의
특징적인 요리다. 주재료는 쌀이며, 대나무에 넣어서 모닥불에 올려

놓고 굽는다. 김이 나면 대나무를 반으로 쪼개서 밥을 먹는다. 이 요리는 마을 노점과 크고 작은 식당에서 찾을 수 있다.

## 화빙(Hoa Binh)성, 마이쩌우(Mai Chau)현-반락(Ban Lac) 마을

마이쩌우는 베트남 북부 하노이 인근(중심부터 약 135km 거리)의 해발 300m 정도 되는 지대에 위치한 소수민족 마을이다. 마이쩌우에는 마을과 농장들이 산등성이의 계곡을 따라 이곳저곳에 흩어져 있으며, 대부분을 차지하는 타이족 이외에도 약간의 몽족이 사는 마을이 소재한다.

외국인들이 주로 방문하는 지역은 약 140여 가구의 타이족이 모여 사는 반락 마을이나 흐몽족이 살고 있는 싸린(Xa Lin) 마을로 베트남 하노이근교에서 소수민족이 살아가는 생활모습을 체험하고 홈스테이할 수 있는 가장 지리적으로 가까운 곳이 마이쩌우의 반락 마을이다.

베트남 사람들이나 외국인이 쉽게 홈스테이를 할 수 있는 지역으로 사파와 하장에서의 소수민족들과 느낌과 조금 다르게 현대화되어 상업화된 느낌을 강하게 느낄 수 있다. 마이쩌우는 미딩 버스정류장에서 25인승 작은 봉고를 타고 약 4시간을 달려가면 마이쩌우 버스정류장에 도착한다.

마이쩌우 시내는 크지 않다. 시내 뒷골목으로 약 2km 걸어가면 반락 마을에 전통가옥들이 눈에 들어온다. 대부분 2층 목조건축물로 소수민족들의 수공예품과 가구, 술, 차, 음식을 판매하면서 마을을 구성하고 있는 거의 모든 집들이 홈스테이를 겸하고 있다.

하노이의 유명한 사원이나 건축물이 있는 관광명소가 아닌 그저 도시의 소음에서 잠시 벗어나 하루이틀 쉬었다 가는 에코투어리즘, 힐링하는 장소라고 해야 정확한 표현이 아닐까 싶다. 마이쩌우는 다소 작은 지형으로 에콜로지 롯지를 중심으로 약 12km를 걸으면 마을 동서남북 전체를 돌아볼 수 있다. 시멘트길과 작은 농로, 밭, 수로, 산길을 천천히 걷는 즐거움이 있다.

마이쩌우 에콜로지를 중심으로 한 마을지도, 걷기 편한 길

마이쩌우 에콜로지롯지(1박 US120, 조식 포함 예약 필수). 흐몽 소수민족 전통의상, 인피니트수영장. 젊은이들과 신혼여행객들에게 인기가 많은 곳이다.

* 교통

하노이 미딩 버스터미널(53번 창구) 마이쩌우행 미니버스(4시간 소요 100,000VND)

닌빈, 땀콕–마이저우 daily Bus 운행

닌빈, 땀콕 출발: 오후 2:00

마이쩌우 출발: 오전 8:30

예약: T 0972058696-0356659089


* 숙소

마이쩌우 Lihn Soi Homestay. 130,000VND(1박, 10인실, 조식 포함)


## 선라(Sunla)

선라시는 하노이 북서쪽으로부터 약 310㎞ 떨어진 지역이며 남서쪽
으로는 라오스와 경계를 이루고 있는 산악 지역으로 해발 600~700m
이다. 킨족, 타이족, 무엉족, 몽족, 다오족으로 구성되어 있으며 베트
남 북서부 지역인 선라, 묵쩌우, 홍(Hong)강과 다(Da)강 유역에 거주
한다.

약 100만 명의 작지 않은 소수민족이고 산스크리스트어에 기초한 문
자를 5세기부터 소유하고 있으며 역사, 음악, 종교에 관한 독자적인 저
술이 남아 있다고 한다. 선라의 파딘탑(PadinTop)은 몽마을과 함께 지
역을 대표하는 관광지이다. 몽(Mong) 마을은 선라성 선라시 후어라
(Hua La)읍에 속해 있다. 아름다운 자연 경관과 넘라(Nam La)강의 풍부
한 수맥은 커피, 살구, 자두, 나무의 성장을 도와 계절과일이 넘쳐 난다.

몽 마을의 온천은 도시 중심으로부터 약 7km 정도 떨어진 곳에 위치해 있으며 온천은 36℃부터 38℃까지이고, 온천수는 피부병, 관절염, 신경과 심혈관을 치료하는 데 매우 좋은 천연 광물 성분을 가지고 있다. 현재에는 약 20여 가구가 타이(Thai)족의 전통 가옥 건물에서 온천욕 서비스 사업을 하고 있으며 온천욕, 낚시를 즐길 수도 있고, 현지문화를 체험해 볼 수도 있다.

갖은 양념으로 정성스럽게 절인 후 모닥불에 구운 특색 있는 전통 음식들은 인기가 있으며 몽 마을 전통 가옥에서 타이족과 '인 라 어이 (Inh la oi)' 춤을 추며 한데 어울릴 수도 있다. 선라 시내에는 서울식당이 영업 중이나 이름만 서울식당으로 메뉴에 한식은 없으며 베트남 퓨전음식만 판매한다.

타 이족-사롱같이 생긴 긴 검정색 치마를 입고 위로는 예쁜 은색

단추가 달린 조끼를 입으며 머리에 쓴 족두리는 결혼한 여자의 표식이다. 이들은 결혼예물로 관습에 따라 신랑집에 바구니, 모기장 및 가족 수에 따른 침대보를 가져간다고 한다.

## 선라(Sunla)의 파딘고개(Padin Top)

하노이에서 디엔비엔푸로 가는 6번국도에 산 정상에는 선라성과 디엔비엔성의 경계를 짓는 북서 지역의 4대 고개라고 불리우는 곳에 정원이 있는데 이곳이 파딘고개이다. 파딘은 지역 언어로 '하늘과 땅'이라는 뜻으로 정상에는 석가여래상이 있어 이곳을 찾는 베트남 사람들은 건강과 가정의 평화를 기원한다. 선라 지역을 대표하는 파딘 관광지 정상에서 내려다보이는 소수민족 마을이다.

## 프랑스 식민지 시대의 감옥(Sunla Former Prison & Museum)

　잔혹했던 식민지 시대에 감옥과 고문시설이 보존되어 있으며 베트남 역사상 가장 어두운 기간 중 하나인 기억유지장치로 선라감옥은 한때 격동의 시기를 지나온 살아 있는 증인과 같다. 감옥은 1908년 선라 마을의 중심과 카우카 언덕 꼭대기에 설립되었다. 수많은 정치범들이 수용되었으며 프랑스에 저항하는 의지와 애국심을 가장 피비린내 나는 방법으로 잔인하고 무서운 방법으로 고문하는 감옥으로 악

명이 높았다.

이곳에 수감된 베트남 혁명가들은 프랑스 식민지에 끝까지 저항했으며 이곳에서 죽어 간 혁명가들의 집요함과 용기에 대한 다양한 이야기가 전해진다.

* 입장료: 10,000VND, 관람시간 8:30~16:30

* 교통
하노이-선라 버스로 약 8~9시간(310㎞)
선라(Sunla)에서 디엔베엔프까지는 버스로 4시간 30분 소요(약 150㎞)

* 숙소
소규모 호텔(1박 300,000VND), 게스트하우스, 홈스테이

## 25.
# 무캉차이(Mu Cang Chai)

무캉차이는 베트남인들의 버킷 리스트(Bucket list) 중 한 곳이다. 하노이에서 서북쪽으로 약 280km 떨어져 있으며 해발고도가 약 1,100~1,500m 되는 험준한 엔바이성의 산악 지역이다. 무캉차이는 테라스 라이스의 화려한 다랭이논으로 잘 알려져 있으며, 지역 언어로 'Mu or Mo'는 '숲이나 나무'를 의미하며, 'Cang'은 '건조한', 'Chai'는 '지역, 땅'을 뜻한다.

엔바이 지역은 몽족이 90%, 태국인, 다오족, 친족 등의 그룹이 주로 거주하며 독특한 문화적 정체성을 가지고 있다. 9월 중순에서 10월 말까지의 무캉차이는 벼가 익을 계절이므로 온통 노란색으로 덮여 있고 날씨 또한 한국의 가을처럼 맑고 쾌청하다. 엔바이 지역은 몽족이 90%, 태국인, 다오족, 친족 등의 그룹이 주로 거주하며 독특한 문화적 정체성을 가지고 있다.

9월 중순에서 10월 말까지의 무깡차이는 벼가 익을 계절이므로 온통 노란색으로 덮여 있고 날씨 또한 한국의 가을처럼 맑고 쾌청하다. 무깡차이는 "천국으로 향하는 계단"으로도 불리우며 라판탄(La Pan Tan), 쩨쿠냐(Che Cu Nh), 제수핀(De Xu Phinh)의 다랭이논은 문화체육관광부에서 공인한 베트남 최고의 명승지 중 하나로 2007년 10월 18일 국가명승지유적으로 지정되었다.

베트남 동북 지역 옌바이에서 4시간가량 버스로 이어지는 구불구불한 산길을 지나 카우파(Khau Pha) 산등성이에 도착하면 무깡차이의 시작이며 시골 지역으로 높은 산 중턱에 1m에서 1.5m 사이의 좁은 층의 다랭이논이 뻗어 있고, 북베트남의 독특한 경관을 자랑한다. 가을 벼 수확철이되면 세계 각국의 사진작가들이 모여들어 무깡차이의 아름다움을 촬영하는 장관을 이룬다.

말발굽지형 뷰 포인트 무깡차이의 빼어난 원초적 풍경은 사파의 가꾸어 놓은 경관과 종종 비교되며 베트남 최고의 다랭이논을 안 보고 간다면 후회한다고 한다. 이곳을 가기 위해서는 무깡차이 시내에서 오토바이를 임대하거나 산 바로 입구에 대기하고 있는 어린 오토바이 운전수에게 부탁하여 100,000VND를 주고 경사가 심한 산비탈길

**무캉차이 말발굽지형 뷰 포인트**

을 올라가면 말발굽지형에 도착한다.

왕복 3.4km에 경사가 매우 심하다. 산 정상에 이르면 몽족 여인과 꼬마들이 곱게 소수민족 의상을 차려입고 자신들과 사진 찍기를 권하는 모습을 만나게 된다. 몽족 여인과 관광객을 기다리는 어린이들. 무

325

캉차이 말발굽 뷰 포인트에 도착하면 소수민족 어린아이들이 사진 찍자고 애절한 눈빛을 보내온다. 망설이지 말고 사진 찍고 작은 성의를 표하는 것이 나그네의 관대함과 정겨움이다.

\* 교통

하노이 미딩 버스터미널에서 280㎞ 떨어져 있으며 버스로 5~6시간 거리이다.

\* 숙소

홈스테이와 작은 호텔이 발달되어 있다. (홈스테이 1박 100,000~300,000VND)

## 무캉차이 대나무숲길

대나무숲길의 아름다움, 생명
력, 유연함, 헌신을 보여 준다.
호앙리엔의 깊은 산속에서 모진
바람이 불어와도 휘어질지언정
부러지지 않는, 거센 바람을 온
힘으로 받지 않고 마디와 몸을
구부려서 바람을 비켜 내어 뿌
리를 내리고 곧게 성장할 수 있
는 것은 대나무만의 깊은 내공
이며 지조(志操)와 절개다.

무캉차이 대나무숲길

대나무의 강인한 생명력은 강하고 불필요 것으로부터 비켜설 줄 아
는 지혜를 몸으로 체험해 왔으며 바람을 유인하고 부딪치면서 하늘
로 군더더기 없이 솟아오르는 기개(氣槪)를 자연으로부터 배웠을 터
이다. 깊은 산속의 소수민족에게 죽순을 제공하여 그들의 부족한 영
양분을 채워 주었을 테고, 옳고 바른 몸통은 반으로 쪼개져 식수원을
해결하는 수로로 사용된다.

죽염통과 죽 반함을 만드는 특산품으로 제공되며 대나무 소쿠리는

짐을 운반하는 수단으로, 그들이 사는 집의 지붕, 기둥과 가축을 보호하는 울타리로, 또한 고단한 몸을 피리 음율로 풀어 주는 악기의 역할과 의약품의 역할까지 한다. 어디 그것뿐인가, 타 지역을 이동하는 대나무배(카이통)와 대나무다리는 일반생활에도 광범위하게 쓰인다.

온전하게 인간을 위해 온몸을 바치고 충성을 다하는 유일한 나무다. 이것이 대나무의 운명과 숙명이고 대나무 자신의 생존을 위한 분투(奮鬪)의 결과이다.

대나무배(카이통) 죽염통, 대나무소쿠리, 죽반통

인간을 위해 이렇게 온몸을 희생하는 나무가 또 있을까? 1년 내내 푸르름을 간직하고 먼 길을 떠나온 나그네에게 꼿꼿하게 서서 아늑한 그늘을 제공하는 정겹고, 예의 바른 '무소유의 나무'라고 표현해도 부족할 것이다. 대나무는 푸른 잎을 일생 동안, 줄기는 항상 바르게 자라므로 지조와 절개를 상징한다.

'불의와 부정'과 타협하지 않는 군자의 행실을 비유하여 대나무가 세로로 바르게 쪼개짐을 일컬어 대쪽 같은 사람이라는 표현을 쓴다. 과연 이 시대에 대나무와 같이 대쪽 같은 사람은 몇이나 되려나? 문득 한적한 대나무숲길을 걸으며 '송광사의 무소유' 길이 생각난다. 무캉차이의 대나무숲길과 북베트남 사파 장타차이의 숲길, 북베트남 땀따오의 죽림사원길은 무소유의 길과 다른 듯 닮아 있다.

베트남-땀따오
죽림사원길

한국-송광사 불일암
무소유의 길

베트남-사파 장타차이
대나무숲길

329

**무소유(無所有)**

무소유란 아무것도 갖지 말라는 것이 아니라
불필요한 것을 갖지 말란 뜻이다.
'법정스님'


生而不有 爲而不恃 長而不宰(생이불유 위이불시 장이부재)
자연은 모든 것을 내주었으나 자기 것으로 소유하지 않으며 행하되
대가를 바라지 않으며 성장시키되 주인행세를 하지 않는다.
'노자'


선교를 위해 머나먼 곳으로 떠날 때 두벌 옷이나 신이나 지팡이를
가지지 말라.
여우도 굴이 있고 공중의 새도 거처가 있으되 나는 머리 둘 곳이 없
구나.
'예수'


## 무캉차이(홈스테이)

새벽녘 차가운 한기를 느끼고 잠에서 깨어났다. 깊은 산속의 11월

의 새벽은 춥고 차가운 공기가 느껴졌다. 터벅터벅 동네 한 바퀴를 돌고 들판을 가로질러 냇가에 도착했다. 문득 고향 생각이 났다.

고향이란?

국어사전에 이렇게 나와 있다.

1. 자기가 태어나서 자란 곳.
2. 조상 대대로 살아온 곳.
3. 마음속에 깊이 간직한 그립고 정든 곳.

나에게 있어서 고향의 의미는 경기 '남양주의 사능'이다. 태어나서 초등학교까지 타지로 이사 가기 전까지 자란 곳이며, 마음속에 깊이 간직한 그립고 정든 곳이다. 고향 사능에는 천마산계곡에서 시작한 물줄기가 송능의 약대울로 흐르며 사능의 큰 개울로 이어져 왕숙천을 거쳐 한강으로 흐르고 서해로 가서 바다가 된다.

어린시절 그곳 산과 들판 개울에서 동네친구들과 어울려서 온 산천을 뛰어다니며 성장했다. 어느 여름날 사능 간이역에서 열차를 타고 청량리로 서울 구경을 갔다 집으로 돌아오는 길에 큰 개울에서 미역 감던 아련한 추억이 남아 있다. 어느 해 겨울에는 썰매를 타고 겨울 메기를 잡는다며 얼음을 깨고 돌을 두드리던 기억과 물에 빠져서 모닥불을 피워 놓고 신발과 양말을 말리던 아련한 기억들이 새롭다.

무캉차이는 마치 고향 사능에 와 있는 듯한 착각을 일으켰다. 사능의 높고 길게 하늘로 뻗어 있는 소나무, 큰 개울, 넓은 들판. 잠시 가는 길을 멈추고 소가 놀고 있는 평화로운 모습을 본다. 시간이 흐르고 나이가 먹으면 모두의 고향에 뿌리를 내리고 살아가는 삶을 선택할 수도 있겠지만 각자의 사정에 따라서 고향을 떠나서 살아가게 된다.

어디에 살든 본인 스스로에게 맞추어서 살아가게 되겠지만 사능 큰 개울에서 뛰놀며 어린시절을 보내 온 정서는 성인이 된 지금까지 오랫동안 마음속 깊은 곳에 위안을 주었으며, 파란만장한 삶 속에서도 늘 빛나는 별처럼 건강한 정신의 세계로 이끌어 준 고향의 넉넉함이다.

춘원 이광수는 '돌베게'를 남양주시 사능 큰 개울 옆 샘마을 허름한 집에 머물며 완성했다.

농사하고 사릉에 와 사니
벗 하나와 소 하나러라
창을 열어 산을 바라보고
귀 기울여 시내를 듣더라.

동네 나서 봇돌을 치다가
석양에 막걸리를 마시니라

종달새 새벽 안개에 울고

해오라기 비에 젖어 졸더라.


오이랑 따 먹고

냉수랑 마시고

잠시 돌베개를 베고

창밑에서 낮잠을 자니라.


이광수, 〈돌베게〉

## 무캉차이의 새벽 강

차가운 강을 건너 논으로 일하러 가는 어미 소와 아기 소, 새벽 하천
의 물살이 제법 세차고, 차갑다. 어미 소는 견디며 건너갈 수 있는 물

살이지만 아기 소가 견디기에는 물살이 거칠고 차갑다. 아기 소는 선뜻 건너갈 엄두를 못 내고 망설인다. 어미 소는 아기 소의 코에 콧바람을 불어 주며 두려워하지 말라고 달래는 듯하다.

어미 소가 먼저 차가운 물속으로 발을 던지며 건너가면서 세찬 물살을 몸으로 막고 약간 약해진 물살 아래로 위태롭게 아기 소가 건너간다. 소는 소수민족 누구에게나 소중한 자원으로서 온 가족에 노동력을 제공하여 논밭 농사를 도우며, 젖은 양질의 영양분을 제공한다. 자녀들의 교육을 위한 재산증식수단으로 최선의 삶을 다한다.

문득 〈누우 떼가 강을 건너는 법〉이라는 복효근 시인의 시가 생각난다. 무캉차이의 강에는 '소를 위협하는 악어'의 무리는 없겠지만, 아기 소를 위한 어미 소의 보호본능과 희생에 감동한다. 무캉차이의 새벽 강은 춥지만 마음은 따뜻하다. 동이 트는 새벽녘의 무캉차이 마을 Trekking은 약 15km 이어진다.

건기가 닥쳐오자
풀밭을 찾아 수만 마리 누우 떼가
강을 건너기 위해 강둑에 모여섰다

강에는 굶주린 악어 떼가

누우들이 물에 뛰어들기를 기다리고 있었다

그 때 나는 화면에서 보았다
발굽으로 강둑을 차던 몇 마리 누우가
저쪽 강둑이 아닌 악어를 향하여 강물에 몸을 잠그는 것을

악어가 강물을 피로 물들이며
누우를 찢어 포식하는 동안
누우 떼는 강을 다 건넌다

누군가의 죽음에 빚진 목숨이여, 그래서
누우들은 초식의 수도승처럼 누워서 자지 않고
혀로는 거친 풀을 뜯는가

언젠가 다시 강을 건널 때
그중 몇 마리는 저쪽 강둑이 아닌
악어의 아가리 쪽으로 발을 옮길지도 모른다.

복효근, 〈누우 떼가 강을 건너는 법〉

무캉차이녹차밭, 소나무숲길, 메밀꽃밭, 홈스테이(2020. 11. 20.)

# 26.

# 타수아(Ta Xua), 항동(Hang Dong),
# 옌바이(Yen Bai)

　베트남 북부 선라성 맨 끝자락에 위치한 박엔(Bac Yen)과 옌바이의 두 지역을 접하고 있는 타수아는 하노이에서 약 240km 떨어져 있으며 선라성과 옌바이성의 사이에 있다. 타수아 산 정상(Ta Xua Peek)은 해발 2,865m이고 이는 베트남에서 10번째로 높은 산으로 정상 주변으로 산맥처럼 많은 산봉우리가 약 1,100m의 고산 지대를 형성하여 넓게 연결되어 있다.

　이 중에 '따 수아 공룡능선'으로 불리는 곳은 베트남 젊은이들에게 모터 바이크 여행을 즐기는 탐험적이고 모험적인 장소로 유명하여 산능선을 따라 내려가고, 올라가는 짜릿함을 느낄 수 있는 장소로 대부분 아침 일찍 일출과 구름을 보거나 해질녘에 가는 것을 추천한다.

외국인들에게 잘 알려지지 않은 산악오지로 교통편이 원활하지 않으며 소수민족이 화전을 일구며 살아가고 있는 모습을 볼 수 있으며 보통의 교육기회를 온전히 받지 못한 채 살아가는 어린아이들의 힘겨운 생활을 목격하고 안타까움을 감출 수 없는 곳이기도 하다. 산간오지 체험을 진정으로 하고 싶다면 강력히 추천한다.

아직 때묻지 않은 원시성과 은둔(雲屯)의 미학이 남아 있는 곳이나 홈스테이가 가능하나 편하고 근사한 숙소와 식사를 기대하기 어렵고 침구와 이불에서 풍겨오는 꾀죄죄한 냄새를 견딜 용기와 불편한 화장

일출, 운무, 공룡능선 타수아 공룡능선, 양쪽으로는 저 아래까지 낭떠러지이며,
사람 한두 명 간신히 걸어갈 수 있다.

실과 부족한 물 사정을 무탈하게 이해해야 하며 타수아 정상에는 작은 마을이지만 나름 허름한 호스텔과 홈스테이할 수 있는 곳이 있다.

타 수아는 여름에는 시원하고 가을부터는 쌀쌀하고 겨울에는 가끔씩 영하의 기후변화로 얼음이 얼며 냉해 피해로 인하여 인명과 가축 피해가 발생하는 추운 곳이다. 근처에는 녹차밭으로 유명한 묵쩌우(Muc Chau)에서 약 85*km* 떨어져 있다.

공룡능선 입구에서 여행객들에게 애잔한 눈빛을 보내오는 소수민족 소녀들. 고산 지대이다 보니 산길의 특성상 교통이 불편하고 학교가 멀어서 매일 등교할 수 없으므로 인하여 보통의 교육 기회조차 온전히 받지못한 채 살아가는 어린아이들의 힘겨운 생활을 목격하고 안타까움을 감출 수 없는 곳이기도 하다.

소녀들의 얼굴은 밝지 않았으며 휴대폰 카메라를 들이대며 "스마일" 하고 미소를 유도하나 표정이 어둡다. 산악 지대는 해가 빨리 지며 바람이 차갑다. 한겨울 슬리퍼를 신고 흙산을 오르내리며 시간을 보내야 할 아이들을 생각하니 마음이 무겁다.

이들의 자립을 돕고자 암염소 한 마리 사 주기(암염소는 병에 강하고 방목하여 키울 수 있어서 관리하기에 좋은 동물로 그 암염소가 자라서 첫 번째 암염소를 낳으면 누군가에게 나누어 주어 베풀어야 한다), 1:1 후원 및 멘토링역할, 자매결연 맺기와 다과류와 생활용품, 각종 의류를 십시일반 모아서 여행시 이들에게 전달하며 공동 세면장, 공동우물, 고아원 지원 등 베풂의 과정 통하여 다양한 형태의 직간접적인 도움을 주려고 각종 사회단체가 협력 중이다.

* 이들을 후원하고자 한다면 '작은사랑모임(T 0982924002)'을 통하여 1
  인 아동후원비 300,000VND 및 암염소 한 마리 비용 2,000,000VND을
  후원할 수 있다.

## 타수아 걷기 – 〈테스형〉

산길을 걸으며 휴대폰 볼륨을 크게 틀고 요즘 유행이라는 나훈아의
〈테스형〉을 듣는다. 마치 〈잡초〉와 〈영영〉을 짬뽕한 가락과 음정…….
가사도 쉽다.

> 어쩌다가 한바탕 턱 빠지게 웃는다.
> 그리고는 아픔을 그 웃음에 묻는다.
> 가져와준 오늘이 고맙기는 하여도
> 죽어도 오구마는 또 내일이 두렵다.
> 아 테스형 세상이 왜 이래 왜 이렇게 힘들어
> 아 테스형 소크라테스형 사랑은 또 왜이래…….

나훈아의 목소리가 산계곡과 바람을 타고 유령처럼 울린다. 이 깊
은 산속에 걷는 사람은 혼자뿐이다. 어디에도 인기척이 없다. 계곡 아
래에서 바람은 스산하게 불어온다. 코로나바이러스로 인하여 '타수
아'를 찾는 이들이 현저하게 줄어든 탓에 산길은 을씨년스럽다. 안개
가 슬그머니 몰려와 둔덕의 사위(四圍)를 감춘다.

어쩌면 인생 또한 한 치 앞을 알 수 없는 깊은 산길 속의 짙은 안개
와 같지 않을까? 박엔–타수아–항동의 산길 26km를 걸어가며 알 수 없

는 심연(深淵)의 안개 속에서 '테스형'한테 위로받는 하루였다. 땀 냄새 나는 운동화를 벗고 정상에 앉아 바라보는 항동계곡은 깊고 아득했으며 위태롭게 걸어온 육신을 잠시나마 맨땅에 솟은 둔덕에 기대어 쉬어 가게 한다.

하늘, 계곡, 주변은 온통 안개투성이다. 살아생전 어머니께서 병상에 누워 마지막 가는 길에 듣고 싶어 하신 〈이미자의 일생〉과 아버지의 애창곡인 〈용두산엘레지〉를 들으며 안개가 걷히기를 기원했다. 살아가면서 자기 아버지 어머니의 애창곡을 기억하고 성묘길에 묘소 앞에서 들려드리는 효심 정도는 발휘할 수 있는 멋쩍은 낭만도 갖고 살아야 하지 않을까?

터벅터벅 산길을 걸어 내려가면서 나는 두 분께 어떤 자식이었을까? 스스로에게 물어본다. "나이 먹어 가며 주제파악은 하고 살아가고 있나요? 꼰대 소리는 듣지 않고 살아가고 있나요?, 알량한 잔돈 몇 푼 아끼려고 모임에 나가 식사비 안 내려고 상대방 눈치 보며 아등바등거리진 않나요? (2020. 9. 10.)

* 소크라테스도 살아생전 걷기를 좋아해서 아테네 시내를 구석구석 걸어서 산책했으며 코린토스만 남쪽에서 열리는 이스트미아제전에 참석하기 위해 아테네를 떠나 히에라 호도스(신성한 길)를 걸었다. 하루 40㎞ 걸었

다고 한다.

* 나훈아는 가수, 작곡가, 작사가, 음유시인(吟遊詩人)이며 예수 탄생 500
  년 먼저 살다 간 '소크라테스를 형님'으로 모신 예인(藝人)으로 멋지게 늙
  어 가는 자존심 강한 남자 중 상남자다.

타수아는 베트남에서 가장 높은 10대산 중 하나로 위치한 '미니어처 사파'로 불리운다.

## 옌바이(Yen Bai)

옌바이는 북쪽의 라오카이, 남쪽의 선라, 북동쪽의 투엔쾅, 남동쪽의
푸토와 경계를 이루며 베트남 북부 미들랜드와 산악 지역에 위치해 30
개의 소수민족이 각 지역의 자연지형과 관련하여 고유한 풍습과 독특
한 문화를 가지고 활기 차고 생동감 있는 생활상을 엿볼 수 있다.

옌바이는 험준한 산악 풍경과 계곡의 푸른 논밭으로 특징지어지는 산악 지방으로 호앙리엔산맥 자락에 위치하며 홍강(혹은 타오강)과 짜이강이 흐른다. 이 강들은 중국 윈난에서 발원하며 옌바이성의 이 두 강줄기에 의해 만들어진 계곡은 다소 거친 토지이나 비옥하며 대표적인 무옹로 평원은 옌바이성의 곡창 지대로 유명하다.

평균 고도는 해발 약 600m이고 홍강 유역의 좌안과 홍강의 높은 우안에 있는 저지대와 홍강과 다강 사이의 고원으로 이곳에는 약 200개의 운하, 작은 개울, 큰 호수, 늪이 있으며 탁바 호수(Thac Ba Lake)는 1,331개의 작은 섬과 언덕을 가진 인공호수로 옌바이성에 위치해 있으며 수천 개의 언덕과 섬에는 훔, 꺼우꾸오이, 박싸를 포함한 많은 천연동굴이 있다.


## 뚜레(Tu Le)

옌바이성 반쩐(Van Chan)현 고원 지방의 한 마을인 뚜레는 서북부 고원 지방 모험의 여정 속에서 관광객들의 발걸음을 멈추게 하는 이상적인 장소로 이곳은 카우파(Khau Pha)고개 아래 사계절이 뚜렷한 산골짜기로 오래전부터 옌바이를 대표하는 마을로 알려져 있으며 Trekking 명소다.

'무캉차이'로 이어지는 카우파(Khau Pha), 카우탄(Khau Than), 카우송(Khau Song) 세 곳의 산 정상 아래 꼬불꼬불 굽이치는 뚜레의 계단식 논은 사람들을 감동시키며, 카우파고개 정상에 멈춰 서면 눈앞에 펼쳐진 자연 그대로의 아름다움이 펼쳐진다.

북부 베트남 낙하산클럽에서 펼치는 패러글라이딩 비행사들의 묘기를 감상과 체험할 수도 있고, 이곳 홈스테이에 머물며 5~30km에 이르는 Trekking과 모험을 즐길 수 있다. 베트남에서 '한 달 살아 보기'를 하고자 한다면, 옌바이를 추천한다.

렁쿵산, 무캉차이, 뚜레, 수오이장, 닐로우 마을은 이주는 목가적인

카우파(Khau Pha)고개, 렁쿵산, LeCHAMP 뚜레리조트 인피니티 수영장, 뚜레 마을

평온함을 느끼고 체험할 수 있다.

카우파고개는 고도 1,200m로 선라의 Pha Din고개, 사파의 OQuy Ho고개, 하장의 Mapileng고개와 함께 북서부의 4고개로 유명하다. 이 산봉우리는 '하늘의 뿔'을 의미하며 산의 봉우리는 하늘로 뻗어 있고 1년 내내 안개가 고개의 꼭대기를 흐릿하게 감싸고 있다.

## 렁쿵산(Lung Cung) Trekking

옌바이 무캉차이(Mu Cang Chai) 지구에는 아름답고 매력적인 계단식 논 외에도 일생에 한 번 들러야 할 다른 매력적인 목적지가 있다. 그중 하나가 렁쿵으로 2,913m의 고도에 위치한 Lung Cung 봉우리는 옌바이, 반찬(Van Chan) 지역의 뚜레(Tu Le) 마을에서 가장 험준한 산속 깊은 곳에 위치한 마을의 이름을 따서 명명되었다.

렁쿵 Trekking 루트를 시작하면 오르막 내리막 길을 따라 아름다운 풍경과 함께 모든 종류의 산과 숲을 경험할 수 있다. 부드러운 이끼로 뒤덮인 커다란 바위들이 울창한 원시림과 갈대와 바람이 가득한 계곡, 그리고 사방이 산으로 둘러싸여 있고 멀리 뚜레 마을과 계단식 논이 아스라히 펼쳐져 있다.

렁쿵 봉우리는 4방향 전망으로 압도적으로 통풍이 잘되어서 운해 (雲海)를 만나기 쉽다. 산꼭대기에는 축구장과 같은 큰 언덕이 있으며, 거센 바람에 항상 드넓은 잔디가 펼쳐져 있다. 가장 매력적인 것은 이곳이 아직 인간의 손길이 닿지 않은 깨끗한 자연 그대로의 아름다움을 간직하고 있으며 힘든 여정에 대한 대가로 이곳 소수민족 사람들에 의하여 보호받고 있는 많은 귀중한 원시 식물이 있는 아름다운 풍경을 볼 수 있다는 것이다.

하노이에서 가장 가까운 마을인 Tu San Village까지 7시간 소요되며 정상까지 Trekking은 1박 2일을 계획해야 한다. Tu San 마을의 Trekking 방향 외에도 Thao Chua Chai 마을이나 렁쿵 마을에서 시작할 수 있으며 렁쿵산 정상에 가려면 오토바이로 약 1시간 울퉁불퉁한 산길을 올라간 후, 약 8km 산행해야 정상에 도착할 수 있다.

1년 내내 흐리고 춥고 변덕스러운 기후조건을 갖춘 산으로 광대한 들판, 원시림, 갈대숲을 체험할 수 있다. 타이 소수민족의 안내를 받을 것을 강력 추천한다.

## 수오이장(Suoi Giang)

해발 약 1,400m의 고도에 위치한 수오이장 마을은 1년 내내 시원한 기후를 가지고 있다. 평균 기온은 보통 반찬(Van Chan) 지역과 닐로 우(Nghia Lo) 마을보다 섭씨 8~10도 낮다. 수오이장 마을에서는 베트 남 다른 도시와는 달리 1년 중 사계절을 모두 느낄 수 있으며 밤에는 비교적 쌀쌀하다. 수오이장의 기후는 사파(Sapa) 및 달랏(Da Lat)과 비교할 수 있다.

수오이장은 시원한 기후를 가지고 있을 뿐만 아니라 몽족, 다오족, 타이 소수민족들의 독특한 문화적 특징과 장엄한 자연 경관 그리고 수백 년 된 고대 차 나무 언덕에서 풍겨 나오는 차향기에 놀라지 않을 수 없다. 수오이장의 고대 차 나무는 해발 1,400m의 고도에 살고 있으 며 수령은 100년 미만이고 수령은 300년이 넘는다.

어린 새싹은 거칠고 하얗고 썩은 차 줄기에 녹색이고 험준한 산비 탈에 확고하게 뿌리를 내리고 있으며 고대 차밭의 독특한 풍경을 만 든다. 단단한 찻잎은 반투명한 흰색 피모로 덮여 있어 설차(雪茶)라 고 한다. 이곳은 교통이 불편하여 접근성이 떨어지나 녹차밭과 수백 년 고목에서 채엽하는 하얀 눈 차의 산지로 북부 하장성과 함께 유명 하다.

닐로우 마을에서 수오이장 마을로 가는 작은 Trekking(약 10km) 길은 신비롭고 고요한 공간에 있다는 느낌을 받는다. 시끄럽지 않고 먼지도 없는 길에서 거대한 녹차밭과 원시림, 다랭이논의 아름다운 풍경을 구경하며 Trekking하는 시간은 도시의 상념을 잊게 하기에 충분하다.

수오이장(Suoi Giang) 전통 가옥은 거대한 푸른 산골짜기와 벼의 황금색 들판, 꽃과 열매의 달콤한 향기 아래에 뒤섞여 있다. 수오이장의 고원 지대에서 수확하는 찹쌀은 향이 좋고 부드러우며 만드는 과정이 아주 섬세하여 찹쌀밥을 만들 때 보통 2~3시간 동안 찹쌀을 물에 담가 놓았다가 산으로부터 얻은 맑은 샘물을 사용하여 찹쌀밥을 만든다.

논차밭, 하얀 눈 차 나무

## 짬투(Tram Tau) 마을의 온천과 닐로우(Nghia Lo) 마을의 문화체험

타이(Thai)족의 유명한 온천 체험은 옌바이(Yen Bai) 지역의 짬투(Tram Tau) 마을에서 흔히 볼 수 있다. 타이족 사람들은 노동 후에 목욕을 하는 습관이 있는데 마을 온천에 모여 뜨거운 온천물에 몸을 담그면 거대한 하늘과 땅, 자연과 하나가 되며 영혼이 자유로워진다는 의식으로 온천을 즐긴다.

문화체험은 닐로우(Nghia Lo) 마을에서 체험할 수 있다. 문화체험 종류로는 타이족의 전통악기 체험과 노래 배우기, 타이(Thai) 민속무용 배우기, 타이 전통놀이 경험하기, 타이 언어(태국어의 방언) 배우기, 고대 타이(Thai, 태국) 문자 배우기, 타이족의 전통 음식 만들기 등 타이족의 관습과 생활문화 전반을 경험해 볼 수 있는 다채롭고 흥미진진한 시간이다.

문화체험 기간 동안 관광객들은 테라스 필드에서 현지인들과 다양한 체험을 할 수 있으며, 차(Tea) 수확하기, 과일 수확하기, 각 민족의 전통 의상 입어 보기, 전통 음식 만들기 등 다채로운 체험 활동을 경험할 수 있다. 마을의 장날은 이들이 만든 토껌 공예품이 유명하며 높

짬투 마을 노천온천, 온천물에서 미나리를 수확하는 타이소수민족, 닐로우 마을 다리에서 뚜레 마을로 이어지는 하천제방길 12㎞. 농촌마을을 한가롭게 배회하는 Trekking을 즐길 수 있다.

은 산에서 장이 서는 마을로 내려온 몽(Mong)족, 타이족 사람들의 형형색색의 의류, 두건, 귀걸이, 전통치마, 계피나무, 각종 야채 등을 판매하며 활기를 띈다.

## 옌바이성의 계피나무

계피나무에 들어 있는 특별한 폴리페놀(polyphenol) 성분이 인슐린과 유사한 역할을 한다고 한다. 계피와 시나몬의 차이-중국, 베트남에서 생산하는 계피는 카시아 계피이고 스리랑카에서 생산하는 계피는 실론 시나몬이다. 카시아 계피는 두께가 두껍고 알싸한 향과 맛이 나고 실론 시나몬은 두께가 얇고 단맛이 나고 유럽에서 많이 사용한다.

육계는 베트남의 '옌바이(YB)' 지역이 최대 생산지이다. 그래서 육계의 등급을 나눌 때도 'YB'라는 이름을 붙인다. 육계는 25년 이상이 되어야 오일층이 두껍고 향이 좋아 한약재로 사용할 때 상품이 되고 진정한 'YB'라는 이름을 붙일 수 있다. 수령이 오래된 육계는 향이 자극적이지 않고 은은하며 들어 보면 묵직하고 절편은 오일 때문에 약간 검은색이 돈다.

* 교통

하노이 미딩 버스터미널-옌바이 터미널: 3시간

옌바이 터미널-뚜레: 버스 2시간 30분

* 숙소

Nha nghi Hoa Yen 1 Alley 39, number 5, Nguyen Thi Minh Khai
street, Yen Bai(T 0948500726), 1박 100,000~300,000VND
Le Champ Tu Le Resort Xa Tu Le huyen Van Chan tinh Yen Bai,
Yen Bai(T 02163896789), 1박 200,000~700,000VND

# 27.

# 엔뜨산(Yen Tu), 1,068m

엔뜨산에 올랐다.

치악산(1,282m)과 비슷한 느낌의 산이다. 처음부터 끝까지 돌계단과 바위로 이루어진 엔뜨산을 마주하고 처음 나온 소리가 '산세(山勢)가 만만치 않네'였다. 몇 해 전 한여름에 '악' 소리를 내며 치악산에 오른 기억이 있다. 강렬한 태양빛과 세찬 바람이 산을 오르는 내내 불어왔다. 필경 바닷가 하롱베이로부터 불어오는 바람이었을 것이다.

870m 지점에 위치한 천년 고찰인 화엔사를 지나자 계단은 더욱 가파르게 이어져 있으며 돌계단 옆으로는 제멋대로 자라난 대나무 잔가지들이 바람결에 서로 엉켜 대고 부딪치며 으르렁 으르렁하는 사나운 울음소리를 냈다. 끝없이 이어진 돌계단을 숨이 벅차 쉬엄쉬엄 올라가며 이 높은 곳까지 돌을 운반해서 계단을 만든 노동력이 놀라웠다.

산을 타기 시작해서 4시간 산행 후에 정상에 위치한 작은 사찰과 산의 규모와 지형에 감탄했다. 엔뜨산이 하노이와 하롱베이를 이어 주며 견고하게 일부 자연재해의 완충지 역할을 하며 지켜 주고 있는 듯했다. 산 정상 바위 턱에 걸터앉아 길게 이어진 높은 산자락의 기세를 바라보았다.

하롱베이로부터 불어오는 바람, 작렬하는 태양, 사찰에서 바람을 타고 풍겨 오는 향이 타는 냄새, 사찰에서 수행하는 몇몇 스님들의 단정한 모습은 신성한 장소를 알리는 미묘한 감성을 전달했다. 뜬금없이 휴대폰의 블루투스 볼륨을 높여 '조수미의 〈나 가거든〉'을 들으며 조수미의 마성(魔性) 같은 목소리는 바람을 타고 엔뜨산을 휘감으며 내가 세상을 다녀가는 이유를 물으며 나를 기억하는 이 누구인가를 묻는 듯했다.

엔뜨산은 등산을 통해 아름다움과 신비로움을 직접 느낄 수가 있다. 돌계단을 따라 숲속 깊이 들어가면 숲 곳곳에 흩어져 있는 고풍스러운 절과 사찰에서 쉬어 갈 수도 있고, 도시의 삶을 벗어나 대자연을 만끽할 수가 있다. 정상에 있는 사찰은 동으로 지어졌기에 동사라 부른다. 동사에서 향을 피우고 기도한 후에 사찰 근처에 있는 청동종이 3번 울리면 건강과 행복을 얻게 된다는 말이 전해 내려오고 있다.

동사 옆에는 영원히 마르지 않은 우물이 있으며 엔뜨 축제의 참가

자는 누구나 정상에 올라 이 신비의 물을 마실 수 있고 청동 종을 만지며 소원을 빌 수가 있다, 맑은 날씨에는 옌뜨산 정상에서 동해, 하롱베이, 박당강 등을 볼 수 있다.

옌뜨 국립공원 870m 위치한 화엔사는 베트남에선 천년간 불교 전통을 지닌 성지로 "옌뜨에 가 보지 못한 자 불교를 논하지 마라"는 말이 있을 정도인데 세 명의 왕이 부처가 되어 옌뜨산을 지킨다는 전설과 함께 10여 개의 사찰과 500여 개가 넘는 고승들의 사리탑이 곳곳에 자리잡고 있으며 700년 수령의 고목이 있다. 부처님 사리를 봉안, 중앙에 있는 사리탑 안에 있는 석불좌상에게 소원을 빌면 이루어진다는 속설이 있어 많은 사람들이 찾는다고 한다.

베트남 불교의 성자(聖者) 틱닉한 스님은 말했다.
어떤 일을 하든
심지어 술을 마실 때 일지라도

자기자신을 잃어버리지 말고

항상 깨어 있어라.


## Regency 호텔

직선과 곡선을 살려 자연스럽게 공간을 만들어 현대적인 감각과 오

리엔트적인 건축을 조화시킨 중정과 회랑, 리셉션의 세련된 우아함이 돋보이는 곳으로 베트남 젊은이들의 신혼여행지로 각광받고 있으며, 불교 순례 여행지로도 유명하다.

*교통
 버스: 하노이-칠링-광민(3시간 30분 소요, 160㎞)
 택시: 하노이-엔뚜(Yen Tu) 3시간 소요

*숙소
 리젠시 호텔이 위치해 있으며 베트남에서 비교적 경제력능력이 있는 이 들의 신혼여행지로 유명하다. (1박 US170)


## 빈리우(Binh Lieu)

꽝닌(Quang Ninh) 빈리우현의 높은 산 지역은 라오카이(Lao Cai)의 아름다운 사파(Sa Pa)라고 불리며, 빈리우의 아름다운 경치가 사파(Sa Pa)라고 부르는 이유다. 이곳의 여름 온도는 보통 다른 곳들보다 4~6도 낮으며, 사계절이 뚜렷하고 겨울에는 눈이 내리기도 한다.

빈리우에 가는 길은 어떤 계절이든 아름다운데 특히 계피나무숲에서 나오는 향기는 인상적으로 소수민족 마을에서는 계피를 말리는 따이(Tay), 타이(Thai) 민족을 볼 수 있다. 빈리우의 중심에 도착해 호안모(Hoanh Mo) 국경 문의 방향으로 룩혼(Luc Hon), 동떰(Dong Tam) 마을로 향하는 43km는 천혜의 절경이 중국 국경과 맞닿아 있다.

이곳을 지나면 이 지역에서 가장 높은 산(1,305m) 꼭대기에 도착이며 "공룡의 척추"라고 불리는 산맥 사이에 위치한 산길에 닿으며 이곳에서 높고 낮은 산꼭대기들이 끝없이 이어지는 원초적인 아름다운 자연 경치를 감상할 수 있으며 베트남과 중국 국경을 산꼭대기에서 볼 수 있다.

공룡 척추능선은 '랜드마크 1,305'로 올라가는 길에 산등성이를 가리키는 말인데, 쾅닌(Quang Ninh) 들판에서 가장 높은 곳에 위치한 두 개의 랜드마크 중 하나이다. Hoanh Mo 국경 게이트에서 국경 순찰대로 나가서 우회전하여 이 경로를 따라 약 18km를 달리면 주차장이 표시되어 있는 곳에서 랜드마크 1,305로 이동한다.

이 랜드마크에 가려면 계단으로 만들어진 길을 따라 능선을 건너야 하며, 랜드마크에 도달하는 데 약 2시간이 소요되고 왕복하는 데 걸리는 총 시간은 약 4시간이므로 시간을 적절하게 조절해야 하며, 랜드마크까지 가는 길 중 가장 아름다운 부분이기도 하지만 길이 상당

히 경사지고 가파른 계단으로 이루어져 있어 추락사고에 주의하여야
한다.

랜드마크1305는 빈리우 국경 순찰대가 상주하며 주변 상황에 따
라 출입을 통제한다. 빈리우에는 3개의 아름답고 상징적인 랜드마
크가 있는데 1300, 1302, 1305 및 1327이다. 빈리우 마을에서 Hoanh
Mo 방향으로 18C 고속도로를 타고 약 3~4$km$ 이동한 다음 우회전하
면 Ngan Chuong 마을로 이곳에서 랜드마크 1300, 1302 방향으로 약
7~8$km$ 랜드마크 61 방향으로 좌회전하면 랜드마크로 이동하는 데
약 1시간이 걸린다.

이 랜드마크 외에도 1300~1378의 베트남-중국 국경 랜드마크의
지도와 좌표를 따라갈 수 있으며 빈리우의 국경 순찰로에 위치한 꽤
많은 랜드마크를 방문할 수 있다. 빈리우를 출발하여 '랑선 경계'에
이르는 산악 도로 약 100$km$ 길은 차량과 바이크의 왕래가 많지 않은
지역으로 바이크와 사이클링, Trekking 마니아라면 반드시 도전해 보
기를 권한다.

이곳 명소 중에는 훅동(Huc Dong) 마을에 위치한 케반(Khe Van)폭
포를 감상할 수 있으며 케반폭포까지 가는 길에 조약돌이 가득한 개
울을 지나가면 사파와 같은 계단식 논과 따이(Tay)족 소수민족 마을

빈리우 '공룡의 척추 능선'을 사이에 둔 베트남, 중국 국경선

의 아름다움 정취를 느낄 수 있다. 지역 주민에 따르면 케반폭포는 산쩌(San Chi) 민족 젊은 남녀들의 만남의 장소라고 한다.

케반폭포는 해발 1,000m 이상의 고도가 있는 Thong Chau-Khe Van 산맥에서 시작되며, 폭포는 약 100m 높이의 3층의 물이 풀과 바위 사이로 하얗게 쏟아져 내린다. 폭포수가 떨어지는 장관을 이루는 폭포, 엎드려 있는 큰 바위, 폭포의 양쪽이 이끼로 뒤덮인 절벽으로, 우기에는 폭포가 하얀 거품을 내뿜으며 폭포 기슭에 작고 투명한 호수를 형성한다.

깨끗한 보호림과 풍부한 식물이 있는 케반폭포는 숲과 시원한 계

곡의 자연 경관을 즐길 수 있는 것이 매력이며, 현재 이곳은 교통접근
이 원활하지 않으며 아직 인프라가 여전히 부족하다. 그렇기 때문에
이곳 자연환경은 외지인들에 의한 사파처럼 난개발로 인하여 몸살을
앓고 있지 않으며 이곳 소수민족은 그들만의 특색 있는 문화를 지키
고 독창성을 유지하며 자연 환경을 보존하고 있다.

* 교통
  하노이-하롱베이-쾅닌(240㎞)
  (버스: 하노이-하롱베이-캄파-쾅닌 약 5시간)

* 숙소
  게스트하우스, 홈스테이(1박 100,000~200,000VND)

# 28.

# 랑선(Lang Son)

랑선에는 Nung(눙), Tay(따이), Vieat(비엣), Dao(야오)족 등 소수민족이 살고 있다. 랑선 중심가는 Phai loain(파이로안) 호수 동쪽에 시장 부근으로 걸어서도 30분 정도면 모두 돌아볼 수 있는 크기다. 랑선역과 버스터미널은 남쪽에 위치해 있으며 버스터미널 주변에는 어디나 마찬가지겠지만 노점상들이 줄지어 서 있으며 전통문화나 독특한 소재들을 많이 간직하고 있다.

산으로 둘러싸인 분지에 자리 잡은 랑선의 동껀시장(동껀은 하노이가 속한 북부 지역의 옛 이름으로 여기에서 "통킹"이라는 말이 생겨났다. 지대가 높고 사계절이 비교적 분명한 12월의 랑선은 추위를 견디기 위한 혹한기제품의 전시가 눈에 띄었다. 전기장판, 히터, 두꺼운 이불, 침대커버, 털 장화, 털모자, 방한복이 시장통에 전시되어 있다.

하장성 룽꾸와 비슷한 전망대가 이곳에도 있으며, 그다지 높지 않은 이곳에서 랑선 시내를 조망할 수 있다. 떤탄 국경 검문소는 랑선에 3군데 국경 검문소 중 한 곳으로 멀리 일대일로라고 쓰여진 곳을 통과하면 중국이다. 떤탄 사원은 떤탄 국경에서 1km 정도 떨어진 곳에 있는 큰 절이다.

**랑선 전망대, 떤탄 국경 검문소, 떤탄 사원**

랑선의 경치와 산의 풍경을 보는 사람에 따라서는 사파(Sapa)보다 한수 위(?)라고 추켜 세운다. 사계절이 비교적 뚜렷한 이상적인 휴양지인 마오선(Mau Son)산이 랑선을 대표하는 산으로 동쪽으로 30km 가면 마오선산과 가장 높은 피아포(Dinh Phia Po, 1,541m)가 소재하며 '마오'(Mou)는 어머니를 뜻한다.

이 산악 지역은 다오(Dao), 눙(Nung) 및 따이(Tay) 소수민족의 거주지로, 1925년부터 1926년까지 프랑스 4A 국도를 산 정상까지 연결하는 16km의 도로를 건설했다. 이곳의 평균 기온은 15.5℃이며, 산 정상은 연중 내내 구름으로 덮여 있으며 겨울에는 Mau Son의 기온이 영하의 기온으로 떨어지며 종종 서리와 눈이 내린다.

마오선은 Tuyet Son 차(茶), 닭, 야생 레몬, 향 개구리, 구운 돼지, Mau Son 와인, Mau Son 벨 복숭아, 다오(Dao)족 사람들의 약용 목욕 서비스 및 기타 여러 계절 제품으로 유명하다. 많은 종류의 꽃이 자라고 있지만 수국은 가장 많이 자라는 꽃이다. 주변의 작은 산들로 겹겹이 둘러싸인 이곳은 기후가 온화하여 휴양지로서는 최적지로 프랑스 식민지 시절에 지어진 건축물의 잔해가 시간경과에 따라 풍화작용을 일으켜서 중세의 건물 같은 느낌을 준다.

겨울에는 산 정상에 안개가 덮여 그 일대가 신비한 비경으로 변하며, 안개가 사라지고 나면 거친 겨울바람이 세차게 불어온다. 여름에는 찬란한 햇빛이 반사되어 최상의 눈부신 아름다움을 마음껏 뽐내는 곳, 봄이 되면 곳곳에 복숭아꽃이 활짝 피어나 도화원, 무릉도원이 따로 없다는 성산(聖山)으로 불리운다.

정상에 도착하면 랑선 시내가 한눈에 들어오고 북동쪽의 중국산의 모습이 선명하다. 정상에서는 특산물로서 마오선산의 명물인 쩨(Cheo)를 판매하는데 이 산의 복숭아로 만들어서인지 나름대로 독특한 맛을 자랑한다. 12월 초 오후가 되자 공기가 차가워지고 바람이 세차게 불어 소수민족이 운영하는 텐트로 들어가 석탄 난로 주변에 모여 계란과 구운 옥수수에다 이름 모를 와인을 마시며 추위를 달랬다.

프랑스 식민지 시절의 휴양지로서 지어진
건축물이 잔해만 남아 있다.

사계절이 비교적 뚜렷한 이상적인 휴양지인
마오선산 정상

## 마오선(Mau Son)산 '와인'

마오선산 '와인'은 해발 1,000m 이상에서 마우선산에서만 볼 수 있는 시원한 연중 기후와 산 계곡에서 흘러나오는 순수한 샘물의 조합으로 생산되는 덕분에 베트남 전국적으로 유명하다. 발효와 증류는 다오족(Dao)에 의하여 300년 이상 오랜 기간 전통적으로 전해 온 와인숙성과 생산기술이다.

마오선산 와인은 숲, 나무 잎의 향기, 샘물의 달콤함뿐만 아니라 이곳 소수민족 사람들의 영혼과 자신의 고유한 문화적 정체성을 보존하려는 열망으로 인하여 만들어진 '랑선명품와인'으로서 이곳을 찾는 방문객을 유혹한다. 마오선산 와인은 증류한 후 오크 통에 넣어 보관하는데, 오크나무는 안드로겐이 더 빨리 침투하고 확산되도록 하는 것 외에도 와인의 맛을 더 부드럽게 만들고 와인과 결합할 때 오크의 페놀이 달콤한 향을 만들어 낸다.

와인을 채운 오크통은 마오선산 정상에 있는 안정된 온도의 석조 저장고에 보관되어 발효기간에 따라 각각 별도의 가격에 판매된다. 프랑스 식민지 시절의 휴양지로서 지어진 건축물로 현재는 마오산 와인 저장고로 사용하며 겨울철 세찬 바람을 피해 쉬어 갈 장소를 제공하며 화로 불 옆에 앉아서 마른 고구마 안주와 마오선산 와인 한 잔 하면 신선 노름이 따로 없다. (2020. 12. 1.)

## 랑선, 피아포(Dinh Phia Po) 1,541m

랑선에서는 "Cha Mountain"으로 알려진 피아포(Phia Po Mountain)은 랑선 지방의 대표적인 마오선산맥 줄기로 크고 작은 80개의 산으로 이루어져 있으며 가장 높은 곳은 해발 1,541m의 피아포(Phia Po)로 랑선 지방의 북동쪽에 산악 지대에 위치하며 Lang Son시에서 30km, 하노이에서는 약 220km 떨어져 있다.

해발 1,541m의 고도에 위치한 피아포(Phia Po) 피크는 랑선의 '지붕'이다. 산 주변에는 연중 내내 물이 가득한 호수, 계곡, 폭포가 많이 있으며 산 정상에서 주변으로 12개가 넘는 계곡물이 흐르고, Lang Son의 소수민족은 이 계곡물을 사용하여 그 유명한 Mau Son 와인을 생산한다.

이곳은 Trekking, 비박(Viwak) 장소로 유명하며 야생의 아름다움을 간직하고 있다. 하노이에서 Loc Binh, 랑선으로 약 3시간 동안 차량으로 이동하고, 이 지역에서 이른 아침을 먹고 산기슭으로 가서 이른 등반을 시작하면 약 9시간에 걸쳐 등반 후 하산할 수 있다.

처음에는 좁은 산길을 시작으로 이어서 울창한 숲을 지나가게 되고 고대 나무 뿌리와 무성하게 뻗어 있는 줄기를 푸른 이끼가 두텁게 덮인 원령(怨靈)의 숲을 지나가게 된다.

　다음은 낮은 풀로 덮인 완만한 언덕을 통과하면 비교적 어렵지 않
게 정상에 오를 수 있다. 모험을 좋아하는 베트남 젊은이들은 종종 1
박 2일 일정을 선택하고 산기슭까지 자동차나 오토바이를 이용한 후
정상까지 8~10㎞를 Trekking하여 비박한다. 소수민족 가이드에게 사
전에 예약하면 비박하면서 모닥불에 고구마, 감자, 옥수수, 돼지고기
바비큐를 먹는 호사를 누릴 수 있다.

* 교통

하노이에서 랑선까지는 154㎞

버스, 기차로 약 3시간


* 숙소

박선 호텔(1박 60,000VND), 게스트하우스(20,000VND)


## 동람(Dong Lam)-랑선성, Yen Thinh, Huu Lien

베트남 북부, 랑선성에 위치한 동람 대초원(Thao nguyen Dong Lam)은 베트남 주소로는 Dong Lam, Huu Lien, Huu Lung, Lang Son이다. 많은 동굴, 호수 및 자연 폭포가 있는 석회암산으로 둘러싸인 장엄한 풍경이다. 석회암 산 사이의 평평한 논은 '땅 위의 하롱', 특히 Dong Lam과 Huu Lien 자연보호구역의 풍경과 같다.

이 마을은 산과 평지 사이를 오가는 소수민족, 2층 나무로 지어진 구조 위의 넓고 공기가 잘 통하는 집, 진실하고 따뜻하고 이방인을 후대하는 마음을 가진 사람들이 살고 있다. 동람은 랑선성 남서쪽에 위치하고 있고, Hung Huh-Long District에 속한 Huhu-un 생태 관광 지구이다.

주변에 둘러싸인 석회암 산으로, 그 사이에는 저지대 산과 들판 계곡이 있다. 비교적 하노이 가까운 거리에 위치해 있어서 홈스테이를 체험하고자 하는 베트남 젊은이들에게 인기가 많은 곳이나 외국인들에게는 많이 알려져 있지 않다. 동람평원으로 가기 위해서는 오토바이, 자전거를 이용하거나 Trekking 차림으로 편하게 걸어갈 수 있다.

Yenti Homestay에서 묵는다면, 뒤편의 산길을 이용하여 고즈넉한 시골 마을의 풍경을 감상하며 천천히 약 8*km*를 걸어가면, 초원 지대 주변으로 기암괴석들로 이루어진 바위산들이 병풍처럼 둘러 쌓여져 있다. 이 숲은 동굴, 지하 샘 및 계절적 범람 호수를 포함한 독특한 아름다운 풍경을 형성한 바위가 많은 산이 있는 매우 다양하고 풍부한 생태계를 가지고 있다.

북베트남에서는 흔히 볼 수 없는 말들이 이곳에 소들과 함께 방목되어 있다는데 초원 지대가 넓게 펼쳐져 있기에 가축을 풀어 키우기에도 좋은 장소라고 한다. 잘 알려지지 않은 이국적인 풍경, 기암괴석, 대초원, 아름답고 독특한 초록빛 강물, 이색 관광지라 할 수 있다. 아쉬운 부분이 있다면 화장실이나 매점 같은 기본적인 부대시설 없다는 점이나, 별도의 입장료는 없다.

이곳 랑선 동람 대초원이 더욱 유명하고 인상적인 부분은 바로 초

Dong Lam 호수와 대평원

원 중간을 관통해 흐르는 초록색 모양의 S 자 모양의 강물이다. 초록색 강물을 따라 조금만 걸어가면 작은 보트 선착장이 있다. 선착장 근처에 단 두 명의 뱃사공이 배를 타보라고 권하기에 배 삯을 흥정했더니 왕복 1시간, 1인 200,000VND라고 한다. 바가지요금임에는 틀림없으나 이곳을 찾은 이상 이곳 전체를 제대로 보고자 한다면 선택의 여지가 없다.

강물은 석회질을 함유하고 있어서 에메랄드빛의 독특한 물색을 지니고 있으며 대나무를 엮어서 만든 이곳만의 독특한 배의 모습, 옛날부터 이 지역이 대나무가 많다 보니 전통 방식으로 만든 배인 모양이다. 이곳의 배는 대나무를 엮어서 만들었고, 안에 지붕까지 만들어 놔서 햇빛이나 비가 오는 걸 피할 수 있도록 되어 있다.

강물이 많을 때는 카약을 즐기는 젊은이들과 캠핑장소로 활용된다고 한다. 배를 타고 돌아본바 알 수 있었던 것은 초원을 흐르는 시냇물은 여름에 수심이 얕아진다는 것이다. 7월부터 10월까지의 우기에는 물이 초원을 2~3m 깊이까지 범람한다. 이러한 이유로 이곳 소수민족 사람들이 이곳에서 농업을 하지 않고 원시적인 자연상태인 초원이 깨끗한 상태로 남아 있는 이유다.

이곳은 커다란 산에 분지처럼 된 곳으로 계곡물이 고여서 호수와 늪과 습지를 자연스럽게 만들어진 담수호로 이곳은 약 1.5km에 걸쳐 석회암 언덕 사이로 나른하게 뻗어 있으며 Dong Lam 호수로 흐르는 산책로와 개울이 뻗어 있으며 홍수가 나면 호수는 뗏목을 타고 이동하거나 그물로 낚시를 하는 사람들로 붐비며 이러한 시기에는 이곳은 카약스포츠와 같은 모험 여행을 하기에 매우 적합하게 된다.

Dong Lam 호수의 산자락이 끝나는 곳에서 약 26개의 Yao 소수민족 가구가 있는 Lan Lay Village로 5km 숲길이 이어져 있다. 이곳은 울창한 숲속에 자리 잡은 이곳은 현대인의 손길이 거의 닿지 않은 곳으로 와이파이도 통하지않고 전기도 없으므로 산간오지체험의 기회를 제공한다.

## 캐여우폭포(Thac Khe Dau)

캐여우폭포의 베트남 주소는 Yen Thinh, Huu Lung District, Lang Son이다. 엔니홈스테이(Yenti Homestay) 마을의 뒷길로 걸어서 8*km*, 그리고 샛길을 지나 폭포로 가는 3*km*의 총 11*km* 여정이다. 이곳에 난 샛길을 따라 3*km* 가면 캐여우폭포(Thac Khe Dau)에 도착할 수 있다.

이곳은 폭포로도 유명하지만 캐여우 캠핑장으로도 유명하다고 한다. 아무래도 캠핑 장소는 이곳 평지에서 텐트를 치는 게 아닐까 생각이 들었다. 평지를 지나면 화강암 사이로 솟아오른 울창한 베트남 랑선 밀림 숲속 길이 맞이해 준다. 석회암 산길은 상당히 협소하고, 바위들이 뾰족하게 솟아나 있어서 자칫 미끄러지거나 중심을 잡지 못하며 크고 작은 상처를 입기 쉬운 만만치 않은 곳이다.

약 30분 동안 땀을 뻘뻘 흘리며 도착한 캐여우폭포. 이곳이 특별한 이유는 쉽게 접근이 어렵기 때문에 사람도 거의 없었고, 인공적인 때가 하나도 묻지 않은 원시성을 자연 그대로 보유했기 때문이다. 폭포에서 세차게 흐르는 물은 석회질을 함유해서 다소 뿌옇고 차갑다.

폭포 물 떨어지는 소리 이외에는 정말 조용하고 고요한 깊은 정글 산속이며, 인적이라고는 소수민족 여인들 몇몇이 나그네에게 선한 미

373

소를 지으며 산속으로 약초 채취하러 발길을 재촉하는 게 전부다. 정글과 폭포 Trekking을 마친 후 지친 몸을 쉬어 가며 가쁜 숨을 몰아쉰다. 초죽음이 되어 다시는 Trekking 떠나지 않겠다고 다짐하지만, 어느새 낯선 길로 발걸음을 재촉한다.

Trekking 후의 모습은 항상 기진맥진이다.

살면서

미쳤다는 말을

들어 보지 못했다면

너는 단 한 번도 목숨 걸고

도전한 적이

없었던 것이다.


W-볼튼

# 29.

# 디엔비엔푸(Dien Bien Phu)

디엔비엔푸는 하노이에서 300㎞ 떨어진 베트남 북서쪽에 위치한 작은 도시로 35㎞에 라오스와 국경이 맞닿아 있으며 므엉타이 계곡에 분지 형태로 자리잡고 있다. 이곳은 베트남 역사에서 상징적인 의미를 갖고 있는 곳으로 1차 인도차이나전쟁에서 프랑스군을 포위하여 항복을 받아 낸 역사적인 도시가 바로 디엔비엔푸로서 아시아의 작은 나라가 유럽의 현대화된 프랑스군대를 상대로 게릴라전을 펼쳐 승리한 최초의 전투로 기록되고 있다.

전쟁을 기념하는 전승탑과 박물관, 전쟁 당시의 흔적들이 곳곳에 남아 있어 당시 엄청난 인명피해와 물질적, 정신적 고통을 겪었을 역사의 흔적이 세월의 풍화를 견디며 남아 있다. 도시를 따라 천천히 걸어가면 베트남의 여느 도시와는 달리 비교적 조용하다는 것을 느끼고 있다.

분주한 시장의 모습과 버스터미널에는 라오스, 사파, 선라로 떠나는 배낭객과 현지인들이 옹기종기 모여 앉아 있으며, 닭과 오리를 팔러 온 소수민족, 각종 과일을 자전거에 싣고 행상을 나서는 이들 길거리 이발사, 오토바이렌탈하우스 등이 눈에 들어온다.

디엔비엔푸 박물관은 A1언덕 건너편에 위치해 있다. 승리 박물관이라고도 불리는 이 디엔비엔푸 박물관은 디엔비엔푸에 와서 꼭 봐야 할 장소 중에 하나이다. 디엔비엔푸 박물관은 2014년 5월 5일에 디엔비엔푸 전투 60주년을 기념해서 전쟁모자 모양의 건물로 만들어졌다.

이곳에 디엔비엔푸 전투에 관한 모든 것을 보관해 놓았고 디엔비엔

디엔비엔푸 박물관(Dien Bien Phu Museum)
주소: 3 Muong Thanh District, Dien Bien Phu
디엔비엔푸 박물관, 프랑스 식민지 시절 건설된 교량

푸 전투에 관한 모든 것들을 기록하고 재현하기 위해 노력하였다. 중 앙현관 입구에는 디엔비엔푸 전쟁을 승리로 이끈 보 응웬 지압 장군 의 반신상이 전시되어 있다. 박물관 관람 후 길을 따라 내려가면 사거 리에 오래된 교량이 보인다.

프랑스 식민지 시절 건설된 노후화된 교량이다. 디엔비엔푸는 조용하 고 평화로운 마을이다. 디엔비엔푸는 전쟁유적지로 명성이 높은 마을로 서 전쟁과 평화라는 아이러니가 가장 극명하게 대비되는 마을이다.

## 월맹군, 디엔비엔푸 점령

인도차이나 전쟁의 종결을 토의하는 제네바회담 도중 인도차이나 에 있는 프랑스군 거점 디엔비엔푸가 全 세계가 주목하는 가운데 56 일간에 걸친 전투 끝에 함락됐다. '싸우면 반드시 이긴다'라고 쓰여진 월맹군의 군기가 포연 가득한 디엔비엔푸 계곡에 펄럭였다. 프랑스군 총사령관이 외인부대를 포함한 프랑스 연합군 1만 6천 명을 투입, 이 계곡을 요새화하기 시작한 것은 1953년 11월이었다.

월맹군은 3월 13일 디엔 비엔 푸 포격을 개시해 프랑스군 지역을 차츰 점령해 나갔다. 월맹군은 그 후 전술을 바꿔 참호를 파 나가면서 서서히 프랑스군 거점에 접근하는 전술을 택했다. 1954년 5월 6일 월 맹군은 네 번째 공격을 개시해 백병전에서 최후의 거점 이자벨을 점 거해 다음 날인 5월 7일 전투를 종결 지었다.

## A1언덕(Hill A1)

A1언덕은 디엔비엔푸 전투 당시 베트남 군인들이 주둔했던 요새이다. 언덕 꼭대기에는 전쟁 기념물이 만들어져 전시되어 있다. 꽤 가파른 경사를 따라 올라가야 해서 힘이 들지만 디엔비엔푸 전투 당시 이곳까지 탱크를 끌고 왔던 군인들을 생각하며 걸으면 도움이 된다. 정상에는 당시 사용되었던 탱크가 전시되어 있다.

디엔비엔푸 박물관 전투 재현, A1언덕(Hill A1)

# 디엔비엔푸(Dien Bien Phu)-선라 파운(Pauon)-사파(Sapa)

디엔비엔푸에서 출발하면 선라 파운, 다강(Da River), 라이쩌우를 지나 사파와 라오카이까지 가게 된다. 이 길을 따라 가다 보면 북베트남의 독특한 자연 풍경과 함께 베트남의 역사와 전통을 온몸으로 느낄 수 있다. 북베트남의 자연 풍광은 크고 작은 산들이 첩첩이 둘러싸고 있는 사이사이 골짜기마다 평화로운 소수민족 마을들이 조용히 숨어 있는 듯한 모습이다.

가는 길은 산기슭을 따라 꼬불꼬불 어지럽게 이어지다가 경사가 완만해지면서 고즈넉한 시골 마을을 만나는 것의 연속이다. 마을들을 대개 산비탈을 경작해 계단식으로 논을 만들어 살아간다. 뒤에 나오는 사진은 파운(Pauon), 다강(Da River)의 아름다운 모습이다. 이곳은 오지로서 인적이 드물어 바이크와 사이클링 Trekking하기에 안성맞춤이다. 사파(Sapa) 하장(Ha Ging)에 비교해 보아도 손색이 없다. 다만, 교통이 불편하여 접근성이 떨어진다.

## 에피소드

2021년 5월 1일 새벽에 박닌성을 출발하여 마이쩌우, 묵쩌우, 선라,

디엔비엔푸를 거처 라이쩌우, 사파로 가는 1,000km의 북베트남 여정은 결코 만만치 않은 북베트남 산악 지대로의 여행이었으며 중앙정부와 지방정부의 높은 벽을 실감하기에 충분했다.

코로나바이러스감염증(COVID-19) 백신완료증명서, 음성확인서, 출장증명서, 중앙정부가 만든 접종확인 애플리케이션(앱)의 화면을 들이밀어도 성과 성을 4번 지날 때마다 매번 똑같은 검문, 검사를 거쳐야 했으며 우여곡절 끝에 선라 지역까지 어렵게 통과할 수 있었다.

하지만 디엔비엔푸에서 라이쩌우를 넘어가는 경계선에서 교통경찰에 의한 불심검문 단속으로 3기간을 대기해야 했으며, 일행 중 중국 청도 출신으로 베트남 회사에 입사하여 체제 중인 동청 사원의 여권과 거주 증 사본이 불법체류자신분으로 오해받게 되어 출입국관리소에서 파견된 공안에 의하여 출입국관리소가 위치한 디엔비엔푸까지 무려 60km를 되돌아가야 했다.

그리고 8시간의 신문과 확인과정에서 우리 일행은 지칠 대로 지쳐버리고 출입국관리소의 야박함과 느려 터진 확인절차와 행정서비스에 분통을 터트리지 않을 수 없었다. 사실관계를 확인한 결과 코비드19 상황을 틈타서 중국 국경에서 베트남으로 넘어오는 불법입국자의 증가로 어쩔 수없이 검문검색이 한층 강화되었기 때문이라고 했다.

‘중국 출신 동청 사원은 정상적인 체류자로 확인되었다'라는 허탈한 이야기를 듣고 신원보증인증서를 한국인 대표인 내가 서명하고 나 서야 늦음 밤 풀려날 수 있었다. 디엔비엔푸의 깊은 밤거리는 유난히 쓸쓸했으며 ‘동청 사원'이 받았을 베트남 내에서의 중국인의 신분과 위상이 불법체류자 신세와 밀입국자로 오인되어 강제추방되거나 출입국관리소에 억류될 수 있다는 사실에 대하여 심각한 상황인식과 정신 줄 놓아 버릴 정도로 황폐한 심정에 놓였다고 하소연했다.

한국인 대표가 중국인 사원을 베트남 국경출입국관리소에서 ‘신원

파운(Pauon), 다강(Da River)의 풍광

보증'을 하고 나서야 풀려나는 대단한 '대한민국의 파워'(?)를 우연치 않게 겪었던 디엔비엔푸의 길고도 긴 하루였으며 12시간 동안 쫄쫄 굶고 물도 제대로 얻어 마시지 못한 무기력한 여행을 경험한 하루였다.

## 다강(Da River)

선라 파운(Pauon), 다강(Da River)의 아름다운 풍광이다. 다강은 블랙 리버로도 불리며 중국과 베트남 북서부에 위치해 총 길이는 910km로 중국에서 약 427km, 베트남에서 527km이다. 이곳에서 쉬어 가려 한다면 http://trungkienhotel.business.site에서 예약할 수 있다.

다강에서 뱃놀이도 할 수 있고 다강의 일출과 일몰, 밤에는 선라 소수민족의 공연도 볼 수 있으며 호텔레스토랑에서 베트남식 라면을 맛볼 수 있는데 다강을 바라보면서 야외 파라솔에서 먹는 라면은 일품이다. 한국의 컵라면처럼 끓인 물에 라면과 야채, 양념, 튀김, 소고기를 넣고 먹는데 맛은 호불호가 엇갈린다. 먼 길을 걸어왔거나 자전거, 바이크를 타고 와서 쉬어 가려는 나그네들에게는 아마도 꿀맛일 것이다.

* Kotra에 따르면(2020. 1.) 베트남의 라면 소비량은 한국에 이어 2위이며

1인당 라면 소비량은 57개로 세계에서 1인당 한국(75개) 소비량에 이어

폭발적인 증가세를 보인다는 분석이다.

# 30.

# 하롱베이(Halong Bay), 깟바(Cat Ba)

하롱베이는 베트남 북부 통킹만에 위치한 길이 약 120$km$의 1만 1969개의 섬과 석회암기둥, 동굴로 유명하다. 2021년 1월 1일 새해 해맞이 하러 떠난 하롱베이는 바다 위에 수천 개의 섬이 모여 있는 중국의 계림과 견줄 만큼 동굴로 유명한 곳으로 경치가 아름답고 화려한 섬에는 수십 개의 동굴 중 대표적인 곳이 항두고(Hang du go)동굴이다.

대리석동굴로 불리울 정도로 크고 웅장하며 90개의 계단을 올라가야 입구에 도착할 수 있다. 배를 타기 전 단체 혹은 개인이 배를 선택할 수 있는 다양한 옵션이 있다. 시푸드(Sea Food)를 즐기고자 한다면 사전에 배와 시푸드 음식을 예약하고 바다로 나가 선상에서 하롱베이 절경을 바라보며 신선한 자연해산물로 식사를 할 수 있다.

게, 새우, 조개, 갑오징어, 뻘 가재, 사이공맥주, 한국소주 1병이 1만
원을 호가한다. 양주 수준의 가격을 지불했다. 선상에서 먹는 해산물
요리는 버킷 리스트(Bucket List)에 넣어도 빠지지 않을 만큼의 많은
양과 다양한 요리와 맛을 자랑했다. 하롱베이 여행을 계획한다면, 선
상요리를 적극 추천한다.

식감좋은 해산물 선상 즉석 요리, 천궁동굴

배 한 척을 빌려 타고 유유자적 섬의 바위 와 바위 사이를 항해하며 즐기는 하롱베이 바다는 함께 떠난 베트남의 어린 직원들의 웃옷을 벗게 만들었다. 《파칭고》를 쓴 이민진 작가'는 한국인의 특징은 어깨 춤을 추는 것이라고 했다. 춤추고 외치고 날아올라가고 싶은 날이 있다. 어린 직원들은 바다와 바닷바람 그리고 약간 취기가 올라, 무엇이든 원하는 것이 있으면 외쳐 보라고 권했다.

"자유(Freedoom)"

어린 직원들은 그들만의 언어로 바다와 하늘을 향해 외쳤다. 자유, "Freedoom". 오른쪽 끝은 중국 청도 출신으로 Aep Vina 베트남에서 근무 중이다. 한국, 베트남 3개 국가 출신들의 유쾌한 뱃놀이다.

항루원(원숭이섬) 관광을 시작으로 티톱섬에 도착한다. 티톱섬은 호찌민과 함께 하롱베이를 방문한 구소련의 우주비행사의 이름을 따서 만든 섬 이름이다. 하롱베이의 절경에 반하여 호지민에게 팔 것을 제안하였으나 국민의 재산이므로 개인에게 판매할 수 없다고 정중히 거절한 일화가 전해지고 있다.

약 80m 높이의 티톱섬은 3천여 개의 하롱베이 섬들 중 모래사장과 하롱만을 한눈에 내려다볼 수 있는 전망대가 자리잡고 있다. 거북이섬, 사자머리섬, 마귀할멈섬에 이어 통천문(천궁) 등의 기암괴석을 볼 수 있다.

* 유리 가가린: 세계최초의 우주비행사로 1961년 4월 12일 보스토크 1호 인공위성을 타고 301㎞ 상공에서 28,800㎞ 속도로 1시간 48분간 인류 역사상 최초로 우주비행에 성공.
* 티톱: 세계 두번째로 28살의 인공위성을 타고 25시간 17분 동안 지구를 19바퀴 돌고 우주에서 하루 이상을 보낸 최초의 인간.

베트남 화폐 200,000VND에 새겨진 하롱베이 절경바위로 베트남 민족의 집에는 조상을 모시는 제단이 있는데 그 제단의 향로 모양이 비슷하다. Kiss처럼 붙어 있다 해서 이름이 Kiss 바위다.

## 깟바섬(Cat Ba)

최근 구글이 발표한 연말 트렌드 보고서에 따르면, 베트남인들이 가장 많이 검색한 여행지 1위는 북부 하이퐁시(Hai Phong) 깟바섬이었다. 2004년 12월 유네스코에 세계생물권 보호구역으로 인정받은 베트남의 휴양지이며 Trekking 명소 중 한 곳으로 깟바섬은 $260km^2$ 해역에 걸쳐 367개의 섬으로 이루어진 군도로서 하롱베이에 딸린 섬 중 가장 큰 섬이다.

하롱베이가 워낙 유명해서 하롱베이 크루즈 여행만 하고 하노이로 돌아가는 여행코스가 많으나 진정한 하롱베이를 알고 싶다면, 깟바섬에서 1박 하며 아름다운 자연과 생태보고인 섬의 산과 바다, 해변과 하늘을 모두 볼 수 있다. 하노이에서 버스로 $100km$ 거리이며 하이퐁에 도착 후 휴양이 목적이라면, Ben phaGot 페리터미널에서 $45km$ 떨어져 있는 깟바 남부의 Bentau Catba 여객터미널에서 요금을 지불하고(180,000VND) 이동하면 깟바섬에 도착한다.

Trekking이 목적이라면 하이퐁 Ben phaGot 페리터미널에서 깟바섬의 북부인 GotPort 여객터미널로 스피드보트를 이용하면 깟바섬 북부 지역에 도착한다(약 20분 소요). 깟바섬 란하베이는 하롱베이보다 바람이 잔잔하므로 카약과 스노클링을 즐길 수 있으며 깟바 국립공원에는 열대우림, 맹그로브숲, 갯벌, 해양산호, 산호갈대, 부드러운 바닥 등 6종의 생태계가 있고 약 9개 Trekking 코스가 있으며 트룽트랑 동굴, 도이동굴, 깟바 123해변, 그리고 유럽풍의 바와 시골어촌의 '터키에 온 듯한 옥빛 바다'가 유명하다.

깟바섬 걷기 좋은 해변길(출처: vietnam-guide.com)

\* 교통

하노이-Ben phaGot 페리터미널 버스(2시간)

Ben phaGot 페리터미널-Cai Vieng 부두, 스피드보트 20분

Cai Vieng부두-깟바 중심 호텔 버스 40분 소요

(총 약 4시간 소요)

\* 숙소

다양한 고급숙소, 게스트하우스(200,000~1,000,000VND)

# 31.
## 탄호아(Than Hoa)

탄호아성(Than Hoa Province)의 수도인 탄호아시(City)에는 하노이 남쪽에서 약 160km에 위치하고 있으며 푸르옹(Pu Luong) 자연보호구역과 탁마이탁(Thac Mai)폭포, 삼선비치, 호왕조성(Thannha Ho), Doc Cac 사원, Drum 사원 등이 유명하다.

베트남 전쟁 당시 미군의 폭격으로 인해 대부분의 지역이 파괴되고 재건설된 신도시로 하지만 부서지지 않은 곳이 '함롱 다리(Ham Rong

삼선비치, 걷고자 하는 방향에 따라 해변 10~20km의 Trekking이 가능하다.

Bridge)'다. 이곳에 수많은 방공호를 설치, 미군으로부터 지켜 냄으로써 베트남 전쟁 승리의 발판을 마련하였다고 하며 베트남 사람들이 긍지를 갖는 장소로 유명하다.

고고학적으로는 인류가 출현한 곳으로 대표적인 증거물로 수많은 구석기 시대 및 청동기 유물이 바로 이곳 탄화 북부에서 발견되기도 하였다. 프루옹 자연보호구역에는 몽족, 타이족이 자연림에 살고 있으며 사파, 하장과 더불어 자연을 보고 힐링할 수 있는 명소이다. 자전거를 대여해 주며 Trekking을 자유롭게 즐길 수 있다.

이 지역에서 가장 멋진 전경을 조망할 수 있는 언덕에 자리 잡은 Pu Luong Retreat는 하노이시에서 Puluong Valley Home까지 자동차로 4시간 30분(180㎞) 소요된다. 작은 부티크 롯지는 Puluong 자연보호구역의 Don 마을 중심부에 위치하고 있으며 Puluong Retreat에서 관리한다. Puluong Valley Home의 보물은 아름다운 롯지의 모든 부분에서 바라보는 장엄한 계단식 계곡이다.

Puluong Valley Home으로 가는 방법은 로컬 버스와 자가용, 바이크를 이용해야 한다. 하노이의 도시의 복잡함으로부터 벗어나 청정지역의 자연을 느낄 수 있으며 장엄한 산맥, 멋진 논, 아름다운 강과 폭포, 숨이 멎을 듯한 산길, 외딴 전통 마을이 있는 푸루옹은 진정한 베트남 북부의 축소판이다.

Puluong 국립공원

　자연에서 영감을 받은 야자수 지붕, 대나무 및 목재 가구가 있는 소박한 천연 재료로 푸루옹 리트리트(Puluong Retreat)로 지어졌다. 수상 가옥과 방갈로는 현지 문화의 소박한 아름다움과 조화롭고 섬세하게 결합되어 이곳을 찾는 이들에게 편안하고 아늑한 공간과 아름다운 전망을 제공한다.

　9개의 편안한 방갈로, 16개의 편안한 침대가 있는 1개의 전통적인 수상가옥, 멋진 요리를 제공하는 야외 레스토랑, 인피니티 풀, 스파 공간 및 암석 정원의 에코 Pu Luong Retreat에서 잠시 쉬어 가며 새벽 Trekking을 권한다. Trekking 코스는 다양하게 구성되어 있으며 계단식 논, 멋진 언덕과 계곡, 소수민족의 일상 생활을 엿볼 수 있는 매혹적인 작은 마을을 지나는 수많은 장엄한 Trekking 루트 중에서 선택할 수 있다.

PULUONG ECO RETREAT Don village, Ba Thuoc, Thanh Hoa4(T 09695 00026)

5km의 경치 좋은 산책로에서 인근 마을까지의 짧은 산책에서부터 신선한 야외에서 캠핑을 하면서 푸 루옹의 최고봉을 정복하기 위한 도전적인 하이킹에 이르기까지 여러 Trekking 루트(10~30km)가 있으며, 생태체험과 소수민족과의 조우, 사파, 하장과 같은 광대한 계단식 논, 쌀쌀한 아침, Cao Bang과 같은 완만한 강과 개울 또는 산을 마주하게 된다.

＊교통

버스 하노이-남부터미널-탄호아(160km, 3시간)

버스 박닌-하노이-탄호아(200㎞, 4시간)


*숙소

삼선비치 2성급 호텔(1박 200,000~500,000VND)

프루옹 자연보호지역 게스트하우스(1박 100,000~300,000VND)

# 32.

# 땀따오(Tam Dao)

　빈푹성 땀 따오(Tam Dao Vinh Phuc)는 베트남 북부의 보호 지역이다. 베트남 수도인 하노이에서 북쪽으로 65km 정도 떨어져 있는 해발 1,200m 위치에 산과 계곡으로 둘러싸인 고산 마을로 강원도의 설악산과 같은 관광지이며, 프랑스 식민지 시대부터 프랑스인들이 휴양지로 개발하였다고 한다.

　이곳의 성당이 그 대표적인 건물로 지금도 남아 있고, 신혼 부부들의 웨딩 촬영 장소로도 유명하다. 기온이 하노이보다 평균 5℃ 이상 낮다. 이곳에서 빼놓을 수 없는 관광 시설로 탁박폭포, 터이끼엔 사찰 등이 있고, 폭포는 계단을 따라 10분 이상을 내려가야 하고 생각보다 크거나 수량이 많지 않았으나 찾아오는 관광객은 발길이 끊이지 않는다.

　베트남에서는 피서지로 유명함을 증명하듯 모텔, 펜션 등이 많은 관광지로 외국인은 물론 베트남 인들도 한 번쯤은 오고 싶어 하는 곳이다. Trekking 코스는 땀따오(Tam Dao) 8개의 산봉우리라는 의미로 크고 작은 각 산을 기준으로 $10 \sim 20km$를 선택할 수 있으며 산에오르는 사람이 많지 않으므로 항상 안전에 대비하여야 한다.

프랑스 식민지 시대에 건축한 프랑스식 성당, 땀따오광장, 인생 인증샷을 남기기를 원하는 젊은이들로 항상 붐빈다. 땀따오는 프랑스 식민지 시대 프랑스인들이 공기 좋고 물 맑은 이곳에 와서 주말이면 휴식하던 휴양지였다고 한다. 해발 고도가 높고 숲이 우거져 숲과 계곡 산행하기에 좋다.

· 땀다오 음식점 모퉁이를 걷다 보면 식당 여러 곳에서 달콤하고 짭조름한 생선 조림 냄새가 풍겨 온다.
· 토란국(Cakho to Food, Bong Fish): 이곳에서도 경기도, 북부 지역 사람들이 먹는 토란국을 먹는다.

# 33.

# 박장(Bac Giang) 천렵, 야생(野生), 날것

천렵(川獵), 야생은 인간의 삶에서 본능이며 아직도 치열하게 살아
가야 할 '날것 그대로의 상태'이다. 북베트남 수많은 곳을 Trekking 삼
아 떠돌아 다녀 봐도 한국 가평계곡의 환경과 비슷한 조건을 갖춘 곳
을 찾기가 쉽지 않다. 하지만 오랜 시간의 Trekking을 통하여 발견한
곳이 바로 박장성과 꽝닌성 경계지역인 엔뚜산맥의 한자락에 속해
있는 포산(Foshan, 약 800m)산이다.

계곡 상류 뤽손(Luc Son) 마을은 바이(Via)열매의 농장으로 유명한
데 매년 풍작이어서 이곳의 인심 또한 후한 편이다. 길을 걷는 동안
마을 사람들은 정겨운 미소로 인사하며 바이(Via)열매를 권한다. 이
곳 중심에서 Trekking을 시작하면 포산산 기슭의 석탄광산의 주차장
까지 8.5㎞이다.

길은 흙 길과 자갈갈로 걷기 편하며, 핸드폰 볼륨을 마음껏 높여 음악을 들어도 인적이 드물기 때문에 아무도 제지하지 않는다. 녹방하천은(Nuoc Vang Stream) Anh Vu, May, Giot, Nuoc Vang과 같은 크고 작은 12개 이상의 폭포에서 흘러내리는 계곡물이다. 가장 높은 곳은 1년 내내 하얀 거품이 있는 Giot폭포이며 산을 타고 오르면 멀리서 폭포가 계곡물에 물과 섞이어 우르릉거리는 소리가 들린다.

폭포로 가는 길은 소수민족과 광산 인부들이 다니는 좁고 험한 밀림의 정글을 헤치고 3㎞를 모기떼와 해충을 각오하고 35도 이상의 경사가 있는 숲길을 따라 험준한 산을 올라가야 마주할 수 있다. 이곳의 평균 고도는 해발 약 800~900m이며 때묻지 않은 산의 풍경, 온화하고 시원한 기후의 원시림에는 야생 난초, 침엽수, 플라타너스, 말곰, 노란 사슴, 다람쥐, 사향 고양이, 삼림 새와 같은 많은 귀중한 동식물이 서식한다.

계곡의 수원은 포산산의 험준한 봉우리에서 발원하며, 계곡물의 양옆에는 결정질의 사암 덩어리와 하얗게 광택이 나는 덩어리, 황금빛 암석이 흩어져 있어 계곡 지면의 풍경을 매우 생생하게 만든다. 계곡물은 약간의 수량 변화가 있지만 1년 내내 흐르고 물은 Yen Tu산맥의 깊은 곳으로부터 포산산 기슭에 오랜 시간 축적되어 여유롭게 하류로 흘러가 농사를 풍요롭게 하며 바이(Vie)열매에 생생한 단맛을 제공한다.

박장성 바이(Vie)열매는 전국적인 인기가 높고, 생산량이 매우 많다. 이 계곡물은 포산산의 험준한 정상에서 시작되며 오른쪽 맑은 계곡과 광산계곡에서 석탄물이 뒤섞이어 검은색 계곡물이 흐르다 이곳 합류 지점에 물길이 만나면 맑은 물로 희석되어 하류로 흘러간다.

가평 연인산 계곡에 와 있는 듯한 정겨움이 안락한 휴식을 느껴진다. Trekking 후 땀냄새 진동하는 옷을 벗고 일상의 고민 등 모든 것을 잊어버리고 계곡 바위와 의자에 걸터앉아 불판에 고기구이를 먹는 재미가 쏠쏠하다. 야생의 삶과 천렵이란 이러한 자유로움이다. 어린 시절 고기잡이하듯 물속 바위에 손을 밀어 놓고 고기를 잡으려고 시도하나 매번 허탕이다.

물이 너무 맑고 석회질이어서인가? 水至淸則無魚(수지청즉무어), 물이 맑으면 고기가 없고, 山之高峻處無木(산지고준처무목), 높은 산 정상에는 나무가 없다. 물이 사람이고 고기가 친구라면, 산이 사람이고 나무를 친구라고 가정하면, 사람이 너무 원리 원칙만 따지면 친구가 떠나고 계산이 명확하면 인정이 메마르고 어수룩한 구석도 있고 간혹 알고도 속아 주는 아량이 있어야 한다고 하던가?

녹방(Nuoc Vang) 시내, 포산산, Tay Yen Tu 지역은 Bac Giang성의 인민위원회에 의해 보호되었으며 Suoi Nuoc Vang 생태 관광 지역으로 인정하기로 결정되었다고 한다.

바이(Vie)열매, 포산에서 이어진 계곡, 자작나무숲

## 박장성, 성동(Son Dong)

하노이에서 170km, 박닌 중심에서 약 120km떨어진, 성동 지역의 동카오(Dong Cao) 마을 중심에서 약 20km 떨어진 Thach Son은 해발 1,000m의 높이다. 동카오 마을의 자연환경은 투박하고 광활하며 산과 숲 바위가 원시적인 아름다움을 자랑하며 언덕은 푸르고 시원하며 유럽대륙 어딘가의 광대한 대초원처럼 펼쳐져 있다.

또한 동카오는 풀이 무성한 언덕에 흩어져 있는 여러 형태의 바위는 고대 석조 해변의 기이한 모양으로 이곳을 찾는 이들을 매료시키며 맞은편 계곡과 산에서 불어오는 강한 바람과 일렁이는 구름은 이곳을 찾는 젊은 이들의 모험심을 자극하기에 충분하다. 동카오 기슭에는 이곳 소수민족인 도(道)족의 수십 가구가 모여 산다.

이곳 사람들은 때묻지 않고 순수하고 친절하다. 이곳은 또한 이들만의 독특한 전통 민족 문화를 많이 보존하고 있으며 오랜 전통과 고유한 매력, 신비를 지닌 동카오는 탐험을 좋아하는 많은 젊은이들, 특히 고지대 Trekking을 취미로 하는 이방인들에게 최적의 목적지이다.

## 동카오(Dong Cao) 정상의 초원

이곳은 드넓은 초원으로 약 15㎞ 능선이 이어져 있으므로 가벼운

마음으로 Trekking하기에 안성맞춤이다. 또한 성동 지역은 청정지역으로 공기, 바람이 신선하므로 홈스테이에 머물며 밀짚모자 덮어쓰고 한가하게 걷노라면 강원도 정선 어딘가에 와있는 듯한 한가로움을 느낄 수 있다.

소수민족들의 생활수단 중 논농사, 밭농사 이외에 중요 수입원으로 자작나무를 재배하고 나무를 고르게 잘라서 건조시켜 품질이 좋은 것은 종이의 원료로 사용하고, 품질이 떨어진 것은 수출용 나무박스나 팔레트용으로 사용된다. 동카오산 초입에는 소수민족이 거주하며 옥수수, 감자, 음료수를 판매한다.

* 교통
하노이-박장 버스터미널에서 환승

박장 버스터미널-성동 버스터미널 하차(30분 1대)

성동 중심에서, 동카오 20㎞, Khe Ro 자연보호구역 15㎞ 오토바이, 자전거를 랜탈하여 자유롭게 여행할 수 있다.

* 숙소

동카오 홈스테이(100,000~150,000VND 석식 포함)

## 34.

# 에필로그

무엇이 정신세계(精神世界)를 지배하는가? 인생을 살아가면서 마음속 깊이 새겨져 있거나, 혹은 정신세계를 지배하여 삶을 형성하는 나침반 혹은 구심점을 이루어 영향을 미치는 종교, 멘토, 지역, 책, 교훈이 있다. 《열하일기》,《주역》, 조선통신사'의 내용은 어린시절에서부터 현재 베트남 하노이 근교 박린성에 거주하는 지금까지도 오랜기간 동안 삶과 정신세계를 지배하고 있는 중이다.

어린시절 '딸 유희'에게 '조선통신사의 길'을 보여 준다는 명목으로 6살의 유치원 여름에는 오사카, 교토, 나라 지역을, 중학교 1학년 겨울에는 동경, 일광사(닛코지, 日光寺)를 그리고 대학생이 되어서는 일본 규슈의 각 지방을 여행했다. 조선통신사 일행은 수도 한양을 출발하여 동경을 거쳐 왜? '도쿠가와 이에야스'가 묻혀 있는 일광사까지 갔었을까?

　임진왜란 이후 200여 년간 12차례에 걸쳐 일본에 파견된 조선통신
사 일행은 당시 수도인 에도까지만 갔었던 통신사가, 동경보다 북쪽
에 있는 닛코에 가서 도쿠가와 이에야스의 무덤에 참배해야 했을까?
중학교 1학년생이었던 유희는 일광사의 도쿠가와의 무덤을 지키는
나무로 조각된 3마리 원숭이의 표현에 흥미스로워했다.

일광(日光), 닛코의 東照宮(도쇼궁), 눈과 귀, 입을 막은 원숭이 조각.
예가 아닌 것은 보지도 말고, 듣지도 말고, 말하지도 말고, 행하지도 말라.
- 논어 안연편- 공자

사람의 일생은 무거운 짐을 지고 먼 길을 가는 것과 같다. 서두르지 말라.'도쿠가와 이에야스의 유훈
이 그의 묘(일광사)로 올라가는 207개의 가파른 계단 중간 즈음에 적혀 있다.

　'눈을 감고, 입을 가리고, 귀를 막아…… 사물에 대한 경계를 하라는
의미'로 추측한다. 어린 딸에게 살아가면서 의미 있는 교훈이 되었기
를 바랐다. 가족, 친구 여행 또는 업무 차 출장 떠나는 길에는 잠시 짬

을 내어 항상 가벼운 차림으로 출장지 근교를 Trekking했다. '인생통찰여행'이라는 이름으로 북해도에서~후지산이 보이는 하코네까지 겨울열차여행을 하며 스토리가 있는 명소에서 숙박하며 그 지방 특유의 음식과 술을 마시며 여행의 정취 속에 빠져들기도 했다.

규슈 둘레길 400km, 후지산(3,770m), 주젠지 호수(中禪寺湖) 25km를 비롯하여 남규슈 가고시마에서 북해도 끝까지, 북륙, 니가타에서 나고야, 오사카, 시코쿠까지 동, 서, 남, 북, 종, 횡으로 일본 전국 명소를 Trekking했다. 각각의 여행이 우연의 일치라고 하기보다는 오랜 기간 정신세계를 지배해 왔던 장소를 발품을 들여 눈으로 확인해 보고 싶었고 그 시간의 간극과 역사의 숨결을 느껴 보고 싶어서였다. 후지산, 아소산 분지, 죠자바루, 아키요시다이, 히라도섬의 산과 들, 섬의 인상이 강렬하다.

## 《열하일기(熱河日記)》

Trekking 만리장성, 만리장성의 길이는 6,352km이다. 만리장성 Trekking은 북경에서, 혹은 산해관 노룡두에서 시작하는 여러 루트가 있다. 만리장성 위를 직접 걷거나, 통제된 곳은 성벽 아래를 걸어가는 루트로 되어 있으나 전체 구간은 온전하게 보호되어 있지 않아 현재도 보수 중인 곳이 많다. 북경, 산해관 노룡두 어느 방향에서 출발하든 100㎞는 온전하게 Trekking할 수 있다.

《열하일기》 따라하기의 계속으로 중학교 2학년에 재학 중이었던 딸 유희를 데리고 북경의 만리장성에 갔었다. 어린 딸에게《열하일기》의 만리장성을 보여 주고 싶었다. 딸아이는 관광객이 너무 많아 제대로 된 구경을 할 수 없고 복잡하다며 쾌적한 편의시설과 쇼핑몰에 가자며 졸랐다. 그런 딸아이를 어르고 달래며 박지원의《열하일기》를 따라서 중국 만리장성, 자금성, 소주, 항주 등 여러 곳을 여행했다.《열하일기》 따라하기는 현재도 진행 중이다.

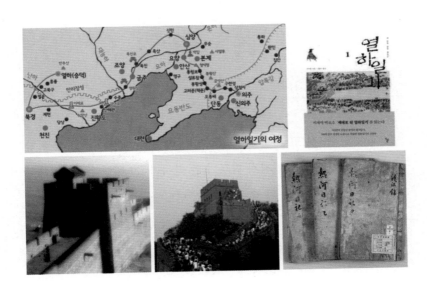

소리와 빛깔이란 내 마음 밖에서 생기는 바깥사물이다.

이 바깥 사물이 항상 사람의 귀와 눈에 탈을 만들어 사람으로 하여
금 이렇게 똑바로 보고 듣지 못하게 만든다.

더구나 한세상 인생살이를 하면서 겪는 그 험하고 위태함은 강물보
다 훨씬 심하여, 보고 듣는 것이 문득문득 병폐를 만들고 있어서랴.

내가 장차 연암협 산골짝으로 돌아가 다시 앞 시냇물 소리를 들으
면서 이를 시험해 보리라.

또한 자기만 유익하게 하는 처신에 밝고, 자신의 총명만을 믿는 사
람에게 이를 가지고 경고(警告)하노라.


박지원, '일야구도하' 마지막 문장


## 《열하일기(熱河日記)》 2


고교 입학 후 첫 한문 시간에 선생님은 독서와 한자의 중요성을 말
씀하시며 칠판에 멋들어지게 휘갈겨 쓴 한자가 "호곡장(好哭場) 가이
곡의(可以哭矣)이니 울기 좋은 장소로 한번 실컷 울어 볼 만한 곳이
라 구나!"로 기억된다. 남자의 야성(野性), 호연지기의 삶, 울어볼 가
치 등등 어쩌고 설명했었을 것으로 기억한다.

박지원과 일행이 만주 벌판을 바라보며 읊은 단상 '한번 울어 볼 만한 대지'[호곡장론(好哭場論)이라는 제목]는 고교 교과서에 실려 있기도 하다. 청나라에 도착한 박지원은 그곳에서 보고 느낀 것을 자세히 기록하였는데 이 스물여섯 편의 일기가 바로 《열하일기》이다. 1780년(정조 4)에 삼종형인 박명원을 따라 청나라 고종의 칠순잔치에 가는 길에 보고 듣고 생각한 것들을 적은 글이다.

박지원의 《열하일기》는 뜨겁게 가슴속 깊이 숨겨져 있었다. 고교 1년생이던, 1980년 7월 말 희경, 영원과 여름방학 중에 여행을 떠났다. 청량리역에서 중앙선 야간열차를 타고 부산으로 가려고 청량리역으로 구리시에서 165번 버스를 타고 나갔으나 너무 많은 여행 인파로 차표를 사지 못한 채 영원 네 집으로 돌아와 하룻밤을 보냈다.

다음 날 아침 8시 남양주시 도농역에서 출발하여 포항역까지 가는 중앙선 완행열차를 타고 10시간에 걸쳐 포항에 갔다. 교련복 차림에 5,000원씩 갹출하여 희경에게 회계를 맡기고 머리에 피도 안 마른 고등학교 1학년 녀석들의 '일탈여행'이었다. 난생처음 '동해바다를 보았다.' 바다는 넓고, 깊고, 시리도록 푸르고, 아득했다.

태어나서 처음으로 본 '동해바다'였던 기억이 난다. 포항 어느 교회 사택에서 여행 첫날밤을 보내고, 짜장면을 얻어먹은 후 경주 불국사,

석굴암, 포석정 등을 구경한 후 포항, 울산을 거쳐 그 유명한 동해 남부선(145.8km) 열차를 타고 부산에 갔다. 조용필, 최백호의 〈돌아와요 부산항에〉, 〈낭만에 대하여〉의 무대인 부산항과 태종대가 보고 싶었다.

여행비가 부족한 우리는 부산역 대합실바닥에서 신문지를 깔아 놓고 앉아서 새벽을 맞이하여 부산 시내 남포동, 국제시장, 태종대를 구경했다. 태종대 바다가 보이는 절벽 그곳에서 우리는 가방 속에 종이를 꺼내 접어 날린 종이비행기의 기억을 송환하며, 종이비행기에 박지원의 《열하일기》 호곡장론을 적고 날려보냈었던 기억으로 그냥 기뻐서 울고 싶은 바다였다. 아무런 이유 없이……

부산 위생병원 사택에 방학기간 중 내려온 친구 효신네 집에서 하룻밤을 신세 지고 다음 날 부산-이리역을 걸쳐, 버스로 공주까지 가서 무녕왕릉, 황산성, 공주산성 일대를 여행했다. 버스를 타고 이동 중에 공주사대 교수님 두 분이 버스 뒷자석에서 담배를 피워 연기가 나자 "왜 버스에서 담배 피워요?" 하고 대들던 기억도 마치 어제의 일처럼 생생하며 겁대가리 상실한 고교 1학년 여름방학의 기억이 아련하다.

친구 영원은 고교를 2학년 때 미국으로 이민 가서 의대졸업 후 현재는 아틀랜타에서 병원을 운영 중이다. 희경은 말 많고 탈 많은 LH공사에서 정년을 몇 년 남겨 두고 있다. 희경과는 북베트남 사파와 일본 규슈를 함께 여행했으며 영원은 30년 만에 한국에서 만나 강원도 동해를 여행했다.

나는 어린시절부터 역마살대로 베트남 하노이 근교인 박닌에서 항상 Trekking을 꿈꾸며, 박지원의 《열하일기》를 가슴속에 새겨 놓고 어디론가 떠날 준비 중이다. 영원은 환갑기념여행으로 "미국 페불비치 에CC"에 초대해서 운동하자고 하는데……. 그날이 온전하게 오기를 기대한다.

"울지 말라곤 하지 않겠다. 모든 눈물이 나쁜 건 아니니까."

〈반지의 제왕〉– 간달프

남양주시 도농역-포항역 중앙선열차를 기다리며, 1980년 8월 1일 부산 태종대

## 외국 생활 – 주재원, 보통 사람, 회사원의 로망?

외국생활에 관심이 있는 회사원이라면, 외국어에 능숙하지 않아도 마음속 한구석에 해외출장을 희망하고 해외에 주재원으로 파견 나가서 근무하는 것을 로망할 것이다. 가족과 함께 생활하며 자녀들은 국제학교에 보내며 파리, 뉴욕, 동경, 런던 등 멋진 도시에서의 근무, 폼나지 않는가? 하지만, 현실에서는 그러한 근사하고 훌륭한 근무지는 국제기구, 금융기관, 대기업의 무역상사 정도일 것이다.

해외로 이전한 기업은 대부분 노동생산성과 잠재적 시장수요와 채산성을 우선순위로 한다. 제조공장으로서 접근성이 높은 중국, 베트남, 인도네시아, 인도, 동유럽 등의 인건비 비중이 낮고 사원채용이 용이하며, 내수시장수요와 법인세 등의 혜택이 높은 곳을 고려한다. 말하자면, 해당국가의 이해관계에 따라 경제적효율성이 높은 국가의 해외 공단에 위치하게 된다.

비교적 입지가 좋은 공단에 대기업과 중견기업이 자리 잡고 나면 중심가에서 1~2시간 떨어진 한적한 중소 도시와 시골공단에 2, 3차 소규모의 협력사들이 자리잡게 된다. 파리, 뉴욕, 동경, 런던의 해외근무지의 '로망'과는 상당히 차이가 있다. 한국에서 소규모 제조업을 운영하며 지속적인 성장을 꿈꾸며 무언가를 이룩하고 산다는 것? 경영자 대다수가 치열하게 살아가며 성공에 대한 열망은 가득하지만 결코 쉬운 일이 아니다.

매스컴에서 한국을 떠나 노동생산성과 잠재수요가 있는 미래의 시장으로 이전하는 기업들의 소식을 접할 때마다 떠나고 싶은데 못 떠나는 심정은 한숨이 나오고 조바심이 나게 했다. '현재 한국에서 소규모 제조업의 미래는 있는 것인가?' 그러한 로망을 현실화하기 위하여 시작된 시장조사는 2018년 초반까지 이어졌으며 그동안 협력관계를 유지해 온 많은 나라의 동종업계 회사들과 접촉했으나 서로의 화학적인 결합과 이해충돌을 상승관계로 풀어내지 못하였다.

말하자면, 서로 추구하는 방향은 같지만 합의점에 있어서 미묘한 차이로 쉽게 결론 내리지 못한 채 지지부진하고 복잡한 상황 속에서 오랜 기간 지속되었다. 또한 더 늦어지게 된 이유는 '사업 분위기가 무르익지 않았고, 구성원 서로에 대한 신뢰가 더 필요했다'라는 표현이 맞을 것이다.

일본 치바현, 히로시마. 중국 심천, 위해. 인도 그루가온. 인도네시아 자카르타-시카랑, 분짝. 태국 방콕-촌부리 등 공장 지역과 동경, 뒤셀도르프, 상해, 자카르타, 방콕 등의 전시회 참가와 후보지를 대상으로 직접 진출과 파트너와 동반 진출, 현지 파트너와 조인, 디스트리뷰터 역할 등 수많은 포트폴리오를 작성했다.

그중 일본 치바현과 인도네시아 자카르타 시카랑을 적격 후보지로 꼽았으나 국내외 환경 변화와 인적구성원, 신뢰도, 투자금 등 자의 반타의 반, 여러가지 변수로 인하여 해외 진출에 대한 열망은 쉽게 이루어지지 않았다. 이대로 끝나는 것인가? 하는 낭패감과 좌절감을 맛보기도 했다.

하지만, 드라마틱하게 극적으로 반전의 기회가 찾아와서 2018년 자카르타 근교의 HY 공장을 견학하게 되었고 그곳에서 업계 사업고수인 HY 회장님으로부터 "경영자의 위치선정에 대한 신의 한 수"를 배울 수 있었으며 기후조건과 사업환경이 주는 역학관계의 중요성의 함수가 실패를 줄이는 방법"이라는 것을 터득하게 되었다.

"해외진출은 제조업종에 따라서 일년 내내 에어컨을 사용하지 않고, 제습설비가 필요치 않으며 노동인원을 최적의 비용으로 안정적으로 고용할 수 있는 곳"이었다. 그러나 인도네시아가 아닌 베트남 하노이 근교 박닌(Bacninh) 공단지역에 최종적으로 진출하게 되기까지는 파란만장의 시간을 겪었으며 우여곡절의 연속이었다.

수많은 선행학습을 했음에도 불구하고, 최소한의 규모와, 최소한의 비용, 최소한의 인원으로 해외사업에 대한 도전을? 이러한 깜냥도 안 되는 조건과 과제를 갖고 해외 사업에 도전한다는 건 치기(稚氣) 어린 무모함과 안 되면 말고의 미필적 고의가 존재했다.


## 외국 주재원 생활의 현실

주재원 생활은 항상 업무에 바쁘다. 사장이 아닌 다음에야 한국 본 사로부터 감시와 견제가 있는 것은 당연하고, 그것을 견디어야 한다. 운영시스템을 만들고 1차 협력사들과의 조율, 조직관리, 제조, 판매, 자금, 프로젝트 수행 등 어느 한 가지도 소홀히 할 수 없으며, 단 한 가지라도 문제가 생겨 견딜 수 없는 상황이 되면, 언제든 '보따리 쌀 각오'를 해야 한다.

한국의 본사 주요 임원들과 '갑' 관계회사 부서장들의 유람형 출장 시 온갖 수발을 들어줘야 하는 경우도 있다. 모두가 그렇다는 것은 아니지만, COVID-19로 인하여 2년여간 왕래가 많지 않아 한숨 돌린 현지 주재 법인장과 임원들의 입장에 충분 공감한다. 임원이란? 임시직 직원이란 것도 잊지 말아야 한다.

설령 관리적인 문제를 잘 해결해 나간다 하더라도 더 높은 영업목

표를 들이대거나 매출과 이익률의 상관관계, 법인카드 사용 내역 등의 시시콜콜한 지적을 당하면 스스로 출구전략을 찾아야 하며 한국 근무보다 더 냉정한 해외주재원의 근무환경으로 간이 배 밖으로 나와 있지 않는 이상 '조신한 처세와 정치'가 필요하다.

또한 안테나를 높이 세워, 본사에 온갖 연결망을 들이대고 친한 멤버들과 세작(細作)질도 해야 함은 물론이다. 사회생활에서 '이해관계라는 것의 본질(本質)'이 그러함을 받아들여야 한다. '금전문제에 대하여 관대한 오너'는 지구상에 없다를 인식해야 한다. "나는 아니다"라고 말하는 오너는 소수를 제외하고는 대부분 거짓말이다.

정상적으로 오후 6시 업무를 마쳤다 하더라도 잔업을 하거나 고객들과 식사 약속이 대부분으로 한국이 주 5일제 근무에서 주 4일제 근무를 해야 한다고 슬슬 흘리고 있는 한국 언론은 절대 이해하지 못하는 것이 주재원 생활이다. 예를 들면 주 6일 일하나 급여의 기준은 주 5일인 회사도 있다.

12개월이 아닌 2개월을 플러스해서 급여를 받아야 계산이 맞는다. 오너가 아닌 법인장, 일반 주재원이라면 불만을 제기하나 규모가 작은 회사는 받아들여지지 않으며, 일부 오너는 주재원의 급여는 한국식으로, 업무는 주 6일 베트남식으로 해야 한다고 생각하는 오너도 있다.

이런저런 이유로 준비 없이 퇴사하게 되면 해외에 연고 없이 머물게 되며 주변 지인들에게 본의 아닌 민폐를 끼치게 되고 원치않는 사건사고에 휩쓸리게 된다. 주재원 낭인의 신분(거주증이 없는 경우와 타사에 빌붙어 저임금으로 재취업하게 되는 경우)이 되어 현지에 머무를 수도 한국으로 돌아간다 한들 뾰족한 묘수를 찾을 수 없는 낭패한 처지에 놓이게 된다.

가족을 한국에 두고 왔다면, 숙소로 돌아간다 해도 누구 하나 반겨줄 사람 없으므로 특별한 취미가 없는 주재원은 당구장, 스크린골프, 가라오케 등 늦게까지 술자리가 이어지는게 다반사다. 물론 축구, 족구, 탁구 등산, 여행 등 건전하고 다양한 취미생활도 할 수 있다. 아직 밤문화를 즐기는 힘이 남아 있거나 취향이 그쪽 방면(?)이라 놀고자 한다면, 가라오케에는 젊은 아가씨들이 넘쳐 난다.

"오빠 고향집에 비가 와서 지붕이 새요. 스래트값 보내 주어야 해요." "부모님이 아파요. 병원비 필요해요.", "동생 학비 보내 줘야 해요." 등등의 이유로 손을 내미는 수요와 공급이 맞아 떨어져서, 한국에서는 누릴 수 없는 젊은 처자들과 호사스러운 밤을 보낼 수도 있다. 오랜 주재원 생활로 혼기를 놓친 경우에는 10~20년 이상 나이 어린 현지인과 결혼하여 한-베 가족으로 정착하는 경우도 많다.

또한 각자의 사연에 따라 어린 신부를 맞아 제2의 인생을 즐겁게 살아가는 경우도 있다. 각자가 선택할 인생의 몫이며 방향이다.

그 누구도 타인의 인생에 대하여 이렇고 저렇고 조언과 충고할 필요는 없으며 개인의 프라이버시를 존중해야 한다. 하지만, 어느 정도 해외생활에 익숙해지는 시간이 되면, 혼자 생활하는 게 자연스러워진다.

젊은 아가씨들의 전화번호를 입력하고, 작업 걸어서 꽁냥꽁냥 문자를 주고받고 감정이 쌓여지는 행위 자체에 불편함을 느낄 때, 또한, 술에 만취해서 족보도 알 수 없는 젊은 처자와 의도하든 의도치 않든 지간에 실수(?)를 저지르고 갖은 이유로 돈을 갈취당했다는 느낌이 든 때, 사랑 타령하다 차였을 때, 다시는 이따위 짓거리하지 않으리 하며 허튼 다짐을 할 때, '그 누구와 함께 인연을 맺고 지내고 싶지 않다'라는 회의감이 드는 순간이 찾아온다.

그러한 순간이 아마도 주재원 생활에 지쳐 가거나 서서히 매너리즘에 빠져서 있다는 증거이며, 이기적인 꼰대가 되어 가고 있다는 '빨간 불의 신호'이다. 지인과 젊은 친구들로부터 자연스럽게 멀어지게 되며, 혼자 은둔 고수인 양 살아가는 상황에 처하게 될 수 있다. "이 세상에서 사랑은 잠시 동안이며 금전적인 지불관계"를 통해서 관계가 지속되거나, 끝난다는 삶의 교훈을 처절하게 터득하게 된다. 버스는 늘

오고 떠나간다고 이야기하며 인간관계도 그렇게 일상의 단면처럼 그렇다고 단정하게 된다.

중요 한 것은 주재원으로 성실하게 살아가는 보통 사람들(한국가족에게 정기적인 생활비를 보내는) 이 대다수이며, 극소수 만이 일탈을 꿈꾸며 생활하는 것을, 마치 대부분이 그렇다는 투의 표현은 삼가해야 한다는 것이다. 또한 친하게 지내 왔던 지인이 며칠 동안 출근하지 않아 찾아가 보니 건강상의 이유로 사망한 채 발견되어 연락드린다는 당황스런 죽음과 문자를 받게 된다.

혼자 생활하기에 생명을 구할 수 있는 골든 타임을 놓치게 되는 것이다. 질병, 이권다툼, 각종사고 등으로 인하여 한 줌의 재가 되어 귀국하게 되면 인천공항에 마중 나온 가족, 친지에게 더할 수 없는 슬픔을 안겨 준다. 그런 일을 겪고 나면, 몇 주간은 술로 위로를 하게 되고 한동안 멍~한 상태가 되어 지내게 되며 슬픈 마음은 좀처럼 회복되지 않고 삶 자체가 지리멸렬하게 느껴지게 된다.

죽음은 너무나 가깝게 있음을 알게 되고 지인에게 1일간 연락 없으면 서로 연락망을 구축하고 확인하게 된다. 2021년 한 해 Y, M, K가 그러저러한 이유로 세상을 떠났다. 모두의 죽음이 슬프지만, 유독 한 죽음이 가슴을 유난히 가슴을 아프게 했다. 한때 사원으로 함께 일했던

30대 중반의 어린 친구의 죽음이다.

'죽음'은 예고 없이 찾아와 순식간의 운명을 바꾸어 놓는다. 매순간을 충실하게 살아가야 하는 숙명이 거기에 있다. 인간적인 존중을 통하여 스스로 자정과 심기일전해야 머나먼 타국 생활을 지치지 않고 견딜 수 있을 것이다. 베트남에서의 주재원의 삶은 결코 녹록하지 않기 때문이다.

## 그럼에도 불구하고

"처음부터 기회는 두 번 다시 오지 않을 것이다"라는 것을 알고 있었기에 그 절박함이야 이루 말할 수 없었으며 더 이상 물러날 곳이 없다는 '배수의 진을 치고 전장에 임하는 병사'의 심경 이상과 같았다고 표현 해야 그 절박함이 맞을 것이다. 한국을 떠나 선택한 베트남 박닌성 공단지역이라는 낯선 환경에서 정착 하는 데는 많은 시행 착오가 있었다.

베트남에서 제조업의 메리트는 인건비가 중국보다 비교적 낮다는 것과 관세혜택이며, 기타 비용은 한국과 별반 다르지 않다는 것을 깨닫기까지는 시간이 그리 오래 걸리지 않았다. 문제는 '베트남에서의 사업환경'이고 '문화'였다. 언어적인 문제, 소방관련법, 노동 계약 등

이중계약서의 불일치는 불신을 만들고 베트남식 관행인 소위 촌지(Black Money)에 적응이 쉽지 않았으며 '베트남을 대하는 관점'을 이해하는 데서 오는 피로감이었다.

"베트남이어서 무조건 모든 비용이 낮다, 한국보다 회사운영이 효율적이다"라고 판단하는 건 수치개념에 대한 착시현상(錯視現象)이고 매몰비용(埋沒費用) 계산의 오류였다. 근거 없이 동남아시아 국가들을, 평가절하(平價切下)하는 편견이다. '우리는 기술력이 높다란' 기술력을 쌓는 시간의 미숙성에 따른 기술 습득시간 부족으로오는 시간의 수준 차일 뿐이며, 경험이 축적되면 기술격차의 간극은 서서히 사라진다.

문화는 선진문화, 후진문화가 아닌 서로 다른 '이질문화'가 있다는 인식 아래 그러한 오해와 한 수 아래로 보고 낮춰 보려는 거만함과 무례함을 버려야 하며 겸손한 마음으로 제대로 된 시각으로 현지화하여 완전하게 동화될 수 있으며 제대로된 경쟁력을 갖출 수 있을 것이다.


## 걷기, 글쓰기

글을 쓴다는 것은, 글 쓰는 이들의 대부분의 꿈, 목표는 팔릴 만한 글의 '책 출간'일 것이다. Trekking한다는 것, 글을 쓴다는 것, 누군가 나에게 원고료를 지불한다거나, 강연을 한다거나, 멋진 출판사의 계약이 기다리는 것도 아니었으며 누군가에게 나의 사유와 삶을 공유하고, 멋지게 포장하기 위함도 아니었다.

애써 '코어(Core)'를 함께할 이들을 찾아 나서지도 않으며 그렇다고 아무도 알아주지 않아도 된다는 이야기도 하지 않겠다. Trekking은 당초부터 목적이 있는 여행(Purposeful travel)이 아니었으며 그저 다르게 살아가는 한 방법으로 뉴노멀 life를 추구하며 무작정 정처 없이 걷고, 읽고, 글쓰기를 통하여 자유로운 삶의 궤적을 기록하며 '버킷 리스트'(10권의 책 쓰기)를 완성하려는 열정이다.

한 권 한 권 졸작이지만 저서가 쌓여 가며, 글을 쓰는 과정을 존중한다. Trekking하면서 문득문득 생각나는 것을 메모하고 쓰던 걸 잠시 살펴본다. 쉽게 쓰고 싶으나 쉽지 않다. 세종대 인문대학장 이 박사는 '유시민 글쓰기'를 따라해 보란다. 일기와 문학의 차이는 낯설게 하기, 일상의 언어를 비틀고 압축하고 시각화하는 것과 내공의 중요성을 강조한다.

서울 응봉역에서 한의원을 하는 지 박사는 '북베트남 트래킹에세이' 어느 부분은 문장에 힘을 좀 빼고 쉽게 쓰라고 한다. 힘이 너무 많이 들어가 있으며 했던 이야기가 반복된다고 지적한다. 가평 귀족펜션대표인 후배 권 사장은 "선배님께서는 깊은 산속의 절간"으로 속세를 떠나가느냐고 묻는다.

캠핑카를 제작하는 LTT사의 박운학 박사, 사장은 예리함과 낭만이 있어서 좋고 '역마살과 Trekking을 꿈꾸는 삶'이 좋다고 한다. 인생소울(Soul) 친구인 한국계전사의 김 사장은 너하고 싶은 대로 마음껏 글쓰고, 읽고, 퍼 마시고, 청춘사업하고, 한국에는 돌아오지 말고 즐기며 살란다. 한국의 늙은 친구들과 무슨 재미가 있겠냐고 조언한다. 베트남 박닌에서 사업하는 JS Hitec 방 사장은 '사파의 현실과 하노이의 현실감'을 지적하며 세밀한 묘사가 필요하다고 조언한다.

'글쓰기는 항상 쉽지 않으며 어렵다.'

글은 상상력으로 쓰여지기도 하지만, 몸으로 체화된 경험을 글로써 자연스럽게 기록되는 일련의 과정이기도 하다. 더 멀리 걸어가 보면 걸어갈수록 복잡한 생각이 간결하게 정리되어 글을 쓸 때 글의 길이와 문장이 짧아지고 단순해지도록 노력한다. 처음 가졌던 무언가를 이룩해 보겠다고 하는 '결기와 비장함'은 걷는 동안 비, 바람, 흙먼지, 진흙먼지에 혼합되어 그저 기록을 남긴다고 하는 단순함에서 겸손과 처음처럼의 초심으로 되돌려진다.

"인생은 단 한 번이기에 쓸 수 있을 때까지 써 보자"고 다짐한다. 푸르름과 날것의 생생함과 황폐한 길을 마다하지 않는다. 낯선 여행지의 두려움은 용기를 부르며, 실행과정은 무모함을 가져온다. 그래도 발걸음을 재촉한다. '나이 들면 안정적으로 편안하게 살아야 한다'고 전적인 수사와 전통 관습, 선입관을 던져 버리고 가볍고 편안한 차림으로 길을 나선다.

길에서 길과 인사한다. "아직 건재하며 살아서 걷고 있으며 계속 걸어갈 것이다"라고.

## 베트남에서

애초에 그 어떠한 실패에 대한 두려움 따위는 없었으니, 그 어떤 대단한 기대와 성공과 인연에 대한 미련도 없다. 모든 것을 걸고 "올인"했으므로 그저 불필요한 인간관계와 비용 높은 한국을 떠나서 새로운 세계에서 전혀 모르는 타인들과 처음부터 다시 시작해 보자(아포칼립소)를 선택한 "결정을 확신"한다.

가슴 한편에 채워지지 않는 이루지 못한 꿈에 대한 아쉬움, 도움받을 손길이라고는 단 하나도 기대할 수 없는 곳, 미지의 땅인 베트남에서, 그럼에도 불구하고 도전에 대한 열정은 더 넓은 세계로 '맨땅에 헤딩' 중이며, 험난한 오지탐험과 같은 Business 여행 중이다. 살아가면서 타인과 다른 시선으로 늘 타인이 보지 못하는 다른 면을 연구하여 세상을 바라보고자 했으며 실낱 같은 불씨를 살려 가며 베트남 하이퐁, 하노이, 호치민에 닻을 내리고 살아남고자 한다.

하지만, 어느 곳에서도 제대로 정착(定着)하지 못하고, 정박(碇泊)하지 못했으며, 아직도 망망대해(茫茫大海)를 헤매고 있는 중인지도 모른다. 목표는 더욱 높아졌으며 이상(理想)과 망상(妄想)은 자신의

베트남 Haiphong 도선(Doson) 앞바다

실력과 자본, 인적 네트워크 파워를 넘어서 벼랑 끝으로 밀어붙여 위태로움을 자초한다.

삶의 터전을 송두리째 바꾸기로 한 인생은 고독과 외로움의 연속이며 한 치 앞을 예측(豫測)할 수 없다.

베트남의 바다는 넓고 항해는 끝이 없다.

베트남의 대륙은 남, 북으로 길고, 끝이 없어 보인다.

북베트남의 여름은 길고, 무덥고, 습도가 매우 높아 삶을 무기력하게 만든다.

북베트남의 산은 깊고 안개 속의 산길은 인생길처럼 아득하다…….

2022년 2월 3일 채임수(James woo)

Sapa-Ha Giang Trekking Essay Book이 출간 되기까지
조언과 관심, 격려를 해 준 한국, 베트남, 태국, 중국, 미국, 일본 등
영감(靈感)을 주신 분들.

# 북베트남
# 트레킹 에세이

© 채임수, 2022

초판 1쇄 발행 2022년 6월 14일

지은이      채임수
펴낸이      이기봉
편집         좋은땅 편집팀
펴낸곳      도서출판 좋은땅
주소         서울특별시 마포구 양화로12길 26 지월드빌딩 (서교동 395-7)
전화         02)374-8616~7
팩스         02)374-8614
이메일      gworldbook@naver.com
홈페이지   www.g-world.co.kr

ISBN    979-11-388-1035-7 (03810)